TO

あやかし恋手紙
〜不思議な社務所の代筆屋さん〜

蒼井紬希

TO文庫

目次

あやかし恋手紙　～不思議な社務所の代筆屋さん～

■序章　届けられた謎の手紙

小林碧梨《こばやしみどり》がデスクの上の荷物を整理して席を立つと、「お疲れ様」と、誰かに声をかけられた。企画営業部で主任を務める丸山《まるやま》という男性だ。

碧梨は二年前から派遣社員として明和《めいわ》食品という会社に勤めており、つい先日まで彼の直属のサポートチームに関わっていた。

「小林さん、今日で最後なんだっけ？」

「はい。今までたいへんお世話になりました」

「こちらこそお疲れ様。女の子がひとりいなくなると、また寂しくなるなぁ。うちの部署、男の方がとくに割合多いからさ」

丸山は気を遣ってくれているのだろう。無理に冗談めいた口調でそう言った。上手く返答できず、碧梨はあいまいに微笑んで、落ち込んでいる様子を気取られないようにした。

七月いっぱいの今日で碧梨は無職になってしまう。契約更新に至らなかったので、また新しい仕事を派遣元から紹介してもらわなければならないのだが、それも何度目だろうか。今回は派遣切りといってもおかしくない状況なので、すぐに仕事を貰うのは難しいだろう。

明日から八月だ。アパートの更新時期が一か月後に迫っているので、切り詰めて生活しなくてはいけない。とはいえ、引っ込み思案で口下手な性格を自覚している分、人事の判断を責める気にもなれなかった。面倒見の良い丸山には特に迷惑をかけた。そう内心思いつつ、丸山に挨拶をして立ち去ろうとしたとき、後ろから女子社員の騒がしい声がざわざわと聞こえてきた。

「あー……今年の春に転勤した高杉《たかすぎ》、先月に結婚したんだ。その噂《うわさ》話だよ」

と、丸山が教えてくれた。

「高杉さんが、結婚……」

碧梨は一瞬言葉に詰まって、息を呑《の》む。爽やかな笑顔が素敵だった三つ年上の先輩のことを思い浮かべる。と同時に、胸の奥がちりちりと灼けるように痛くなった。

「ああ。そういえば、知ってた？　あいつ、ここにいたとき、小林さんのことずっと好きだって言ってたんだよ」

ショッキングな話題に引き続き、碧梨は動揺するあまりに唇が震えてしまう。

「まさか」

「あー気が付かなかった？　あの子可愛いよなーって何かのたびに言ってた。でも、避けられてるみたいだから無理だろうなって、笑ってたよ」

「そんな。私は別に避けてなんか……」

そう、二年の間ずっと好きで、でも告白できずにいた人だった。仕事を断り切れず、雑務をすぐ抱え込んでしまう碧梨に気付いて、よく声をかけてくれる先輩だった。仕事のできる彼に憧れ、朗らかな彼の人柄に惹《ひ》かれた。転勤すると聞いて、諦めなくてはいけない気持ちだと呑み込んだのに——。

「あ、悪い。俺、そろそろ戻らないといけないから。じゃあお疲れさん」

「あ、お疲れ様です」

碧梨は慌てて頭を下げ、それからいそいそとフロアから退出した。エレベーターに乗ってロビーに到着しても、碧梨は丸山から聞いた話が頭から離れなかった。

きちんと告白出来ていたら、今が違っていたのだろうか。そんなふうに後悔してももどうにもならない。彼は結婚してしまったのだから。もう、どんなふうに足掻いても、彼の目に映ることは二度とないのだ。せめて、知りたくなかった。聞きたくなかった。

(何やってるんだろう。私……)

昔から自分はそうだった。自分の気持ちを誰かに伝えることが苦手で、友だちの前では自己主張することはなく八方美人で、好きな人のことは片思いのまま行動できずに終わってしまう。あまつさえ、社会人になってもいまだにそんな自分を変えられずにいる。

染み付いた習慣はそう簡単に拭《ぬぐ》い去れるものではなかった。

碧梨は鬱屈《うっくつ》した気分を払うように、勢いよくロビーを突っ切り、自動ドアの外へと飛び出した。


「あつ……」

外に出てみれば、蝉《せみ》の鳴き声が鼓膜《こまく》を覆いつくす勢いで響きわたっていた。アスファルトからは陽炎《かげろう》がゆらめき、ちょっと歩いただけで、額《ひたい》からは絶え間なく汗が流れる。スマホのお天気アプリを見れば、体温計ですら久しく見ていない三十七度という数値が表示され、ますます目眩《めまい》がしてくる。まだ七月下旬だというのに、これからどのくらい気温があがっていくのだろうか。エアコンのない自分のアパートであとひと月、夏を越えられるだろうか。

汗だくになってアパートに帰宅し、郵便受けを確認すると、一通の手紙が届いていた。誰からだろう？　と、首を傾げつつ、手にとってみる。

朝顔の花柄が箔《はく》押しされた封筒には、達筆な字で『小林碧梨様』と書かれてあった。覚えのない手紙を裏返してみる。差出人の『東雲《しののめ》ハナエ』という文字を見た碧梨は一瞬目を疑った。驚いて、切手に押された消印を確認する。三日前の日付が印字されていた。

まさか。だって、そんなわけがない。碧梨の父方の祖母である東雲ハナエは、数か月前にとっくに他界しているのだから。

冷静に考えて、亡くなった人間が手紙を書くことはできない。郵便局側の誤送で、生前に書いた手紙が今ごろ届いたのだろうか。そうだとしても、碧梨が小学五年生のときに両親が離婚して以来、祖母のハナエとは音信不通になっていた。なぜ今になって、連絡をくれたのだろう。

中身を確かめるべく、碧梨は自分の部屋に急いだ。手紙の封《ふう》を丁寧にはさみでカットし、二枚綴《つづ》りの便箋《びんせん》を開いてみる。その瞬間、やさしい花の香りがふんわりと鼻腔をくすぐった。

拝啓《はいけい》
蝉の大合唱に夏の訪れを知るこの頃ですが、元気にお過ごしですか？
おばあちゃんは近頃、足腰が弱くなってきましたが、なんとか元気で過ごしています。
実は、箪笥《たんす》の整理をしていたら、ミドリちゃんが夏祭りに着ていった浴衣が出てきたのです。懐かしく思うあまりに筆をとらずにはいられませんでした。
ミドリちゃん、覚えていますか？

小学生の頃は、夏休みになると、おばあちゃんの家によく泊まりにきてくれましたね。近所の神社で夏祭りがあると、ミドリちゃんと手を繋いで遊びに行ったり、庭に咲いた朝顔やひまわりの種を一緒に集めたりしたこともありましたね。
あれから、何年になるでしょうか。ミドリちゃんが遊びに来なくなってしまったあとも、毎年、朝顔とひまわりが咲きます。今年も、朝顔がかわいい色をつけはじめました。ひまわりも空に向かってすくすくと育っています。そんなひまわりが、ミドリちゃんのまんまるな笑顔に見えて仕方ありません。今頃どうしているのかしら……。ミドリちゃんが笑顔でいられる日が多くありますように、心からあなたの幸せを願っています。
それでは、暑さ厳しき折り、くれぐれもお体に気をつけてお過ごしください。
かしこ
七月二十八日
東雲ハナエ
小林碧梨様

手紙を読み進めるにつれ、二枚目の便箋に重ねるようにして同封してあった文香《ふみこう》がほのかに漂い、まるで祖母がその場で喋っているかのような錯覚《さっかく》に陥《おちい》った。

幼い頃、碧梨は文房具屋を営んでいた祖母の家によく預けられ、共働きの両親に代わって祖母と過ごすことが多かった。祖母は店番の傍《かたわ》ら、色々な便箋や封筒を碧梨に選ばせてくれて、手紙の書き方を教えてくれたこともあった。実際に切手を貼って、お互いに手紙を渡し合う手紙屋さんごっこをしたとき、とても楽しかったのをよく覚えている。

文香というのは、花の形をした直径三センチくらいの紙片に香りを染み込ませたもので、手紙を書いたときに贈る相手へ想いを込めて同封するのだという。祖母はそうやって、様々なことを碧梨に教えてくれた。

文字は、祖母の人柄を表すようにやんわりと丸みを帯びている。手紙を読んでも、祖母が突然手紙をくれた理由はわからなかったが、文面に綴られるひとつひとつの言葉からは祖母のあたたかな心が伝わってくるようだった。

懐かしさと寂しさが交互にこみ上げ、たちまち目頭が熱くなってくる。

（おばあちゃん。今年で私も二十五歳。それなりの大人になりました。けれど、相変わらず私は、自分の気持ちを上手に伝えることができません。そして、泣いてばかりいます）

碧梨は、それから何もする気になれなくなり、膝《ひざ》を抱えるようにして丸くなるのだった。

　翌日、碧梨は住んでいるアパートから電車で二駅ほどの新潟市中央区の中心にある派遣会社に出向き、新しい仕事を紹介してもらうため、改めて面談を受けた。だが、矢継ぎ早に出される質問に上手く答えることのできなかった碧梨は、色々と厳しいことを言われ、すっかり意気消沈してしまった。その帰り道のこと。

（もう、暑い！　仕事がない！　お金がない！　どうしようもない……！）

「はぁ……」

　いい加減、昨日からネガティブになって落ち込んでばかりいるのも疲れてしまい、気分転換にどこかのカフェにでも入ろうかと思い立ち、普段は行かない新潟駅の正反対側に足を向けた。

　古くからあるデパートやオフィスビルなどが建ち並ぶ中、ちょっと入りくんだ路地に入ってみる。そこは、屋根に瓦を葺《ふ》いた木造の平屋が建ち並ぶ老朽《ろうきゅう》化した住宅街や半分以上の店がシャッターを下ろしているような人気《ひとけ》のない寂れた旧商店街だった。

　自分でも落ち着けそうなレトロな喫茶店がありそうだと思い、碧梨は歩き続ける。商店街を巡《めぐ》っているうちに、碧梨は奇妙な感覚に陥った。ここだけ歴史の重ね方が他とは違うというか、時間が止まってしまっているかのような旧商店街。この場所をいつかの夏、誰かと一緒に訪れたような既視感《きし》を覚えたのだ。

思い出そうとしているとどこからか清涼《せいりょう》な風が吹いてきて、碧梨はつられてその方向を向く。そこには赤い鳥居《とりい》があり、何百段もあるだろう階段が見えた。ちょうど風の通り道になっているのか、さわさわと葉掠れの音と共に心地のいい風が流れ込んでくる。

（あ、おばあちゃんと昔ここへお参りに来たんだ）

なぜ来たのだろう？　祖母との記憶を手繰《たぐ》り寄せようと、赤い鳥居が構えられた石段の前に立ってみる。首が痛くなるほど見上げても石段の先の景色が一向に見えてこない。これは神社に辿り着くまで、相当登らないとならないだろう。石段の両端には青々とした笹の葉が揺れており、竹やぶに囲われていて、そこだけ別の世界みたいだった。

「こんなに階段あったっけ？」

碧梨は汗を拭いながら呟《つぶや》く。幼い頃の記憶というものは曖昧《あいまい》なものらしい。懐かしさのあまり神社がどうなっているか興味を覚えるものの、ただでさえ、じりじりと肌を焼く気温の中、何百段もあるだろう石段に足を踏み入れるのは躊躇《ためら》われた。

学生の頃、クラブ活動や部活はすべて文化部だったし、仕事はデスクワークばかりなので、運動不足で筋力と体力はさらに落ちている。登っても無事に辿り着けるのかどうかも疑わしい。

やっぱりやめようと踵《きびす》を返したとき、いきなり誰かの肩がどんっとぶつかってきた。

その衝撃でバッグが肩からずり落ち、中身が地面にばら撒《ま》かれてしまった。

若い男性はこちらに気付かず去っていく。落ちた中身を集めていると、彼の後ろポケットから車のキーらしきものが落ちたのが見えた。

「あの、すみません！　鍵を落としましたよ！」

慌てて声をかけるものの、男は振り返らない。イヤホンをしているせいで聞こえていないのだろう。仕方なく碧梨は追いかける。そして目の前に車のキーを差し出すと、男性はようやく気づいてくれ、無言で頭を下げつつ、そのキーを受け取った。引き返した碧梨は、祖母の手紙が落ちていることに気付く。さっき拾い忘れたのだろう。手紙を拾おうとしたとき、風が強く吹きつけた。瞬く間に手紙をさらうと、碧梨を弄《もてあそ》ぶかのように、神社の階段の先へ、先へと手紙を、連れていってしまう。

（……大変。早く拾わなきゃ）

あの手紙は言うなれば祖母の形見《かたみ》だ。なんとしても失《な》くすわけにはいかない。

遠き日の祖母の笑顔を思い出しながら、碧梨は額の汗を拭いつつ、身体《からだ》に鞭《むち》を打つように必死に足を動かして駆け上がる。

舞い上がる手紙を追いかけるさなか、不思議なことに、祖母と過ごした日々のことが昨日のことのように鮮やかに蘇《よみがえ》ってきた。

『ミドリちゃん、お手紙にはね……たくさんの魔法があるのよ』

『魔法？』

『心の中に閉じ込めている言葉を、届けることができる魔法よ』

祖母に言われて、碧梨はうつむいた。授業参観に来てほしいと、忙しい両親に言えずにいたことを見透《みす》かされてしまったのが恥ずかしかったのだ。

『ミドリちゃんの代わりに、おばあちゃんが魔法を使ってあげようかな』

『ううん。いいの。だってそうしたらまた……パパとママ、喧嘩しちゃうもん。行けないって言われたばっかりだから、わがまま言わないのって叱られちゃうもん』

『うーん。そうねぇ。じゃあ、出さずに書いてみるだけにするのはどう？』

そう言うと祖母は、碧梨にいくつか好きな文房具を選ばせた。

色鮮やかなカラーペン、様々な模様のレターセット、かわいい形をした消しゴム、おもしろいデザインの鉛筆、カラフルな折り紙などなど。お店は小学生の碧梨にとって宝の山で、たちまち心を奪われた。

『わたしにも書けるかな？』

『前に一緒に見た映画で、魔女の子だって、最初はホウキに乗ることから練習をしていたでしょう？　だから、ミドリちゃんはおばあちゃんと一緒にまずは書き方の練習をしましょう』

祖母との手紙の練習は楽しかった。両親への「出さない手紙」だけではなく、祖母に勧《すす》められて学校の友達にもたくさん手紙を書いた。

しかし、そんな夏の日々も長くは続かなかった。今度こそ、お父さんとお母さんにお手紙を出そうと、祖母に励まされて一緒にがんばって書いていた矢先のことだった。両親の離婚が決まり、想いを伝える機会は消滅《しょうめつ》してしまった。そればかりか、母に引き取られることになった碧梨は、母に絶縁を言い渡された父はもちろん祖母とさえ連絡を取り合うことが禁じられたのだ。

しばらくはショックで、碧梨は泣いてばかりの毎日だった。そのたびに母が傷ついた顔をするのを見て、ますます悲しくなってしまった。それからまた、碧梨は本心を閉じ込めるようになった。せめて母が苦しむのを見たくなかったのだ。

祖母のことが恋しかった。父と母に元に戻ってほしかった。けれど、その願いが叶うことはなかった。

祖母は、離れてしまったあとも、碧梨のことをずっと心配してくれていたのだろうか。

そんな大事な手紙を失くすわけにはいかない。

碧梨は階段の上へ上へと風にさらわれてゆく手紙を追いかけ、必死に手を伸ばし続けた。どれくらいそうしていたのか、ついに手が届きそうになり、無我夢中《むがむちゅう》で掴みかかる。

（……捕まえた！）

なんとか手紙を手に取ることができた碧梨は、ホッと胸を撫《な》で下ろし、階段によろよろと頽《くずお》れた。

気づけば、あんなに終わりの見えなかった階段が残すところあと数段になっていた。どうやら夢中で手紙を追いかけるうちに最上階に辿り着いてしまったらしい。心臓はドリルの振動みたいに激しく鼓動を打ち、滝《たき》のように汗が流れているけれど、もうひと頑張りと自分を励まし、最後の数段を登りきる。

（もうだめ……一歩も動けないよ）

荒々しく乱れる呼吸をなんとか整え、その場に座り込んだ。

木々のざわめきの音と共に冷涼な風が吹きつけてきて、首筋に流れていく汗を乾かしてくれる。それはまるで最後までやり遂げた碧梨へのご褒美《ほうび》みたいだった。しばらくそのまま心地よい風を感じていると、何かの影がぬっと現れ、碧梨はハッとして振り返った。

「な、何……？」

鳥の影だろうか。きょろきょろと見回したり、空を見上げてみたりするものの、何もいない。ガサガサッと辺りの草から物音がして、目で追う。しかしそこにも何もいなかった。

立ち上がってスカートについた土埃《つちぼこり》をはらったあと、前方に見えた景色に違和感を覚え、碧梨は眉を顰《ひそ》める。そこには、長らく参拝客など迎え入れていないような、本殿も拝殿もない寂れた社がぽつんと存在しているだけだった。

社の前にはねんきが入った賽銭箱《さいせんばこ》と苔《こけ》の生えた石灯籠《いしどうろう》くらいしかなく、後ろには竹林が繁茂《はんも》しており、道という道が見えない。

「もしかして、ここで行き止まりなのかな？　というか、こんなところだったっけ？」

立派な神社を想像していた碧梨は肩透かしにあい、戸惑《とまど》う。よく見ると、社の奥にこぢんまりとした社務所とおぼしき平屋の古い建物がある。外の水道の取っ手に、白い手ぬぐいがかけられているが、あそこに誰かいるのだろうか。

そのとき。目の前をヒュンッと何かが横切り、碧梨はぎくりとする。たたたっと地を駆ける足音が聞こえ、怖くなってその方向へ視線をやるものの、何も見えない。

「やだ……な、何。やっぱり……なんかいるの？」

見えない存在というものは、とても怖いものだ。しかも向こう側からだけ見えている状態というのを想像したときに、恐怖は一気に加速する。早く突き止めたくてきょろきょろと見回していると、砂利を踏みしめる足音が響き渡った。

「そこで何をしている」

見れば、灰白色の揚柳《ようりゅう》ちりめんの浴衣に辛子色の帯を締めた青年が、社務所の奥からこちらへと歩いてくる。

「ご、ごめんなさい」

碧梨はとっさに謝り、緊張に身を強張らせた。彼は神社の人だろうか。それにしては、だいぶ若く、碧梨とそう変わりない年頃のように見える。

神主《かんぬし》といったら、着物に袴《はかま》といった装いが想像できるが、彼の場合はそうではない。

彼が着ている楊柳ちりめんの涼しげな浴衣は着崩れていて、草履《ぞうり》をつっかけるように履《は》いている姿は、失礼ながら神主という職につきそうな雰囲気ではない。宮司《ぐうじ》の息子さんだろうか。

森の中の光が入らない暗所から、碧梨のいるところへ彼がやってくると、金にも銀にも茶にも輝いて見える榛《はしばみ》色の髪が風に揺らめき、細面の端整な顔立ちがあらわになる。

瞳も髪と揃いの色に見えるし、外国人だろうかと一瞬思ったが、いわゆる西洋人の彫りの深い感じともまた異なる。和風と洋風のどちらの魅力をも兼ね揃えているというか、切れ長の二重の涼しげな目元は和風の美男子という感じがするし、どことなく女好きするような甘い雰囲気があるので貴公子という言葉がしっくりくるようにも思う。

うっかり観察してしまってから、碧梨は頬を赤らめる。そんなことよりも何か挨拶をしなくては。そう思って言葉を探していると、彼が胡乱《うろん》げな表情を浮かべ、話しかけてきた。

「おまえはバカなのか。あの階段がおかしいと気付かずに、必死に登ってくるとは……」

「え？　あ、あの……」

いきなり罵倒《ばとう》され、意味がわからず戸惑っていると、彼はすぐ目の前に立ち、観察するような視線を向けてきた。

「ふん。まぁいい。こいつが孫か……まるで、ハナエが若返ったかのようだな」

「え、ハナエって、私のおばあちゃんのことを知っているんですか？」

「おまえはなぜここに来た。その手紙が原因か？」

彼は返事をする代わりに、碧梨の手元の方を顎《あご》でしゃくった。

「えっと、はい。祖母から届いた最後の手紙で……形見なんです。それで……」

「おまえの名はなんという？」

まごついていると、横柄な態度や年頃の容姿に似つかわしくない古風な口調で、さえぎられてしまう。碧梨は慌てて答えた。

「碧梨と言います」

「ミドリ、ちょうどいい。おまえのばあさんには貸しがあるんだ。代わりに、孫のおまえに返してもらおう。こっちについてこい」

「えっ、あのっ。待ってください。貸しって……？」

尋ねても男は答えない代わりに「早くしろ」と睨《にら》んでくる。とても穏便とは思えない雰囲気に不安がせりあがる。

男を追いかけようとしたそのとき、足がもつれ突如目の前の世界がぐにゃりと歪んだ。

(え……？)

蝉の鳴き声が遠ざかっていく。手足に力が入らなくなり、動かしかけたはずの足が宙を浮く。

重力に吸い込まれる浮遊感がして、碧梨は落下する覚悟をし、ぎゅっと目を瞑った。

しかし、衝撃はやってこない。代わりに弾力のある何かに包まれていた。

状況がよく掴めずに混乱しつつ、そろりと目を開ける。

「何をやっている。とろい女だな。俺の手を煩《わずら》わせるなよ」

碧梨は男の腕に抱き止められていた。

「この階段から落ちたらどうなる？　助けてもらってありがたいと思えよ」

顎をしゃくられ、底の見えない階段にゾッとした。落ちたら確実に無事では済まないだろう。登ってきたときは振り返りもせずにいたから気づかなかったが、かなりの急勾《きゅうこう》配《ばい》になっているようだ。

お礼を言おうと顔を上げた次の瞬間、碧梨は目の前の男の姿に驚愕《きょうがく》した。

なぜなら、彼の頭……正確には左右の耳からこめかみの延長線上にそれぞれ二つ、人間にはあるはずのない獣《けもの》のミミが、ついていたからだ。

刹那《せつな》、感嘆符と疑問符がねずみの大群みたいにどっと押し寄せてきて、碧梨の頭の中をいっぱいに埋め尽くしてしまう。

「その顔、傑作《けっさく》だ。おまえには視《み》えているのだろう？　そういうところも、ハナエに似たのだな。間違いないようだ」

男はあざ笑うように問いかけてくる。碧梨は言われる意味もわからず、唖然《あぜん》としたまま彼を見つめていた。

「……ならば、この姿も、おまえには視えるだろう？」

榛色の髪が、艶《あで》やかな金色へと変わり、彼の腰のあたりにまで伸びていく。目の瞳孔《どうこう》は鋭く細められ、丸みを帯びていた爪先は茨《いばら》のように鋭く尖《とが》り、さらに、人ならざる姿へと変貌していく。

頭に生えたミミ、金色の長い髪、尖った爪、縦に細長いスリット状の瞳孔、それは野生の獣が持つものと一緒である。人間により近い姿を保ちながら、獣の部分を残したその姿は、明らかに人ではない生き物だ。

「その様子……どうやら、あやかしの姿を視るのは初めてのようだな。どうだ？　この姿はさぞ怖ろしいだろう？　おまえが大人しく従わなければ、逆らった罰として、この場で魂を喰《く》らうこともできるんだぞ」

「――っ」

異形の姿を見せつけられ、衝撃にぞわりと鳥肌が立った。

動けないでいると、最後に背部の尾てい骨あたりから、ふぁさりとした尻尾が現れる。それは、一本ではなく二本に重なっているというか、裂けているようにも見える。もうそこまでいくと、碧梨は夢なのか現実なのか、よくわからなくなってくる。恐怖という感情は一気に消え去り、入れ替わるように激しい好奇心が湧《わ》き立ってくる。

（すごい……！）

「おい、なんとか言ったらどうなんだ。視えているのだろう？　この姿が……！」

男……否、目の前の妖怪は、苛立《いらだ》ったように尋ねてくる。どうしても、存在を認めてほしいらしい。

碧梨はこくこくと首を動かす。

「あ、……えっと、あなたは、いったい……？」

狐の妖怪はなんといったか。たしか、妖狐《ようこ》という名前ではなかっただろうか。

「妖狐、さん……？」

興奮《こうふん》のあまり、碧梨は無意識に手を伸ばして、彼の耳に触れていた。ピクリと動くミミはあたたかい。

「……ほんもの!?」

尖った爪を触れれば、硬質な感触があった。ふわふわと浮いている尻尾に興味をそそられ、思わず手を伸ばそうとすると、

「なっ……この女、何をする」

男は意表を突かれたかのように固まると、顔を赤らめ、毛を逆立てた。

「だって、信じられなくて……」

それに、モフモフしているものを見ると、どうしても触ってしまいたくなるのが性《さが》というもの。

「おばあちゃんが、よく悪さをするときは、そばに妖怪が必ずいるんだって言ってたけど。ほんとうに……いるんだ」

「はっ……ガキの寝言か。つまらん女だ」

彼は、プライドでも傷つけられたかのように苛立った声で吐き捨てた。その間にも、彼の髪型はだんだんと普通に戻っていき、ミミも次第に見えなくなっていった。

そして今、碧梨の目の前にいるのは、最初に出会った、端正な顔立ちをした青年だった。

「ど、どう……なっているんですか、そのシステムは」

碧梨が思わず尋ねると、男は大仰にため息をついた。

「人間に見せる姿は『仮』の姿、つまり今おまえが見えている姿だ」

「な、なるほど……」

今の姿が第一形態、ミミがひょっこり視えているのが第二形態、先程のように長い髪、爪、尻尾が揃っている姿が、最終形態というわけだろうか。

　祖母と知り合いというのは本当だろうか。

　半分夢の中にいるような気分でいると、彼は面白くなさそうな表情を浮かべ、碧梨の顎をするりと撫でた。鋭利な爪で肌をなぞられる感覚に、ぞくりと戦慄《せんりつ》が走る。

「何をホッとした顔をしている。どんな姿であろうが、俺に逆って無事でいられるとは思うな。妖術を使えば、おまえの息の根を止めることも容易いことだ」

　彼の酷薄そうな瞳に囚われ、碧梨は恐怖で竦《すく》み上がる。

「人間のおまえは俺の下僕《げぼく》だ。それをよく覚えておくんだ。いいな？」

　縦長の瞳孔が薄く開かれると、まるで締め付けられるような息苦しさを覚えた。

「……っ」

　声が出ない。たとえるのなら催眠術のようなものだろうか。自分の意志とは裏腹に、身体の自由を奪われて、身動きひとつできない。やがて視界がぼやけて、彼の顔が見えなくなっていく。碧梨の意識はそこからぷつりと途絶《とだ》えた。

■第一章　不思議な社務所の代筆屋

天井の模様がぼんやりと見えてきて、碧梨はハッと上体を起こす。

（ここは……あれ？　私、何してたんだっけ……？）

急に起き上がったせいで、動悸《どうき》でバクバクするし、肌がじっとりと汗ばんでいた。すぐには思い出せずに、ひとまず部屋の中を見回した。古い木の柱がむきだしになった造りの室内は、まるで中学生の頃の教科書に掲載されていた昭和初期の学舎みたいだった。古い家屋独特のむんとした埃っぽい匂いが漂ってくる。

部屋の中央には大型の置き時計《ホールクロック》があり、手巻き式らしく針は止まったままになっている。そのすぐ近くの壁に無造作にかけられた一年式カレンダーには二十年前の年号が書かれてあり、碧梨は思わず二度見してしまった。いい具合にセピア色をしたカレンダーは実用的なものではなく、タペストリーと化している。

チリンと風鈴の音色が涼やかに響きわたり、碧梨はその音色につられて右側の窓の方を見る。窓は開けっぱなしになっていて、透かし彫りのレースカーテンが水面《みなも》で遊ぶ魚のように揺れていた。窓際にある二つを向かい合わせにくっつけられている木製の机と椅子は仕事用だろうか。机の上には幾つものファイルや書類が山のように重なっていて、ゴミ箱は丸められた紙などで溢れていた。

部屋の真ん中に視線を戻せば、悠々《ゆうゆう》と占拠《せんきょ》している伽羅《きゃら》色のソファに目がいった。背もたれのない細い脚の椅子は来客用だろうか。骨董《こっとう》品ともいえるような味わい深い渋さがある。

そうしているうちに、だんだんとさっきまでの光景が蘇ってくる。だが、妖狐の姿はどこにもなかった。

（さっきのは夢……？　じゃあ、私は、なんでこんなところに……）

よろりと立ち上がると、足元に様々なレターセットがごっそり詰め込まれた段ボールがあった。便箋や封筒の他、一言メモ用の付箋《ふせん》や、千代紙《ちよがみ》なんかも入っている。けっこう昔に発売されていた切手シートなども入っていた。

「うわぁ、懐かしい」

感動して覗《のぞ》き込もうとしたとき、どこから湧いてきたのか、目の前に大きな蜘蛛《くも》がぬっと現れ、碧梨はこの世の終わりといわんばかりに「きゃあああ」と、盛大な悲鳴を上げた。

「おい……おまえの感覚はおかしいんじゃないか。蜘蛛には驚くというのか⁉」

後ろから男の声がして、碧梨はハッとして振り返る。どうやら夢ではないようだ。しかも彼は、自分よりも蜘蛛に驚く碧梨に憤慨《ふんがい》している様子である。よほど碧梨が怖がらなかったことを屈辱《くつじょく》と思っているらしい。彼はプライドが高い妖怪なのかもしれない。

「あ、あなたが、私をここへ連れてきたんですか？」

「ふん。急に倒れかかってきて邪魔だったから、社務所に運んでやったんだ。ありがたいと思え。夏の暑さにやられてぼうっとしていたようだし、蜘蛛に襲われてちょうどよかったじゃないか」

男はさっきの仕返しといわんばかりにからかってくる。

「あの、まさかと思いますが……巨大な蜘蛛の妖怪が住んでるとかないですよね？」

想像力の豊かさだけは誰にも負けないつもりだ。自分で想像して怖くなるなんて滑稽《こっけい》かもしれないけれど、考えはじめると次々に脳内に妖怪の姿が形成されていくのを止められない。さすがに蜘蛛の妖怪には、卒倒する自信がある。

「ここは俺の社だ。土蜘蛛なぞ寄せるものか」

他の妖怪の話題を出されて、ますます男は不機嫌そうに眉根を寄せた。

言い足りないといわんばかりに彼が口を開いたその時。

「琥珀《こはく》様ー！」

と、可愛らしい声が響きわたる。何かと思えば、レインコートを着た五歳くらいの小さな男の子がこちらに駆け寄ってきた。

「あっ」

碧梨が危ないと言う前に、ずべっと派手に転んでしまった。

「いたたたあぁ！　お鼻がうぅ、つぶれちゃうぅ……」

緊張していたその場に、微妙な空気が流れた。

「どいつもこいつも気が削がれることを……」

男が戦意喪失したように舌打ちをする。

「おい、ポンコツ、うるさいぞ」

「ポンコツってやめてくださいよ、琥珀様」

涙目になりながら、むっと唇を尖らせつつ、小さな男の子が訴える。

どうやら男は琥珀という名前らしい。彼は聞く耳をもたぬといわんばかりに、しっしっと手を払う。

「登場するなりに転んでるんだから、ポンコツっていうんだよ」

「そ、それはともかく、僕にはちゃんと名前があるんですから」

見れば、その子の頭にも琥珀とは違った丸いミミがついていた。

「あ、こっちは違うミミ……！」

「あ、こんにちは。新しいお客様ですか？　僕は紫苑《しおん》といいます」

なぜか誇らしげにえっへんと胸をそらす紫苑という男の子は、幼稚園児くらいの背丈なのに、随分と言葉が達者で、大人みたいな言葉遣いをする。

そして、丸みを帯びた男の子の体からすぐに碧梨は連想する。

「もしかして、今度は、化け狸《ばだぬき》……？」

「こいつは、俺の召使いのようなものだ」

化け狸の男の子は碧梨の顔を覗き込んできた。

「あのぅ。あなたはなんていうお名前なのですか？」

ふっくらとした丸い顔、ぱっちりお目々《めめ》にかわいらしいだんご鼻。子どもらしいその丸みのある鼻が、碧梨が瞬きをした瞬間には栗色に染まっていた。さらに二つの目を縁取るように、狸独特の黒っぽい模様が現れ、背部から金と黒がまざった尻尾がポンッと突然現れた。

「わっ」と、碧梨は思わず声を出してしまう。

「そいつは、碧梨という人間だ」

と、琥珀がなぜか偉そうに答える。

「碧梨様！　ボクは琥珀様のお手伝い係です。よろしくお願いしますね」

むぎゅっと握られた手に驚くが、その手はあたたかかった。ぷにぷにの肉球、モフモフしたミミ、ふわふわとした尻尾。次には母性本能を総動員するくらいの衝動が押し寄せる波のようにやってきて、全身の血が沸騰する勢いで頬が上気する。

(狸初めて間近で見た……何これ、か、かわっ……かわいいっ！！！)

思わず抱きしめたくなったあたりで、碧梨はようやく我に返った。

(……って、そうじゃない。和んでいる場合じゃなかった)

混乱している碧梨をよそにケモミミ化した二名は言い争いをはじめてしまった。

「ポンコツなのに自己主張だけは激しいな。だから俺はポン吉と呼んでいる。そいつのことはそう呼んでいい」

「またそんなことを～！　ほんとうの名前を忘れてしまったらどうするんですか」

「煩わしいが、なんでも言うことを聞くやつだから適当に雑用をさせておけばいい」

めんどくさそうに、琥珀は言った。

「は、はぁ……あの、紫苑くん……？　ちょっとだけ、ごめんね」

碧梨はおそるおそる紫苑の髪やミミに触れてみる。ふんわりとした手触りに感動を覚えていると、にっこりと紫苑は笑った。うわぁと、胸の中に熱い奔流《ほんりゅう》を感じ、テンションがいっきに上がる。

(こんなにかわいい妖怪がいていいの……!?)

美青年かと思った彼は妖狐というあやかしだという。それに召使いの化け狸……。

祖母のハナエはいうなら少女のまま大人になったような人だった。ちょっと変わっているところがあると思っていたけれど、まさか妖怪と知り合いになっていたなんて。

「おもてなしが遅くなって申し訳ありません。ただ今、お茶を出しますから待っていてください！」

ぱたぱたと紫苑が小走りで向かったところ、部屋の左手奥には台所がある。のれんの下から冷蔵庫やガスコンロが見えた。そこで紫苑は何やらガチャガチャと準備している。なんとなくあのドジな様子だと心配だ。

台所の手前にはベランダに繋がるガラス戸があり、その隣には一段小あがりになった畳三畳くらいのスペースが奥まったところに区切られており、電気の消えた薄暗いその場所には座布団やら毛布やらお酒の瓶《びん》などが置かれてあったり、隅っこの方に段ボールの空箱が雑に置かれていたりもした。

ソファに身を投げて仏頂面を浮かべている琥珀と、目が合わないようにして気まずい沈黙をやり過ごしていると、ほのかにお茶の香りが漂ってきた。すぐに紫苑が戻ってきたのだが、彼が持っているお盆の上の茶器がかちゃかちゃと揺れていて、危なっかしい。

「お待たせしました。碧梨様、お茶をお持ちしまし……うわぁっととと」

案の定というか、ガチャンと盛大に割れる音がして、片目を瞑《つむ》る。

「おい、ポンコツ、いい加減にしろよ。何度目だ？　そんなに干物にされたいのか？」

琥珀が苛立ったように腕を組んだ。その様子を見て、紫苑が震え上がる。

「うわあああ。琥珀様ぁ！　ごめんなさい、ごめんなさい」

紫苑はぐすぐすと泣きながら、必死に片付けている。なんだかかわいそうだ。

「あのポンコツのことはもういい。おまえは、この手紙を返してほしければ、俺の言うことを聞くんだな」

「あっ」

いつの間にか、琥珀に手紙を奪われていたらしい。

「それは、大事な……」

「これは預かっておく。貸しを返してもらうまで、ぞんぶんに働いてもらうぞ。話はそれからだ」

そう言い、琥珀は袂《たもと》に手紙をすっと隠してしまった。

「そんな！　祖母の貸しというのはなんですか。私は何を……？」

おそるおそる尋ねると、琥珀がそばにあった机の上に一通の書きかけの手紙を置いた。

「え、手紙……？」

「あやかしと人間をつなぐ仕事だ」

「手紙を書く……ということですか？」

訳がわからないまま碧梨が訊ねると、琥珀は怪訝《けげん》そうに眉根を寄せた。

「つまり、代筆屋だ。例えば、依頼者があやかしで、対象が人間の場合、あやかしは文字を書けないから、うちが代筆をし、受取人に手紙を届ける。依頼者が人間の場合は、代筆のみの依頼か、或いは手紙を預かってあやかしに届けるのか、希望してもらうことになる」

「……な、なるほど」

要は、代筆屋と配達屋のどちらも兼ねることになるわけだ。

しかし、いろんな妖怪がうじゃうじゃ出てくることを想像するとぞっとする。そもそもこの男をどこまで信用してよいのかわからない。琥珀の機嫌を損ねないよう、口下手としては最大限の勇気を振り絞り言葉をつなぐ。

「で、でも、あなたたちの姿は、特別な人にしか視えないんでしたよね？　あと、たとえば、どんな依頼があるんでしょうか？」

「面倒なやつだな。緊張をごまかすために言ってるなら、今すぐに口を閉じろ」

と、琥珀が気だるそうにため息をつく。そう言われてしまうと、その通りだったので碧梨は黙るしかない。出会ったときから感じていたけれど、口が悪いし、態度が偉そうだ。なぜこんな横柄な態度をとられないといけないのだろう。さっきの手紙の文面といい、悪徳消費者金融のチンピラに脅されているようなのだけれど。

緊張を超えてふと不満が湧いてきたが、ぐっと我慢して呑み込み、彼の様子をうかがうことにした。

「そうだ。ちょうどいいから、その辺を片付けてもらおうか」

指された方を見れば、紙の山に埋もれている請求書や納品書などはぐちゃぐちゃで、整理整頓はされていなくて埃っぽい。

仕方なく、机の前に行き手掛かりになりそうなものを手に取ってみる。目を通してみようとするのだが、まず字が汚くて、すぐに読み進めることができなかった。手紙を書く仕事だというのに、こんな乱雑なものでいいのだろうか。

しかし、あやかしと人間をつなぐ仕事ということに興味を引かれ、肝心《かんじん》の文面をなんとか読み進めていくことにしたのだが――。

『山ぶきおに商店店しゅ　六月末日までに店の立ちのきをめいじる。なお、みかじめ料を今後一日あたり金十まん円の請求をする。万が一えんたいおよび立ちのきに応じない場合、おのれのまつだいまで災いがふりかかることをかくごすべし……』

碧梨はその文面を見て、言葉を失った。妙にひらがなが多くて読み難《にく》いが、書かれている内容はヤクザのやり口そのものではないか。他にも、看板を壊された弁償金の法外な請求や、元交際相手への恨み脅迫文など、どれもまっとうとは思えない内容のオンパレードに、冷や汗が流れる。

「む、無理……私、やっぱり」

立ち上がろうとすると、喉《のど》の下にすっと冷たい感触が走った。碧梨は視線だけを動かす。そこには琥珀の鋭い爪が食い込みかねない勢いで突きつけられていた。ごくりと、碧梨は喉を鳴らす。

「今さら逃げられると思うな。おまえの行動次第では、どうにでもできるんだぞ」

耳の側《そば》で低い声音で囁《ささや》かれ、首筋をなぞる爪の感触に耐えながら、碧梨は息を押し殺した。

「それともおまえは、魂を喰らわれたいか？」

残虐《ざんぎゃく》な嘲笑をまとった官能的な囁きと、反対側の首筋に食い込みかけた牙の感触に、碧梨は身体を震わせる。

「た、魂……を、食べるなんて、そんなことが？　そしたら、どう……なるの？」

彼の注意を逸らしたくて、碧梨は言葉を繋げた。

「おまえの魂は永遠に俺と同化し、輪廻転生《りんねてんせい》もできず、地獄のような飢餓《きが》を味わい続けることになるだろう……」

まさに飢《う》えた獣の吐息が、首筋を濡らし、今にも牙を突き立てようとしている。碧梨はようやく彼に対し、異質なる者の恐怖を感じた。

「ふん。まあ、そういう借りの返し方も、また一興かもしれんな。おまえは生贄《いけにえ》として、俺に身を捧げるといい」

碧梨は声にならないまま、必死に首を横に振る。

言葉もなくその場に頽れた碧梨と、その横であわあわうろつく紫苑に気を良くしたのか、琥珀はにやりと顔を歪めると手を放した。

「よし、出かけるぞ」

と言い、琥珀が何かを片手に立ち上がった。

「え、どこにですか？」

困惑する碧梨の目の前に、琥珀は手にしたものをちらつかせた。

「……あっ、それは、おばあちゃんからの手紙！」

「これを返してほしければ、黙って俺の言うことに従え」

そう改めて脅迫してきた。

「なっ……！」

「まだ、おまえにはやってもらいたい仕事があるんだ。ばあさんには色々と迷惑をかけられたからな。こんなものではまだまだ足りん」

意地悪な表情を浮かべ、琥珀がそう言い放つ。

まるで子供のようなその脅しに、緊張が解けると同時に、疑いと疑問が頭をもたげた。

まさか……知り合いというだけで、祖母に貸しがあるというのは実は嘘なのではないだろうか。

「ふん、信用しようがしまいが俺には関係ない。あまり俺を刺激しないでおいた方が、おまえにとっては得策だぞ。それをよく覚えておけ」

碧梨の表情から、その疑問を察したのか、琥珀はそう言い、あやかしの姿へと変貌を遂げる。鋭い視線に捕らえられ、碧梨は言葉に詰まった。彼は妖怪だ。怒らせたら何をするかわからないかもしれない。何より、祖母からの最後の手紙を他人に奪われるわけにはいかない。そう思うと、いつになく毅然《きぜん》とした気持ちが湧いてきた。仕事も恋人も家族も、何も持っていない。そんな碧梨にとって突然届いた祖母からの手紙は、思いがけず大きな心の支えになっていた。

「わ、わかりました。でも、約束してください。終わったら、ちゃんと返してください。大事な手紙なんです」

琥珀は答えてくれないし、「さっさと行くぞ」とだけ。

「ぜったい、ですからね？」

念を押すけれど、回答はない。もう、やっぱりすぐに逃げ出せばよかった。泣きたい気持ちになってくる。この先もついていくのが不安で仕方ないが、とにかく手紙を返してもらわなくては話にならない。

「お出かけするなら、ボクもついていきます……！」

「だめだ。おこちゃまのおまえは大人しく留守番してろ」

振り返りもせずに琥珀は言った。紫苑が可哀相に思った碧梨は、手を振って「いってきます」の合図を送る。逆光のせいで表情は見えなかったが、きっと愛らしい円《つぶら》な瞳をうるうるさせているに違いない。

（……ほんとうに性格悪い。嘘つきだし、傲慢《ごうまん》だし、銭《ぜに》ゲバやくざ妖怪もいいところよ。もうちょっと紫苑くんにだって、やさしくしてあげたらいいのに）

意を決しつつも、碧梨は心の中だけで不満を連ねる。そう考えつつ、ふと疑問が湧く。

「あの」

「……なんだ。また泣き言か？」

「いえ、ただの疑問です。あなたの姿って、私以外にも見えるんですよね？」

そうでなければ、人間からの依頼を引き受けることができないはずだ。

「俺は特殊な性質《たち》だからな、あやかしの姿は普通の人間には見えないが、人間に化ければ、人間そのものにしか見えないはずだ」

琥珀がいともたやすく人間の姿に戻ってみせるので、碧梨はすぐに納得して頷いた。

「ポン吉は俺とは別の類《たぐい》だが、あいつも人間に化けることができる妖術使いのあやかしだ。化けていれば人間の子どもに見えるはずだ。まぁ、今まで外に連れ出したことはないがな」

「え……じゃあ、あの社務所にずっと閉じ込められているんですか？　可哀相……ポンちゃん」

思わずといったふうに、碧梨はポンちゃんと呼んでしまった。ポン吉だとかポンコツだとか呼ばれて下僕扱いされる紫苑には本当に同情してしまう。ドジなのはさておき、琥珀のことを慕っているようなのに。

「あいつは妖術が安定していない。もしも失敗したあいつが狸の姿で街中に現れたらどうなると思う？」

ニュースで熊や猪《いのしし》や猿といった野生動物が街中にあらわれ、大騒動になっていたのを見たことがある。場合によっては射殺されることだってあるかもしれない。想像すると血の気が引いた。

琥珀に続いて神社の階段を降りていく。眼下には夕方を迎えた市の中心部の様子が見下ろせた。そのとき、ふと、碧梨は違和感を覚えた。

あれ？　階段ってこんなに少なかった？　少なくとも百段……ううん三百段くらいはあったはずなのに――。

あっけなく最下階に辿り着いたのが腑《ふ》に落ちない。今、ざっと数えたところ百段もなかったように思うのだが。

碧梨が怪訝な顔をしていると、くくくっと琥珀は笑った。

「あぁ、あれか。おまえが面白いから、ちょっと段数を増やして、どこまで手紙を追いかけて来るのか試してみたんだ。必死な形相でのぼってくる顔は傑作だったな。手紙なんぞのために三百段も登ってくるとは、バカじゃないのか？」

「なっ」

おそらく碧梨の顔は唐辛子《とうがらし》のように真っ赤になっていることだろう。

信じられない！　人の苦労をあざ笑うなんて、この男、性悪《しょうわる》なのにも程がある。

「冗談だ。長いと思うから長い。短いと感じたなら、またそれも正しい」

「もう、わけがわかりませんよ」

「あやかしとはそういうもんだ。人間のものさしでは測れない。人間だってあやかしをそう簡単には理解できないだろう。何かがあればすべて妖怪のせいにする。都合のいい話だ」

そんなふうに言われてしまうと、そのようにも思えて反論できなくなる。と同時に、琥珀は今まで人間との間にいやな想いをしてきたことがあるのだろうかと考える。人事あるごとに、碧梨を試すような事を言ったり、脅しかけたりする。あまつさえ、人間がどうのと蔑むように言う。けれど、日頃の仕事があんな感じなら、琥珀にも問題があったのではないだろうか。とすると、素直に同情はできない。

「おまえは俺の言うとおりについてくればいい。安心しろ。素直についてくれば、悪いようにするつもりはない」

その胡散《うさん》臭さといったらない。

せめてもの対抗として怪訝な目を向けてみるものの、もちろん彼には効き目がなかった。

「つべこべ言わずについてこい」

（さっきから、そればっかり……私、ついていって、大丈夫なの？）

つくづく押しに弱い自分の性格がいやになる。

（こき使う気満々のようだし、脅されているし、色々と不安しかないんですけど……）

碧梨はこっそりため息をついた。


碧梨が連れてこられたのは、社務所の目と鼻の先にある古町《ふるまち》通りという古い商店街の裏側だった。さらに入り組んだ路地に入っていくと、昭和初期に三大花街といわれた旧花街に出る。今でもここ新潟の古町にはお座敷遊びをさせてくれる茶屋が存在するらしい。ついこの間も全国版のテレビで取り上げられていたのを見て、地元にいながら知らなかった碧梨は、驚いたのを覚えている。

用事というのはこの界隈《かいわい》にあるのだろうか。

「初めに言っておくが、おまえ、俺からあまり離れるなよ」

「な、何があるんですか」

不安になって尋ねると、琥珀が神妙な面持ちで答える。

「悪さをする妖怪が、俺以外にもいるということだ」

獣の視線を向けられ、碧梨はぞくりとする。それでなくとも黄昏時《たそがれどき》というのは、なんともいえない不思議な気分にさせられる。薄暗くなった夕方はすれ違う人の顔が見分けにくく、誰の顔も見分けがつきにくく感じる。そういう妖しくも禍々《まがまが》しい雰囲気が、妖怪の世界と通じているように思う。

「おまえの苦手な土蜘蛛も、そこかしこにいるぞ」

「ど、どこですか……」

碧梨はあたりを見回し、とっさに琥珀の袖にくっついてしまった。すると、彼はくっと喉を鳴らすように嘲笑した。どうやら、からかわれただけのようだ。

「だが、気をつけるに越したことはない。わかったか？」

「……わ、わかりました」

あたりを見回しながら黄昏色の光の中に溶け込むように琥珀の後ろについていくと、彼は二階建ての武家屋敷風の茶屋に入っていこうとしていた。

「ここって……」

琥珀は碧梨を一瞥《いちべつ》したのち、何も言わずにお茶屋に入っていく。

玄関の格子戸を開くと、芸妓《げいこ》がすぐに顔を見せた。

「お待ちしておりました。中へどうぞ」

どうやら事前に約束してあったらしい。碧梨はわけがわからぬまま琥珀の後に続く。

茶屋の中は薄暗く、行燈《あんどん》だけが足元を照らしている。どこもかしこも障子戸が閉められ、人影らしきものが揺れて、客が笑い合う様子や、琴や三味線《しゃみせん》の音色が聞こえてくる。

ここにはどのくらいのお客さんが入っているのだろう。お花や香やお酒の匂いの混ざった芳しい香りに、なんだか碧梨まで酔ってしまいそうだった。

「こちらへどうぞ」

案内係の芸姑が戸を引くと、紅《くれない》色の生地に金の蝶や淡桃《たんとう》の花模様が描かれた着物姿の美女が現れ、一瞬にして目を引きつけられた。

「よう来なすったねぇ」

そう言って出迎えてくれた彼女は、案内してくれた芸姑とはまた違う。芸者や舞妓《まいこ》ではなく、遊女《ゆうじょ》といわれる女性の中でも花魁《おいらん》の華美な姿をしていた。

（お茶屋さんがあることは知ってたけど、どうしてここに花魁が……？）

碧梨は不思議に思い、首を傾げた。新潟でも燕市の分水地区というところでは、桜の季節になると、手古舞《てこまい》、新造《しんぞう》、かむろ、舞妓といった付き人を連れた花魁三名が独特の外八文字の歩き方を披露《ひろう》する花魁道中のイベントが行われる。しかし市内の茶屋では、芸姑や舞妓だけだったはず。

結い上げられた重たそうな黒髪にかんざしや飾りが幾つも挿《さ》し込まれ、まっしろに白粉《おしろい》を塗られた顔に赤い紅。その独特な雰囲気に圧倒されていると、彼女から妖艶《ようえん》な美しい笑みを向けられ、碧梨は我に返る。

「おやおや。あんさん、今宵《こよい》はずいぶん可愛らしい子を連れているんじゃないの」

「新しい助手だ」

「へぇ。私は紅緋《べにひ》。あんた、名前はなんていうの？」

「えっと小林碧梨と申します。よ、よろしくお願いします」

「碧梨ちゃん。あんさんがどんな方かわかって一緒にいるの？」

紅緋に尋ねられ、碧梨は目を丸くする。

まさか、彼女は琥珀のことをあやかしだと知っているのだろうか。

「え、それは……」

どう説明していいか困っていると、琥珀が口を挟んできた。

「余計なことに口を出さなくていい。こいつは俺の側におくことにした。そういう約束だ」

「あらあら。人間の女の子をたぶらかすなんて、隅《すみ》におけない人ね。気をつけて、碧梨ちゃん」

扇子《せんす》を口元に引き寄せ、紅緋は上品に微笑んだ。やはり、この人は、琥珀があやかしだと知っている。もしかして、代筆屋の仕事に連れてこられたのだろうか。碧梨の予想は当たっていたようで、琥珀がどこからか取り出した封筒を紅緋に差し出す。それはまだ糊付けされていない状態のものだった。

「代筆の内容に間違いがないか、確認だけしてくれ。あとは渡しに行くだけだ」

大仰に言って琥珀は腕を組む。しかし、手紙に目を通す紅緋の表情には、だんだんと呆れの色が浮かびあがってきた。

「はぁ。相変わらず、汚い字だこと。とても読めたものじゃないわ」

興味津々で覗き込んでみると、たしかに字がめちゃくちゃに汚いうえにひらがなだらけなので、なんて書いてあるのか読みづらい。

けい告文
こんりんざい、付きまとい行いをきんず
吉原屋の半けい十キロメートルに近づけば、命のほしょうはないと思え

ある意味、おどろおどろしい雰囲気が出ているので、警告文として力を発揮しそうではあるが、この手紙をいったい誰に渡すつもりなのだろう。

「まぁいいわ。それでいいわ。渡してちょうだい」

寛大《かんだい》にも紅緋はそう言い、便箋を封筒に戻してからそれを琥珀に預けた。

「あの、どなたに渡すのでしょう？」

碧梨は思わず口を挟んだ。碧梨にとって「手紙」は、祖母との思い出を呼び起こす神聖なものであり、どんな手紙も今までずっと大切に感じてきた。それゆえ、目の前で人を呪うような手紙が行き来しているのが、どうしても気になってしまったのだ。

「まぁ、他愛《たあい》もないことよ。昔人間だった頃に足繁く通っていたある男がひょっこり現れてねぇ……。周りをうろつかれて、うっとうしくて敵《かな》わないから、私のことなんか一刻も早く忘れてちょうだいなっていう内容よ」

紅緋は突き放すように言った。彼女の迷惑そうな表情を見れば、本当に困っているのかもしれない。それはそうとして……、

「人間だった頃……」

碧梨は絶句する。

（それじゃあ、彼女も琥珀と同じように……あやかしということ？）

「ここは幽世《かくりよ》だ。人間が住んでいる場所とはちょっと違う。黄昏のときにだけ入り口が開き、あやかしが紛れ込める場所があるんだ」

琥珀が言った。どうりで、茶屋の様子がおかしいはずだ。さっき土蜘蛛がどうのと警

告したのも、あらかじめ幽世へ連れてくるつもりだったからということなら、先にそれを言っておいてほしかった。

琥珀と紫苑に触れ合ううちに、色々麻痺《まひ》してしまっていたが、よくよく考えれば、琥珀がこの姿でいるのに紅緋が違和感を抱かない方がおかしいのだ。

「幽世……よくわからないけど、それって、私は神隠しにあってるようなもの？」

平行世界、パラレルワールドと考えればいいのだろうか。人間の世界と同じように見えて、ここは妖怪が暮らしている別の世界ということだろうか。碧梨は怖々と部屋を見回す。

さっき案内してくれた芸妓の首がゆらゆらと伸びていくのが見え、思わずひゃっと声を出し、琥珀の腕にしがみついた。

「急にしがみつくな。着物が皺《しわ》になるだろう」

「ご、ごめんなさい。だって……」

「あらあら。悪さはしないから、安心してちょうだいな」

紅緋がそう言うと、芸妓はお座敷に手をつき、その場をあとにした。

「はぁ。驚いた……」

人間があやかしになるということ自体がいまいちピンときていない。でも、昔の平安時代の人が無念のまま死んだあとに妖怪になったという怪談話があったはずだ。たしか、崇徳《すとく》上皇が後継争いに敗れたあと大天狗《だいてんぐ》になったという逸話《いつわ》だったと思う。

紅緋があやかしになったのは何の未練《みれん》からだろうか。彼女が花魁の姿でいるのは理由があるのかもしれない。碧梨の脳裏に様々な疑問が浮かび上がってくる。

「お客さんにつきまとわれて迷惑しているっていうことですか？」

「ええ、つまりはそういうことね」

それならば、手紙の内容も仕方ないかもしれない。でも琥珀はやはり、人を脅したり、別れさせたりする代筆ばかりを引き受けているのだろうか。

もどかしさを感じていると、紅緋はぽつりとつぶやいた。

「……そんな簡単な理由だったら、どれほどよかっただろうね」

そう言いながら、紅緋は封筒の宛名に指先を這《は》わせた。別の座敷から流れてくる三味線の音に紛れてしまえば、聴き逃しそうなほどの小さな声だったけれど、碧梨はそれをはっきりと耳にした。その彼女の表情や仕草に、碧梨は違和感を覚えた。どこかせつなそうに、いとおしそうに、手紙に触れる彼女は、言葉とは裏腹《うらはら》な想いを抱えているように見えたのだ。

「どういう、意味ですか？」

それに、人間だった頃とはいったいどれくらい前のことだろう。

そのとき、先ほどいた芸姑が戻ってきて、紅緋に声をかけてきた。

「花魁、大旦那様がお呼びです」

「ええ。わかったわ……すぐに戻ってくるわ。少し待っていてちょうだいな」

紅緋はそう言い、部屋を出て行く。その間、芸姑が三味線を披露し、退屈しないように配慮《はいりょ》してくれた。横を見れば、いつの間にか琥珀はお酒を飲み始めている。

「えっ。仕事で来ているのにお酒なんて飲んでいいんですか？」

「店に来たのに、酒《あお》を飲まずにいられる方がどうかしている」

と、琥珀は水を呷るように酒の入った黒いとっくりを傾けた。人間の常識をあやかしに当てはめるのはおかしいことかもしれないけれど、琥珀に関してはよくわからない。

「あの……その方はなぜ今になって紅緋さんにつきまとっているんでしょうか？」

「そんなものは偏執狂《へんしっきょう》の勝手だろう。おまえがそれを気にしてどうするというんだ」

「……それは、そうですけど、さっきの紅緋さんの表情が、引っかかって……」

三味線の演奏が再び止む頃に、紅緋は戻ってきた。

「待たせてしまったわね。あんさん、報酬《ほうしゅう》は番頭《ばんとう》にあずけてあるわ。帰りに受け取ってちょうだいな」

「あぁ、わかった」

琥珀は答える。そして紅緋から先ほどの手紙を預かり、碧梨を促した。

「仕事は終わりだ。行くぞ」

「とにかく頼んだからねぇ。あんさん」

「……ああ」

「碧梨ちゃんも、またここへゆっくり遊びにいらっしゃいな。ね？」

まだ何かを言いたそうにしていた碧梨の様子が伝わったのかもしれない。紅緋は念を押すように言った。

「はい……」

碧梨は喉元まで出かかった言葉を呑み込む。

「じゃあな、紅緋」

踵を返した琥珀の後を碧梨もついていく。部屋を出ていくと、見送りのために他の芸妓が案内してくれる。その間も碧梨は紅緋のことがどうも気になって仕方なかった。

碧梨も好きな人に告白できないまま、彼が転勤するとき「元気で頑張ってください」と笑顔で見送った過去がある。寂しくなるなと言ってくれた先輩に対して、碧梨は涙のひとつもこぼさなかった。でも、本心では寂しくて、一人になってから泣いていた。

そんな裏腹な気持ちが、なぜか紅緋の表情から感じられたのだ。

「紅緋さんの手紙、本当にその内容でいいんでしょうか」

依頼者に代筆を頼まれたら、その通りに書く。依頼者が手紙を届けることを望んだら、その通りに渡す。それが代筆屋の仕事だということはわかった。

けれど、手紙の内容に偽りがあったら？　それすらも呑み込んでしまわなければならないのだろうか。嘘を届けてもいいのだろうか。

手紙は、大事な想いを伝えるためにあるもの。幼い頃に祖母から教えられたことが、碧梨の胸に込み上げてくる。それを、紅緋にも伝えたいと思ったのだ。

（あんな顔をして――いいわけがない）

「何が気にいらないんだ」

碧梨の言葉に、琥珀は表情を変えぬままに問うた。

「よくわからないが、俺は、面倒ごとは嫌いだ」と吐き捨てる。

「おまえがどう言おうと、仕事はもう終わったんだ。幽世で一杯ひっかけるか……それとも、おまえに相手をしてもらおうか」

急に腕を引っ張られ、にやりと笑う彼の胸に飛び込むような格好になってしまう。

「ななな……何してるんですか！　は、放してください！」

碧梨は思わず取り乱して、琥珀を突き飛ばした。

「ふん、冗談に決まっているだろう。誰がおまえなどに懸想《けそう》をするか。面倒くさい女だ」

琥珀はむっとしたように両手を袂につっこむと、碧梨に背を向けて茶屋の格子戸を開いて外に出ていく。

いい年をして動揺してしまった自分を恥ずかしく思いながら、急いで後を追う。いい加減に、この男に思うままに振り回されるのに腹が立ってくる。

「……もういいでしょう？　いい加減、おばあちゃんの手紙、返してくださいよ」

碧梨は琥珀に追いつくと、意を決して立ち止まった。

「手紙？　ああ、どこにやったかな。さっきまで持っていたと思ったんだが」

と琥珀が言い出したので、碧梨は唖然とする。

「信じられない。あれは大事な手紙だって言ったじゃないですか」

「紅緋に手紙を出したときに、落としたのかもしれんな」

「じゃあ、私、捜してきます」

碧梨はそう言い残すと、日の落ちた街の中へと踵を返した。


碧梨は紅緋のもとへ急ぐ。あとからお客が入ってしまえば、手紙を捜しに座敷に上がらせてもらえないかもしれない。なくしてしまったらどうしよう、と焦燥《しょうそう》感が胸を突き、知らずと駆け足になる。読み返して触って、香りを感じられる祖母の手紙は、碧梨にとってお守りのような存在だ。それを琥珀に取られ、そのうえ失くされたと思うと、神社の前で手紙を落としてしまったことが今さらながら悔やまれて仕方なかった。

息を切らして茶屋の門を通ると、紅緋が庭園で芸姑と話をしていた。

「紅緋さん」

「まぁ、碧梨ちゃんじゃないの。どうしたの？　あんさんとはぐれでもした？」

紅緋は心配そうな顔をして、碧梨のすぐそばまで来てくれた。

呼吸を整えながら、碧梨は実は、と事情を話す。

「まあ、大事な手紙がここに？　一緒に部屋に戻りましょう。まだ、誰も部屋に通していないから、すぐに見つかると思うわ」

「ありがとうございます」

碧梨は紅緋についていき、先ほどの部屋に戻った。ろくろ首の芸姑が片付けをしていたらしく、彼女が手紙を手にしていた。それを見て、碧梨は胸を撫で下ろした。

「あ、それです！　それが、私の捜していたおばあちゃんの手紙です」

「よかった。ちょっと、この子のだから返してあげてちょうだいな」

紅緋が声をかけると、ろくろ首の芸姑が碧梨に渡してくれる。

「ありがとう。見つけてくれてよかった。大事なものだったの」

碧梨は手紙を胸に引き寄せ、ほうっと一息つく。ろくろ首の芸姑はにっこりと笑顔を残して、その場を退いた。

「手紙は唯一無二のものだもの。見つかってよかった。碧梨ちゃん、あんさんのところまで、私が送っていくわ」

紅緋に声をかけられ、碧梨ははたと足を止めた。手紙は唯一無二のもの、そう思う紅緋が代筆の内容に納得しているのか、どうしても気になったのだ。

「あの、私……さっきの代筆のことなんですけど……」

「えぇ？」

紅緋がそらとぼけたような不思議そうな顔をする。けれど、そこには何かを隠しているような、引きつった表情が浮かんでいるように感じられた。

「紅緋さん……ひょっとしたら、ほんとうは、紅緋さんにはもっと伝えたいことが他にあるんじゃないですか？」

紅緋の瞳が困惑したように揺れる。

「……仮にそうだとして、どうだというの」

「私にはわからないんです。……だって、紅緋さんはすごく苦しそうな顔をしている。私になにができるかはわかりません。でも、せめて、話を聞かせてもらえませんか？」

走ってきたのとは違う理由で、バクバクと心臓が高鳴った。自分が踏み込んでよいかどうかはわからない。もしかすると紅緋は自分の言葉に怒り出すかもしれない。碧梨は自分の言葉を早くも後悔した。

紅緋はしばし無言になり、何かを考えている様子だったが、ぽつりぽつりと、少しずつ昔のことを語りはじめた。

「昔、お茶屋の並びには看板を大きく抱えてはいなかったけれど、当時は揚屋《あげや》と呼ばれた遊郭があったの。親に捨てられて置屋《おきや》に身を置くしかなかった私は、揚屋に移され花魁としてお客をとるようになっていったわ。そのときに足繁《あししげ》く通ってくれていたお客さんがいてね――」

少女の頃に預けられ、ずっと置屋から出られなかった紅緋は、例えるのなら籠の中の鳥だったという。外の景色に憧れて、いつも窓辺から庭先の野花が風に吹かれて伸び伸びと揺れる様子を見ていた。そんなある日の夜、偉い方に連れられて初めて遊郭にきたという男に出会った。純朴そうなその男は、紅緋にとって初めて指名をくれたお客となった。

「悪く言えば、その人は余計なことを口にしてしまうお方で、よく言えば、とても正直なお方だったわ」

当時のことを思い出しているのか、語るうちに紅緋の表情が、だんだんと優しくほぐれてゆく。彼女の様子を見れば、よほど思い入れのある相手だったのだろうというのがわかった。

紅緋に会うため揚屋に通い詰めるようになった彼に、紅緋も次第に心を許し惹かれるようになった。しかしそんな折、大旦那から急に身請けの話が舞い込んできた。

紅緋はそこまで言うと、やりきれなさそうにため息をついた。

「身請けというのは……？」

「花魁が生きていくには、二つの道があるわ。ずっと、お客をとり続けて、一生、人気のお職で在り続けること。もう一つは、お客さんに女としての生涯《しょうがい》を買ってもらい、夫婦《めおと》になること。好きな相手と一緒になれるとは限らないの。大旦那様の顔を潰すわけにはいかないから、ほとんど身請けを断るといったことはないわ。私も覚悟をしていたつもりよ」

「……好きな人と出会うまでは？」

「……ええ。育ててもらった恩のある私は、ありがたい話に喜ばなければならなかった。けれど、私はすんなりと受け入れることができなくてね。そのうえ、身請けの話があったことは、他の旦那様には内緒にしなくてはならないのに、私はつい甘えて、あの人に打ち明けてしまったの。そしたらね……」

紅緋はそう言いかけて、言葉を詰まらせた。

「いつか自分が必ず身請けを申し込むから待っていてくれないかと、それまでは誰のものにもならないでくれと、私に言ったの。でも、話は着々と進んでいたし、すぐに支度《したく》金《きん》を用意できないあの人には、どうしたって叶えられるはずがなかった。思い詰めたあの人から、駆け落ちをしようと言われたわ。私はうれしかった。たとえ裕福ではなくても、二人で手を取って生きていけるのなら……そんな夢を見たわ。けれど……」

と、紅緋は口ごもり、沈んだ表情を浮かべる。

「紅緋さん……？」

「来なかったのよ」

紅緋は掠れた声で言った。

「え？」

「夏の嵐が過ぎ去った夜、約束の時間に私は待っていた。なんとか他の姐《ねえ》さんにお願いして、大旦那様に見つからないように取り計らってもらってね。けれど、結局……あの人は来なかったのよ」

「そんな……」

碧梨は紅緋になんて声をかけたらいいかわからなかった。

失意のまま彷徨《さまよ》った紅緋は行き場も生きていく希望も無くし、嵐のあとで氾濫していた土手から、川に身を投げてしまった。夏にもかかわらず川の水は冷たく、重たい着物ごと流され……気付けば、あやかしの姿になっていたという。

「その男性は……どうなったのでしょう。何か事情があったとか……」

「私は命がけで籠の中から飛び出した。何ももっていない身ひとつで。その覚悟を決めさせたくせに、来ないなんて……どんな理由があるというの」

紅緋は目尻に涙を溜めながら、憤った想いを吐き捨てる。たしかに彼女の言うとおりだ。どんな事情があろうと、来てほしかったはずだ。愛している人に裏切られた。そんな気持ちでいっぱいで、紅緋には絶望しかなかっただろう。

「恨みながら死にゆくものではないものね。おかげで黄泉《よみ》にも行けぬまま、私は幽世で永遠に現世と交わらない時間を過ごしている。籠の中の鳥だったときと、今も一緒よ」

「その……お相手には紅緋さんの姿が視えませんし、そのまま放っておけば、そのうち諦めると思うんです。手紙を出そうと思ったのは、今も恨んでいるから……？」

「恨んでいないといったら嘘になるわ。私の気持ちも知らないで今さら現れて、でも」

紅緋は口をつぐんだが、吐き出すように再び話し出した。

「すっかり年をとったあの人を見つけたときだった。私だけがあのときのまま。彼だけが年老いてゆく。実感するまでにしばらくかかったわ。私の消息を知ろうと、店に何度も訪ねるあの人の姿を見たらね、どうしようもない気持ちになってしまったの。だから、目の届かないところに追い払いたかったのよ」

感情に蓋《ふた》をするような静かな声でそう言い、紅緋は物憂《ものう》げに睫《まつ》毛《げ》を伏せた。

「紅緋さん、あの……だったら、手紙は……本当の気持ちじゃないということですよね？」

「碧梨ちゃん、さっき言ったように、大昔のことよ。あやかしがまったく年を取らないというのも考えものねえ。つい昨日のことのように余計なことをお喋りしてしまったわ」

彼女は癖のように大昔のことだと、はぐらかす。けれど、裏を返せば、つい昨日のことのように思えるほど、男性のことを想っているということではないのだろうか。

（どうして……そんなに傷ついた顔をしてるのに、素直な気持ちを届けようとしないの。せっかく人とあやかしを繋げられる唯一の手段があるのに。余計なことなの？）

「すべてが今さらの話。あの人は年老いた男、私はあやかしの女。どうなることもできやしないわ」

碧梨は唇を噛《か》んだ。

両親に出せなかった手紙、先輩に伝えられなかった想い、碧梨のなかで行き場をなくしている言葉が、嵐のように心の中で渦巻いた。相手に届くことのなかった言葉は、体を重くして心の中にずっと留《とど》まり続ける。それは、碧梨がこれまでに数え切れないほど経験してきたことだった。あやかしになってしまうほどの想いを、このまま抱え続けていてよいはずがない。祖母が教えてくれた「手紙」には、いつも碧梨が言葉に出来なかった言葉を語る力があった。

「……それでも、大事な想いを心に届けることはできます。年齢なんて関係ない。人だろうとあやかしだろうと一緒です。手紙には素直な気持ちが綴られるべきです。それは、紅緋さんにとっても、その人にとっても、かけがえのない大切なものになるはずです」

「碧梨ちゃん……どうして、あんたはそこまで……」

　どうしてか碧梨にもわからない。ただひとつわかることがあるとすれば――。

「私、孤独で寂しくて辛くてどうしようもなかったとき、大切な人からの手紙で心が救われたことがあるんです。だから、けっして手紙で誰かを傷つけてほしくない。それから、私は今まで色々なことを後悔してきました。だから、紅緋さんにはそうなってほしくないんです」

「碧梨ちゃん……あんたはやさしい子ねぇ。もしも私が昔、あの人と結ばれていたら、あんたみたいな子や孫がいたんだろうかねぇ」

　紅緋はそう言い、碧梨の髪をそっとすいた。彼女の目尻には光るものがあった。

「本当いうとね……一目でもいいから会いたいと思ったわ。でも、私の姿はもう、あの人には視えない。それはどうしようもないことよ。あの人が来てくれなかったことを私は恨んだわ。けれど、それ以上に私はあの人と過ごした愛しい日々のことが忘れられないの」

「紅緋さんは、ほんとうに……愛していたんですね。今も、愛しているんですね？」

「ええ。あの人は、たったひとりの、ううん……私の、すべてだったわ」

　紅緋が頷く。彼女の目尻からこぼれた涙が頬を伝う。その光のしずくは、彼女自身の澄んだ心をあらわしているように見えた。

伝えなくちゃ、と碧梨は激しい衝動に掻き立てられる。

「きっと紅緋さんのその気持ち、伝わるはずです。ううん。伝えなくちゃ。今ならまだ間に合いますよ。そうだ。手紙を持っていった琥珀のことを追いかけなくちゃ！」

「ちょいと待ちなさいな。碧梨ちゃん、あなたひとりで迷ってしまったらたいへんよ」

紅緋が芸妓に事情を話す。番頭に見つかったら叱られるというので、早く戻らなければならないらしい。だが、碧梨を放っておけないと言い、ついてきてくれた。

茶屋を出て左右を見回す。さっき別れたばかりなのに、もうどこにも姿が見当たらない。改めて眺めると、幽世と言われるここはたしかに元の旧花街の街並みとは全然違った。見慣れない店が建ち並び、時々人ならざる者が道を行く。意識すると、足がすくみそうになる。

「どこかお店に入ったんでしょうか？」

「さあねえ、あんさんは気まぐれなお方だから」

待ってくれているかもと、どこかで信じていた碧梨はがっかりする。幽世で碧梨が迷子になろうが、琥珀にとってはどうでもよいことなのかもしれない。しかし、今の碧梨には使命がある。琥珀が手紙を渡すまえに、あの手紙を回収しなければならないのだ。

とにかく歩いてみるしかないと思い、碧梨は店から離れて歩きはじめた。紅緋も一緒に琥珀を捜してくれる。

「ちょっと待って。碧梨ちゃん、このあたりはよくないわ。いったん道を引き返さないと……」

「え？」

急に声が聞こえなくなったので振り返ると、すぐ側にいたはずの紅緋がいなくなっていた。代わりに碧梨を取り囲んでいたのは、なんと、不気味ほど長い肢《あし》を持った巨大な蜘蛛だった。黒々としたオーラを放ち、いくつもの個体が四肢を蠢かせて集まってくるではないか。驚愕のあまり喉が引きつった。危険を感じて碧梨はとっさに後ずさる。

『人間だ、人間……へへ、うまそうな匂いがする』

ざわざわと碧梨の足元に淀んだ黒い瘴気《しょうき》が集まってくる。近づくにつれその蜘蛛はますます大きくなっていき、見上げるほど巨大な土蜘蛛へと姿を変えてゆく。人間の一人や二人、簡単に呑み込めそうなほどの大きさだ。襲われたらきっとひとたまりもないだろう。

「やだっ。来ないでっ。あっちに行って！」

碧梨はひたすら叫んだ。逃げる間もなく、禍々しい触手が伸びてきて、足首を掴まれた。じりじりと黒い影にのまれていくのを感じながら、早く逃れなければと焦る。なのに、すっかり身体がすくんでしまって動けない。

『……極上だ。活きのいい魂の匂いだ。余すことなく啜《すす》ってやろう……』

毛むくじゃらの触手に身体を鷲掴みにされ、碧梨は悲鳴を上げた。

恐怖と絶望に支配され、生きることを諦めそうになったとき、突如、辺り一帯が蒼白い閃光に包まれる。

光の衝撃と共に目を瞑ると、浮遊感に見舞われた。碧梨の身体は、誰かの力強い腕の中に引き込まれていた。見上げれば、美しい榛色の長い髪が、碧梨の頬に触れる。彼の額にかかる前髪から覗かせた縦長の瞳は怒気をはらんでいた。

「琥珀……！」

一瞬のことだったので何が起こったのかは把握できないが、とにかく琥珀が碧梨のことを助けてくれたということだけはわかった。

「こいつは俺の下僕だ。勝手に手を出した落とし前は、どうつけるつもりだ？」

琥珀は射殺さんばかりの鋭い目で土蜘蛛を睨《ね》めつけ、魑魅魍魎《ちみもうりょう》たちを切り刻もうとするかのように風を巻き起こす。息をするのが苦しくなるほどのその激しさに、思わず碧梨は琥珀にぎゅっとしがみついた。

『ぐっ。なんでい。あんたの女だったのかい』

「そういうことだ。息の根を止められたくなかったら、今すぐにここから去れ」

どうやら小さな蜘蛛が集まって一匹の土蜘蛛の姿に変えていたらしい。琥珀に圧倒された彼らは散り散りになって逃げていく。

狐火《きつねび》とおぼしき青白い火の妖術を解いた。普段と違う、琥珀の酷薄《こくはく》な雰囲気にのまれそうになっていた碧梨は、それを見てようやく、止めていた息を吐き出した。

「おまえも、どういうつもりだ。忠告はしといたはずだろう？　馬鹿め」

じろりと睥睨《へいげい》され、碧梨は身体を縮ませた。

「ご、ごめんなさい。まさかあんなのがいるなんて……」

「紅緋から、一緒に外に出たと聞かされた。だが、おかしなことに一向におまえの姿が見つからない。捜せば、厄介なまやかしの道に紛れ込んでいた。まったく参る」

「まやかし？」

碧梨はきょとんとする。まったく身に覚えがなかった。気付けば、紅緋がいなくなっていたと思ったのだが、道に迷うくらい遠くまで歩いた記憶がない。

「人間にもいろんなやつがいるだろう。あやかしも同じだ。加減を知らないから人間よりもタチの悪いものが多い。あやかしに術を使って惑わされ、まやかしの道に迷い込んだ人間は二度と現世《うつしよ》に戻れなくなることだってあるんだ」

二度と戻れなくなると聞いて碧梨はゾッとし、ただただ頷くばかりだ。

琥珀が険しい表情であたりを見やる。禍々しい瘴気はとうに消え失せ、慌てたように去った妖怪の姿ももう見えなくなっていた。

同じ妖怪なのに恐れをなすとは、いったい琥珀はどういう立場のあやかしなのだろう。

そんなことを考えていると、彼は挑発的な視線を向けてきた。

「おまえはそんな場所をうろついて、よほど喰われたいらしい。だが、さっきも言ったように、おまえは俺の下僕だ。勝手に動いて、他のやつに黙って身体を差し出そうと思うな。煮るも喰うも俺次第だと覚えておけ」

ぞわりと背筋の凍るような言葉に、碧梨は身を竦ませた。どこまで本気で言っているかはわからないが、さっきのあやかしの姿を見せられた後では、とても楽観的な気持ちにはなれなかった。やはり、とんでもない妖怪に目を付けられてしまったのだろうか。

でも彼が来なければ、今ごろ碧梨は土蜘蛛とやらに喰われていた。琥珀は来てくれた。どんな形であれ、自分は琥珀に命を救われたのだ――が、

「今度、勝手に動いたら、手紙は返さないし、ここに置き去りにして、さようならだからな」

そういう琥珀の手には、先刻《さっき》取り戻したばかりの祖母の手紙が握られていた。

「ああ！　いつの間に！　返してくださいっ」

琥珀の胸の中で必死に手紙へと手を伸ばすが、やすやすと遠ざけられ、琥珀は懐に手紙をしまい込んでしまう。琥珀はふんと鼻を鳴らし、せせら笑う。

琥珀が碧梨を離して見回すと、顔を蒼くした紅緋が駆けてきた。

「ああ、よかった。碧梨ちゃん、無事だったのね」

大きく肩で息を吐くようにして、紅緋がホッと胸を撫で下ろす。

「紅緋さん、心配かけてごめんなさい」

「さっきの野郎どもの術にかけられたんだろう。ここに紛れこんだときから目をつけられていたのかもしれんな」

やれやれと言いながら、琥珀は肩をすくめた。

あれほど怖かったのに、琥珀に肩を抱かれている間に、いつの間にか足の震えは止まっていた。そうだ。大事なことを伝えなくてはならない。碧梨は琥珀の袖を引っ張った。

「琥珀さん、お願いです。あなたが預かった手紙を無効にしてほしいの」

「何？　いったん引き受けた依頼を取り消しにすることはできないと、先に紅緋には伝えてあるぞ。俺は書き直すつもりはない」

「そんな……」

「約束は、約束だ」

紅緋の過去を知ってか知らずか、琥珀はそっけないことを言う。

「……だったら、私がやります。琥珀さんの手はわずらわせません。代わりに、私が紅緋さんの手紙を代筆します。それなら、許してもらえますか？」

「あんさん、無理を承知で、私からもお願いよ」

二人で懸命に訴えると、琥珀は碧梨を一瞥したのち、ぷいっと横を向いた。

「勝手にしろ」

碧梨はホッとして、紅緋と顔を見合わせた。

「その代わり、俺の下僕を使うんだから報酬は高くつくぞ。覚悟しておけ」

「なけなしのお金を払うわ」

紅緋がそう答えると、琥珀は解せないといった顔をしたが、金銭のことが解決したあとはそれ以上もう何も言わなかった。

「行きましょう、紅緋さん」

碧梨は紅緋を励ますように声をかける。紅緋は迷うそぶりを見せたが、それから決意を固めたらしく碧梨たちを見て頷いた。


一行は幽世の外へ出ると、すぐに社務所へと戻った。

「時間がないんだ。さっさとしろよ」

特段、急ぐ用事もないだろうに、琥珀はそう言って碧梨を急かす。もちろん、碧梨もそのつもりで紅緋と一緒に、段ボールに溢れていたレターセットの中から、好みのものを選んでもらおうとしているうちに、気づけば、幼少の頃に祖母と手紙屋さんごっこをしたときのことを思い出していた。

そのとき、碧梨は祖母が大切な友人に手紙を綴っている姿と、和紙に綴られてゆく文字を目で追っていた。

『手紙は、時間の旅をするのよ。来たるときを待って、手元から旅立つもの。そうして時を経て、大事な人の元へ贈られるの。受け取った人はまるで玉手箱を開けたみたいに、手紙に綴られた内容を辿るにつれ、差し出した人が重ねてきた時を感じて、その人の想いを知るのよ』

『時間の旅かぁ。おばあちゃんの考えって、おもしろいから大好き。もっと聞かせて？』

祖母の感性豊かな発想には、いつも心を動かされた。碧梨が興味を示すたびに、祖母はにこやかに言って聞かせた。

『……大昔なんかはねぇ、離れている人がどうしているか知る手段がほんとうに少なかったわ。今はポストに出したら次の日には届く。メールを送れば、すぐに返事が戻ってくる。テレビや写真もすぐに見られるわね。でも、昔は手紙を出しても、いつ届くかわからないし、いつ返事がくるかもわからなかった。……戦争があった時代なんかは、戦死の知らせが、間違えて別の家族のところに届いてしまうことも多かったそうよ。いつ届くかわからない。だからこそ、それだけ相手を想う時間が長かったし、その離れている時間に伝えられなかった想いを届けるのが、手紙の大切な役割だと思うの』

心を込めて文を綴る。祖母は手紙に関する色々なことを教えてくれた。

『そんな旅をする手紙だから、書き手の気持ちがたくさん感じられると嬉しいでしょう？　手紙には書いた人の人柄が表れるものよ。例えば、選んだレターセットからは相手を思いやる心、綴られる字体からはその人の性格、字の間の空白からはその人の息遣い、筆運びからは感情、そういうものが、たった一枚の手紙にぜんぶ込められるのね。それは、書く人だけが使える魔法なの』

『こんな魔法もあるわ。それはね――』

祖母が教えてくれたそれは、つい先日も経験した、あの祖母が教えてくれた魔法だった。

祖母の言うことが正しいのなら、代筆屋は誰かの代わりに文字を書くことだけが仕事ではないのだろうと碧梨は思った。

「碧梨ちゃん？」

紅緋が顔を覗き込んでくる。

「えっと、ごめんなさい。代筆なんて初めてなので、どうすればいいかなって……考えてたんです」

勢い余って代筆は自分がすると言ってしまったけれど、実際にどんなふうに手紙を書き出したらいいだろうか。依頼人の代わりを務めるからには、その人の想いはもちろん、その人が想う相手のことも深く知ろうとしなくてはならないのではないだろうか。そして、口述した内容をただ書き写すだけではなくて、代筆屋だからこそ使える魔法があるかもしれない。どんなふうに伝えたら彼女の想いが伝わるだろうか。

「あれほど大口を叩いておいて、今さら尻尾を巻くなよ」

ヤジを飛ばしてくる狐男のことはこの際、無視をしようと決め込む。

「こう、文机《ふづくえ》の前に座れば、自然と筆が進むようになりはしないかしら？　花魁の嗜《たしな》みとして読み書きは習っていたけれど、手紙に関してはどうも苦手で……私がどうこう言う資格はないのだけれども」

「そうですね。まずは……紅緋さんが伝えたい言葉を教えてもらってもいいですか？」

「ええ。でも、手紙なんて書いたことがないからどう言えばいいか……思い出話をさせてもらうようなつもりでもいいかしら？」

「はい。伝えたいと思うことをすべて、この手紙に託そうと思うんです」

「そうね。じゃあさっそく。あの人と出会ったとき、私は……歌を詠《よ》むのが上手なあの人に――」

紅緋はおだやかな表情で、少しずつ語りはじめた。


その日の夜九時を回らんとする頃、碧梨は紅緋、琥珀と共に堅牢な日本家屋の門戸の前にいた。築八十年の古い家屋が多い中、他とは一線を画する大豪邸に圧倒され、碧梨は男性の名前と住所を何度も確認した。たしか、紅緋の話からすると、そう裕福な相手ではなかったようだが……。

この数時間、碧梨は紅緋の言葉をもとに、何とか納得のいく手紙を完成させた。

碧梨が墨が乾くのを待ってから丁寧に封筒に仕舞い込むその傍らで、琥珀は腕を組んだままソファにどっかりと座り込み、何か考えごとでもしているかのような顔をしていた。

まだ彼は何か不満があるのだろうか。

『解せないな。俺には少しもわからん。そんな内容を今さら伝えたところでどうなるわけでもないだろうが。それでも、わざわざその手紙を届けたいというのか？』

と、こぼした。

それでも約束通りに手紙を渡しに行きたいと言うと、琥珀は黙ってついてきたのだった。

「ここで間違いないですよね？」

「……ああ。そうだ。さっさとしろ」

琥珀にせっつかれ、碧梨は緊張しながらインターホンを鳴らす。

しばらく待つと、玄関ドアが開き、八十歳に近いだろうとおぼしき老夫が姿をあらわした。出かける予定だったのか、使用人らしき人が側に付き添っており、老夫に杖を手渡す。

おじいさんにしては長身ですらりと背筋が伸びていて、加齢による皺があるものの、きっと若い頃は美男だったのだろうと想像させられた。しかし、その眉間には深い縦皺が刻まれており、気難し気な様子が見て取れた。

「どちらさま……だろうか」

男性は、突然訪ねてきた若い女と着物姿の男に、戸惑っているようだ。紅緋のことはやはり見えていないのか、視線を向ける様子はない。

「木崎一郎《きざきいちろう》さんですね」

あらかじめ紅緋から聞いていた男性の名前を問う。

「いかにも、そうだが……」

「私は小林と申します。生前、あなたの恋人だったという女性に頼まれ、代筆させてもらった手紙を届けに、こちらにお伺いしました」

まずは事情を簡潔に話そうとしたのだが。

「なんだって？　私の恋人？　冗談はやめてくれ。一体あんたらは……突然不躾に、何を言うてるんだい」

木崎の眼《め》が鋭く光った。胡乱な目を向けられ、碧梨はうろたえた。死んだ人間からの手紙を持ってきたなど、なんて馬鹿な言い方をしてしまったのだろう。これでは、何かの詐欺《さぎ》だと疑われても仕方がない。どう説明すべきかと次の言葉を考えるが、どう説明すればよいかわからず頭が真っ白になってしまう。

「あ、あの、事実なんです。ですから……」

「事実？　何が事実だというんだい？」

このままでは怒らせてしまいかねない。木崎は碧梨たちを追い払おうとするかのように、控えていた使用人の方へ視線を投げた。

そのとき、碧梨と男性の間に、琥珀が口を挟んできた。

「紅緋という名前に、覚えがあるだろう」

利那、木崎の目が大きく見開かれる。

「なぜ、若いあんた方が、彼女の名前を……」

琥珀は碧梨の手から手紙を抜き取ると、こともあろうか木崎の前へと放り投げた。

「つべこべ言わずに、まずはこれを読んでみろ」

そんな態度を取れば、火に油を注ぐだけではないか。碧梨は半泣きになりそうな気持ちで、弁解しようと木崎を振り返った。しかし、木崎はもうこちらを見ていなかった。

口は堅く結ばれたまま、しかしその眼は目の前に置かれた封筒に釘付けになっている。

碧梨が紅緋の艶やかな着物姿のイメージをもとに選んだ、唐紅色の和紙の封筒だ。

息を潜めて見守るなか、彼は細かく震える手で封筒を手に取り、便箋を引き出した。

開いた拍子に、ふわりと、香が漂った。

「この香りは……」

男はハッと思い出したように、ますます手を震わせる。そして皺だらけの顔を苦しそうに歪め、濁《にご》りかけた銀灰色の瞳を揺らした。

「なんと、懐かしい……ああ、紅緋の……身につけていた香りだ」

祖母が教えてくれた最初の魔法は、文香だった。

『手紙と一緒に、文香を添えるの。香りは、記憶に残りやすいというから、大切な手紙が印象に残るように。お花の香りを選べば、相手への花言葉がメッセージにもなるわ』

その言葉を思い出した碧梨は、男性により紅緋の存在を近くに感じてほしくて、密かに封筒に入れる前に便箋に文香を忍ばせていたのだ。それは、紅緋の着物に焚《た》きしめられていた香りと同じものだった。

前略
突然のお手紙をお許しください。私は今、あなたと初めてお会いした日のことを昨日のことのように思い出しながら筆をとっています。

あの日、花街の遊び方も知らないような素朴なお方が、ようこんなところへ来なさったなと私は思ったものです。そして私のことをひと目見て、決まり文句をくださる他の旦那様と違い、美しいと褒めることなしに「僕は、寂しい顔をしているあなたがとても気になりました」と言い、ご指名して下さいましたね。

そのとき、私はとても恥ずかしくて、恥ずかしくてたまりませんでした。床入りしたわけでもないというのに、まるでいきなり裸にされたように感じたのです。馬鹿にしているのかと、腹さえ立ちました。

でも、今から思えば、あなたは本当に正直な人だった。

ふたりきりになった後も、何をするでもなく、ただぽつりぽつりと話をするだけであなたは帰って行ってしまった。いったい、何をしに来なすったのかと呆れたものです。

だからあなたが、再び現れたときには本当に驚きました。

しかも、野花を添えた和歌を持って。

それからも、あなたはお金を貯めては、会いに来て下さいましたね。

私は籠の中の鳥……たとえ望んでも、自分ひとりでは、どこに行くことも許されません。幼い少女の頃から外の世界にひたすら憧れ、叶いもしない普通の幸せを願い、そして叶わないと落胆しながら、置屋のなかで過ごしてまいりました。それを知るあなたが、私が見ることの叶わなかった季節折々の花を選んで、届けてくれていることはすぐに気が付きました。

あなたが歌を届けてくれる日、訪ねてきてくれる時間をいつの間にか心待ちにするようになりました。いえ、待つ日々、どれほど私は想い焦がれていたことでしょうか。

あなたの顔を見られた日、帰ってしまったあと、恋しさのあまりに涙を流すことも少なくありませんでした。生まれて初めて私は恋をするということの本当の意味を知ったのです。やがて、憧れ続けていた外の世界に出ることよりも、あなたと一緒にいる時間が何より尊いものだと思うようになりました。

だから、他の旦那様との身請けの話が出たとき、私はどうしようもなく悲しくてなりませんでした。

でもあなたは、あなたが私に向けて「一緒になろう。必ず幸せにする」と言ってくださった。あのとき私は、何があってもたとえ苦労しても、このお方と共にあろうと命がけの覚悟を決めたのです。

ところが、あなたはいくら待てども……約束の場所に現れなかった。

私は初めて外の世界に出て、絶望という感情を抱きました。夢に見ていた外の世界はやさしくはなかった。あなたに焦がれて彷徨うちに、嵐のあとで野花がなぎ倒された土手に辿り着き、死に誘われた私は、気づけば川にのまれて流されていました。息ができなくなったとき、真っ先に私はあなたの笑顔を思い浮かべました。

どうして来て下さらなかったの……？

一緒になろうと信じていたのに。

身体が水に沈んでいくさなか、そんなふうに責めることすら、私は悲しくて仕方ありませんでした。

なのに……どんなに恨もうとしても恨みきれなかった。

それほどあなたが私にくれたものは大きくて、一緒に過ごした時間がどれほど幸福だったのか、命の灯火が消える直前に思い知ったのです。


あなたのことを愛してる。

最後に私に残った想いは、ただそれだけでした。


どうか、私が無念な最期を迎えたのだと思わないでくださいませ。あなたと過ごした日々が宝物であったと思うほどに、少しもあなたのことを恨んでなどいません。けっして悔やんでなどいません。

いつの日か、生まれ変わった来世でご縁を結べる日がきたら、そのときは今度こそ一緒になれますように……。

草々

紅緋

木崎一郎様

　木崎は没入するように手紙の文面に夢中で視線を走らせた。やがて彼の皺くちゃの目尻から涙が頬を伝い落ちてゆく。最後まで手紙を読み終えた彼は嗚咽を漏らしながら手紙の文字を何度も何度も指でなぞった。その手が震えていた。声にならない声で、何度も何度も、彼女の名前を囁いた。

「……ああ、なんていうことだ。紅緋……まさかこんなことになっているとは知らずに、私はなんて愚かな……！」

　碧梨はいたたまれなくなり、木崎にハンカチをそっと差し出した。

「すまない。お嬢ちゃん。涙が溢れては、ますます見えなくなってしまうというのに」

　そういう彼の瞳は白い膜が張っているように見える。

「私の人生でただひとつの心残りは、将来を誓いあった彼女と一緒になれなかったことだった。しばらくは落ち込んで食事も喉を通らなかったよ」

「紅緋さんと、駆け落ちを……するつもりだったのですよね？」

「ああ。そのつもりだったよ。当時、紅緋には身請けの話が出ていた。私はどうにか彼女を吉原屋から連れ出そうと策を考えていた。だが、ある日、いつものように吉原屋に行くと、大旦那が面会を許してくれなくてね。紅緋に贈った櫛《くし》を突き返されたんだ。身請け話が予定より早まったらしい。『私のことは忘れてほしい』と、紅緋からの伝言を聞かされた。私はもちろん納得など出来なかった。むりやりにでも彼女に会いたいと懇《こん》願《がん》した。だが、身請け先に行った方が、紅緋の幸せなのだと、好いている女を不幸にするのが男のすることなのかと……大旦那にそう説得されたとき、私はたしかにそうだと思ってしまった。いつも寂しそうにして、外の世界に憧れていた紅緋を、誰よりも幸せにしたいと願っていた私が、彼女を不幸にしていいわけがない。そして、想像してしまったんだ。不幸になった紅緋から、後悔していると口にされることが怖くなった。そんな臆病なことを考える器の小さい男に、彼女を求める資格がないと思ったよ。当時の私には、財力も地位も名誉もなかった。誇れるものなど何ひとつ。きっと、紅緋もそのことに気付いたんだろう。私と一緒になっても不幸になるだけだと。そして、やさしい彼女は、直前まで私の想いを断ることができなかったのだろう。彼女の選んだ道を応援してやるのも愛情なのではないか……そんなふうに自分に言い聞かせるしかなかった。引き下がるしかなかったんだ」

木崎はそう言い、手紙を握る手に力を込めた。

「……絶望した私は、独りでこの土地を去り、身を粉にして働いた。地位や名誉や財力、私が渇望《かつぼう》していたものを手に入れるために。その後、見合い話も多くあったが、紅緋のことがずっと忘れられず、この年を迎えるまで独り身のまま人生を送ってきた。事業を後継人に引き渡した後、私はまた引き寄せられるようにこの土地に戻ってきてしまった。不意に、彼女がどうしているか気になり、紅緋のその後を知ろうとしたが、五十年も昔のことはなかなかわからず、まるで亡霊を捜しているような状態だったよ。生きているうちに彼女に会いたいという気持ちがあったのかもしれない。私が心から愛した女性は紅緋しかいない、今まで必死に働いてきたが、いつになっても、彼女を失った孤独を癒やすことは出来なかった。せめて、彼女が幸せでいてくれるのならと、てっきり彼女は幸せになっているものだと思っていた。それが……」

声を詰まらせる木崎の表情には、強い後悔の色が刻まれていた。紅緋は、木崎の目の前で、哀しげな顔でただ彼を見つめていた。

「私が、あのときに諦めさえしなければ……なんて臆病者だったのだろうか。彼女の幸せを奪ったのは、私だったんだ。想ってもらえる資格もないというのに。それでも私は、やはり貴方を忘れることはできない。許されるのなら、愛していると伝えさせてほしい。私も、あの日からずっと彼女と同じ気持ちでいるのだと……」

涙をこぼして懇願する木崎の側に、紅緋はそっと寄り添い、時折彼の頬に伝う涙を払おうとする。しかし、透けている紅緋にはそれができない。木崎にはやはり彼女は視えない。それでも二人の想いが伝わってくる。すれ違ってしまったけれど、二人の想いは昔からずっと一つに通じ合っていたのだ。

「お嬢さんに、ひとつ頼みがある。ちょっと待っといておくれ」

そう言い、木崎はいったん家の中に戻ると、漆塗りされた手のひらサイズほどの小箱を持ってきた。木崎がその小箱を目の前で開けて中を見せてくれる。そこには美しい形をした櫛と笄《こうがい》が鎮座《ちんざ》してあった。

櫛は昭和初期に主流だった半月形のものだろう。祖母が持っていたのを見たことがある。笄とは、棒状のもので、髪をぐるぐると巻きつけたり、髷《まげ》の中に挿したりするものである。漆地《うるしじ》に白蝶貝と金彩色で表現した螺鈿《らでん》細工の櫛には、鶴《つる》と紅牡丹《べにぼたん》の蒔絵《まきえ》模様が描かれてあり、それは息をのむほどとても艶やかだった。

「彼女に渡したいと思って、一流の職人に頼んで作ってもらったものなんだ。彼女の玉《たま》髪《ぐし》にきっと似合うだろうと、きっと喜んでくれるだろうと、夢を見ていたものだよ。あいにく叶わず、大旦那に突き返されてしまったあと、自分の手元に置いたまま……結局、捨てることもできなかった」

昔の彼女への想いをあたためるように、木崎はしみじみと語る。

「お嬢さんは知っているかな。当時、男が女に渡す櫛にはね、特別な意味があったんだよ。苦しみを共にし、死がふたりをわかつまで、『苦』『死』というと今では縁起《えんぎ》でもないと言われるが、生涯ずっと一緒にいるという意味でね」

木崎はまるで彼女を慈しむかのように、櫛を指でそっと撫でた。

「ほんとうなら棺《ひつぎ》にでも一緒に入れてもらうつもりでいたんだが……お嬢さんに預かってもらえないだろうか」

「よろしいんですか……？」

「彼女からの手紙を私に届けてくれたのは、他でもないお嬢さんだ。それに、せっかく綺麗にとっておいた櫛が、焼けてしまうのは忍びない。お嬢さんが紅緋に届けられるというのなら、そうしてもらえんか。私も同じ気持ちでいると、待っていてほしいと、伝えてほしい」

「かしこまりました。必ず」

碧梨が答えると、木崎は夏の大空みたいな清々しい笑顔を見せた。

「ありがとう。これで思い残すことはない」

ありがとう、ありがとう、何度も木崎はそう言い、紅緋からの手紙を胸にしまい込む。まるで彼女を腕の中に抱いて、大切に抱きしめるように。

「紅緋さん」

木崎の家を離れてから、碧梨は袖で涙を拭っていた紅緋に声をかけた。

碧梨は木崎から預かった漆の小箱を紅緋へと渡す。

「……ほんとうに、ずっと大切に想っていたんですね」

「……ありがとう。本当の想いを手紙にしてよかった。碧梨ちゃんのおかげね」

紅緋はまるで少女のように可憐《かれん》に微笑んだ。きっと、木崎と一緒にいた彼女は、こんなふうに柔らかい表情をしていたに違いない。

「あんさん、碧梨ちゃんと仲良くね。今度は、はぐれないように」

幽世の入り口まで見送ると、紅緋は櫛と笄の入った漆塗りの小箱をしっかりと大切に抱え、幽世へと帰っていった。

「いつか、あやかしも生まれ変われたら……いいですね」

紅緋を見送ったあと、碧梨はぽつりと呟いた。

実は、木崎の元を訪ねる前に、琥珀から聞いていたことがある。元々人間だった者があやかしに姿を変えたとき、輪廻転生の枠から弾かれ、普通の人間のように生まれ変わることはできなくなるということを。

でも、碧梨はあえて黙ったままでいた。正しいことをしたと断言できるかは自信がない。けれど、少なくとも後悔したままでいるより、ずっとよかったのだと思う。

「生まれ変わりか……二度と会うことはないとしても、二人の今後は今までと違う。生まれ変わったも同じなんじゃないか」

それまで黙ったまま見守っていた琥珀が、久しぶりに口を開いた。

別に回答が欲しかったわけじゃないけれど、琥珀の言う通り二人の未来は変わったはずだ。その言葉に心が少し軽くなる。

夜空を見上げると、夏の大三角形といわれる星たちの姿が見えた。

「そういえば、まもなく旧暦の七夕ですね」

「何か願い事でもするのか？　人間には昔からそういう風習があるようだが」

「いえ。ただ、離れ離れになった二人が一年に一度だけ会える日だから、晴れるといいなって、そう思ったんです」

碧梨は空を見上げながら、再び想う。

黄泉と現世を結ぶ天の川があるとしたら、その狭間の幽世にいる紅緋と会えるときがきたらいい。一度は離ればなれになった彼らを手紙によって再び縁を繋ぐことができたのだから、可能性はゼロではないだろう。そんなふうに考えたら、きっと寂しくなんかない。そう希望がわいてくる。

琥珀もまた空を見上げた。彼は今どんな気持ちでいるだろう。紅緋と木崎の結びつきを、どうしようもないことだと今でも思っているだろうか。口出しをせずに見守っていてくれたのだから、きっとそうではないと信じたい。

「少しでも役に立ててよかったです。今日は、貴重な体験をさせていただきました」

「何を言ってるんだ？」

「え？」

「まだ、おまえのやるべきことは終わってないぞ」

この男の方こそ何を言っているのだろうと、碧梨はたちまち不安になってきた。

「ま、待ってください。もう夜ですよ？」

「それがどうした？」

「あの、用事に付き合ったら、おばあちゃんの手紙を返して下さるって約束は……」

琥珀は悪い顔を浮かべた。

「だが、おまえは俺にまた貸しを作った。忘れたわけではないだろう？　タダで命を助けてやったわけじゃないぞ。その件は、どうする気だ？」

「なっ」

そんな話は一言も聞いていない。唖然として碧梨は懇願する。

「と、とにかく手紙を返してほしいですし、家にも帰りたいんです。お金ですか？　お金を払えばいいんですか？　でも……言っておきますけど、私にたかられても一銭も出せませんよ。派遣切りにあったばかりで、仕事がないんです。アパートの更新料だって支払えるかどうかの瀬戸際《せとぎわ》で……」

と口走ってから、嫌な予感がした。

「ふうん。ならば、ちょうどいい。身体で払え。おまえはこのまま社務所に住み込みで働くがいい。そのぐらいのことはしてやろう」

「ちょっと待ってください！　どうしてそうなるんですか。私は手紙を返してもらったら帰るって……」

にやり、と琥珀が意地の悪そうな笑みを浮かべる。

「おまえにとってこの手紙は大事なものと言ったな。金が払えないなら、ばあさんの手紙を保証代わりに預からせてもらおう」

ぴらりと、懐から手紙を取り出し、これみよがしに碧梨に見せつける。慌てて取り返そうとすれば、さっと頭上高くに避《よ》けられ、碧梨はわなわなと震えた。

「ひどい……うそつき！　性悪男！　銭ゲバ妖怪！」

碧梨はたまらなくなり、めいっぱい琥珀を非難した。

「無論、ばあさんへの貸しも終わっていない状況だ。余計なことをつべこべ言わずに、従った方がおまえにとっては得策だぞ。下僕をやめるというんなら、土蜘蛛のもとに置いてきてやってもいいんだぞ」

あの魑魅魍魎を思い出し、碧梨はぞくっとする。

「そんなっ。待って。絶対に置いていかないで……！」

碧梨は慌てて琥珀のあとを追いかけた。

「まぁ、これもおまえの不幸な運命だと思って、諦めるんだな」

琥珀はそう言い、せせら笑う。

うっかり神社を訪れなければよかった、と今さら悔いても遅い。碧梨は半分泣きそうになりながら、琥珀をきっと睨めつける。しかし当然、効果などなく、またあの神社の階段を登るはめになったのだった。

(今日だけで、どれだけ歩いたの……)

やっとの思いで頂に到着する頃には、すっかり戦意喪失していた。息を整えながら、階段をなんとか登りきると、暗闇の中をまあるいモフモフのかたまりが転がるようにやってきた。

「あ、おかえりなさーい！　琥珀様ー！　碧梨様ー！」

「わぁん、紫苑くーん」

碧梨はたまらなくなって、紫苑をむぎゅっと押しつぶす勢いで抱きしめた。

「ふぎゃっ。ど、どうしたんですか。碧梨様！」

「放っておけ。幽世でなんか悪いもんでも喰ったんだろう」

しれっとそう言い、琥珀は社務所に入って行く。

「かわいそうですー。ボクがこれから一生懸命、薬膳汁《やくぜんじる》を作りますから、元気出してください。さあ、碧梨様」

「うう、ありが、とうっ……ポンちゃん……っ」

「こいつにはこれからも助手として働いてもらう。ポン吉、部屋に案内してやれ」

「わぁい。張り切って準備しますよー！」

「なりたくてなったわけじゃ……っ」

「ぐずぐずするな。金も払えないんだから、言うこと聞け。期限は俺が納得するまでだ。それまではここにいてもらう。明日になったら必要な荷物をもってこい。言っとくが、万が一逃げようものなら、おまえがアパートから追い出されるように仕向けてやるからな。大家を脅しかけてやれば一発だろう」

「そ、そんなこと言って、何かにつけて貸しがどうとか、利子がどうとか、つりあげていくつもりでしょう!?」

「ふん。それはおまえ次第だ。くれぐれも俺に対する態度には気をつけろ」

「――っ」

「おい、そこの段ボール、ついでにおまえの部屋に持っていけ。ここで働くつもりなら、それだけは自由に使っても構わない」

どこまでも人使いの荒い男に腹を立てながら、示された方を見れば、レターセットをはじめ数々の文房具が入っていた段ボールがあった。

「これを私に？」

碧梨はきょとんとして、琥珀の思惑を窺う。

「それは、ハナエが送ってよこしたんだ。俺には必要がないし、邪魔で仕方ない」

琥珀は迷惑そうに顔をしかめて言う。

「おばあちゃんがくれたものだったんですか？　それなのに、ひどい……」

役に立つように送ってくれたということではないのだろうか。それに、紅緋の手紙を代筆したとき、高い便箋だとかどうとか難癖をつけていたのはなんだったのか。貰いものならそもそも経費も何もないではないか。ほんとうにこの男は信じられない。

「なんだ、その目は。文句があるなら、ぜんぶ燃やしてもいいんだぞ」

不穏な一言とともに、琥珀の手から蒼白い狐火がゆらりと姿を現す。

「わ、わかったから、ぜったいにやめて！」

碧梨は紫苑から離れ、慌てて段ボールに抱きついた。

とにかく今は逃れる術はない。幸い、アパートには戻れる可能性が出てきたのだから。

まずは、やるべきことをやってなんとか隙を見つけるほかないだろう。

「碧梨様、こちらにどうぞ。ご案内しますよー」

「生意気な女め」

と、捨て台詞を吐いて、その間にも琥珀は向こうへ歩いていく。

「はぁ……」

「碧梨様、琥珀様は、そんなに悪いお方ではありませんよ？　きっと、ここにいるうちにわかるようになりますよ」

紫苑がおずおずと丸い瞳で見つめてくる。

「ごめんね。ポンちゃん。今は……何も考えられないよ」

「そうですよね。お布団用意しますから、ゆっくり眠ってくださせい」

紫苑が案内してくれたのは、社務所の奥にある六畳一間のこぢんまりとした和室だった。紫苑が一生懸命に押入れから布団を引っ張り出そうとする。小さな身体では無理のようだ。碧梨は苦笑しつつ、最後の力を振り絞ってお布団を広げ、それから倒れ込むように横になった。

「もうだめ……おやすみ、ポン、ちゃん」

「はい。おやすみなさい。碧梨様」

紫苑の声がすぐにも遠ざかっていく。それからあっという間に睡魔がやってきた。疲労困憊《こんぱい》で、もう一歩も動くことができない。お風呂のことなんかもうすっかり頭から消えてしまった。

どうか目覚めたら元の世界に戻れますように。そんなふうに思いながら、碧梨は目を瞑る。そして今日のことを振り返る。

亡くなった祖母から届いた謎の手紙。祖母と知人だというあやかしの男との出会い。

それが性悪妖狐で、化け狸の小さな男の子と暮らしており、代筆屋をしていたこと。

（おばあちゃんは……どんなふうに、琥珀と出会ったの？　あの性悪男への貸しって何？）

それから、眠りに落ちていく間際にも、紅緋の手紙を代筆したときのことが思い出される。祖母が教えてくれた魔法、それが、今になって役に立つなんて思いもしないことだった。

（自分のことに関しては……使えないくせにね）

そう自嘲しながら、碧梨は夢の中へと意識を手放すのだった。

■第二章　タイムカプセルの宝地図

　翌日早朝、あまりの暑さに目を覚ました碧梨は、昨日のことが夢ではなかったと知ってがっかりした。しかも、起きるなり琥珀から、掃除に洗濯にその他色々な雑用、それに加え、三度の食事当番を命じられた挙句、「買い物に行ってこい」とパシらされた。

　もうどうなってもいいからこのまま帰らずに逃げ出そうかと、考えないでもない。

　しかし、琥珀に奪われたままの祖母の手紙を諦めることはできない。琥珀の言うとおりにすることは碧梨にとって不本意ではあるものの、無職であるという現実の問題もある。ちょうどアパートを更新するタイミングだったので、この先、新しい仕事が見つかるまで、家賃光熱費が浮くだけでも大助かりなのは間違いない。

　それに、琥珀と祖母がどういう知り合いなのかということがとても気になっていた。小学生のとき以来、接点を絶たれた祖母のその後の様子を琥珀から色々聞けるかもしれないという期待が少なからずあった。

　思い返せば、祖母は妙に達観しているというか、時々不思議なことを言う人だった。碧梨も敏感な性格ゆえに、なんとなく目に視えないものの気配を感じる子ではあった。

けれど、妖怪を見たことなんて一度もない。文房具屋をしていた祖母は、どういった経緯から琥珀と出会ったのだろうか。なぜ、貸しを作ったのだろうか。それを知るには、琥珀と仲良くなる必要がある。

碧梨はとりあえずアパートに戻って、念願のシャワーを浴びた。それから必要なものを整理してまとめ、引っ越しの準備をするべく、大家にも連絡を入れた。

結論として、就職活動をしながら、しばらく社務所で寝泊まりし、様子を見てもいいのではないかという考えに落ち着いたのだった。

（狐は人を化かすというし、琥珀のあの調子からして、おばあちゃんのことも都合よく騙《だま》されているかもしれないという不安が脳裏をよぎらないわけでもないけど……）

そもそも、いったい彼は何者なのか。どうして社務所に住み着いているのか。考えれば考えるほど、謎は深まるばかりだ。彼と一緒にいたら、そのこともやがて解明していけるのだろうか。

運送会社に連絡を入れ、午後に荷物を届けてもらうよう依頼したあと、碧梨はボストンバッグひとつ持ってアパートの部屋を出た。残りの処分しなければならない古い家具や雑貨などは、後日琥珀から外出の許可を得て、なんとかするほかない。

（いちいち許可が必要とか……下僕感が極《きわ》まるんですけど……）

心の中でぼやきながら、碧梨はアパートの部屋の鍵を閉める。途中で本屋とスーパーに立ち寄ってから、社務所に戻る。

社務所の玄関口である階段の前に辿り着くと、鳥居の先にある景色が見えてくる。あの何百段もあるように見えた急勾配の階段だ。しかし実際は百段もない平坦な階段なのである。昨日、碧梨はまんまと琥珀にからかわれたわけだ。

参拝者と遭遇しないのかと不思議に思った碧梨が訊くと、紫苑いわく、琥珀が結界を張って人を寄せ付けないようにしているため、滅多なことでは社務所に人が訪れることはないらしい。あやかしである彼らのうち、琥珀と紫苑は、人間に視えるように化けることは可能のようだが、必要以上に、住んでいる場所を踏み荒らされたくないのだろう。

ただ琥珀の場合は、自分のテリトリーを守るというよりも、どちらかというと、人間そのものを避けようとしているように思えた。何かにつけて人間はどうのと蔑むようなことを言うのだ。彼は基本的に人間が嫌いなのかもしれない。

（なら、どうして私は……ここに……）

「はぁ……」

碧梨は額の汗を拭いながら、肩からずり下がってくるボストンバッグを掛け直し、空を見上げた。巨大な入道雲が青天を突き上げるように伸びている。日に日に暑さが増していき、体温より熱い気温では、脳みそがとろけてしまいそうになる。こんなふうに暑いときにあれこれ悩みすぎると疲労感が増してくるので、碧梨はそれ以上考えるのは諦めた。

階段を登りきり、碧梨は一息ついた。鎮守の杜《もり》と化しているここは涼しく、扇風機があれば十分に過ごせる場所だ。この場所こそが隔離された不思議な世界のように感じられる。ここの神聖な空気が碧梨はけっこう好きだ。

しばし自然の風の心地よさを感じてから、碧梨は社務所の引き戸をガラッと開けた。

「頼んだものはちゃんと買ってきたか？」

玄関に入るなり、のんきな琥珀の声が聞こえてくる。

碧梨は心の中で、はいはい……と思いながら、買い物袋から取り出したものを、「どうぞ」と、テーブルの上に置いた。

「なんだ、これは」

「だ、代筆屋をするために、必要なものだと思ったので……」

「おまえ、なめているのか？」

しかし琥珀が怒り出すのも無理はないかもしれない。

碧梨がテーブルに置いたものは、琥珀に頼まれて買ってきた六個入りのアイスキャンディと……小学校一年生の漢字計算ドリルだった。

琥珀が紅緋の代筆で書いた手紙は、汚いばかりかひらがなだらけだったのだ。社務所で代筆を手伝うことになるのであれば、きちんとした手紙を届けたい。碧梨としては看《かん》過《か》できないポイントだった。怒鳴られることを承知で、悩んだ末、勇気を出して買ってきたのがこのドリルだった。おそるおそる琥珀の様子を窺うが、意外にも何も言わずに仏頂面を浮かべてドリルを捲《めく》っている。

琥珀が次の言葉を発しないうちにと、碧梨はそそくさと居間を後にした。

「さて、次は、お昼を作れってことだったよね……」

碧梨はエプロンを身につけ、冷蔵庫から必要な材料を引っ張り出す。ここでの碧梨は下僕だ。これらを今まで小さな紫苑がひとりで全部やっていたのだと思うと、信じられなかった。紫苑に聞いたところ、妖怪の場合は妖力を蓄える必要はあるが、食事を摂る必要はとくにないらしい。つまり、三度の食事は嗜好品《しこうひん》つまり琥珀の贅沢《ぜいたく》のためにあるものということになる。

（まったく、だったら、自分でなんとかすればいいのに……）

苛々する気分をため息に変え、碧梨は包丁を持った。ミニトマトを輪切りにし、他にほうれん草、茄子、ベーコンを適当な形に切る。その後、大鍋にお湯を沸かしはじめた。とりあえずお昼は、シンプルな塩味系の冷製パスタにしようと思っている。

幸いなことに野菜はベランダに行けば色々と収穫できるし、バジルやベビーリーフといったハーブもなかなかに使える。

料理が得意なわけではないが、一人暮らしもそれなりに長いので、手際は心得ているつもりだ。下拵えが終わったら、スパゲッティの束をほどき、沸騰した鍋に塩を入れ、ぐつぐつと茹ではじめる。八分ほど経過し、茹で上がったパスタを氷にひたして冷たくし、出来上がった具材の粗熱《あらねつ》をとってから、皿の上にさっと並べる。最後にミニトマト、バジル、ベビーリーフを添えて完成だ。

「お待たせし――」

と、お盆に人数分のお皿を並べて運ぶと、涙ぐんでいる紫苑が視界に映り込み、いやな予感がした。碧梨の顔を見るなり紫苑まであたふたしはじめる。

「ちょっと待った！」

碧梨はテーブルにお盆を置いて、慌てて二人の手元を確認した。

なんと、碧梨のボストンバッグが勝手に開けられている。しかも、コレクションしているレアな切手が並べられているではないか。どうやら彼らは退屈を持て余し、切手をパズル代わりに遊んでいたらしい。

「な、何やってるのっ。人のものを勝手に覗くなんて……信じられない！」

碧梨はしゃがみ込み、切手をかき集めた。そして、慌ててボストンバッグを琥珀の側から奪い返した。中には着替えも一式入っているし、下着だってあるというのに。

「うわぁぁん。碧梨様、ごめんなさいぃ！　ボクはやめたほうがいいって言ったんですよぉ。なのに琥珀様がぁ……！」

足元にモフモフの毛鞠《けまり》状態になった紫苑がひっついてくる。碧梨はわなわなと震えた。

「ポンちゃんまで巻き込むなんて――」

「ふん。主人が下僕の荷物チェックをするのは当然だろ？」

「なっ……」

ほんとうに幼稚で小憎たらしい。それ以上に上手い言葉で言い返せない自分がもどかしい。

「ここに郵便物があるみたいですけど!?」

暇なら確認したらいいのにと思いながら、碧梨は机の上に束ねられていた封書を指した。

「ああそういえば、依頼があったんだ。未《ひつじ》の刻《こく》……昼八つ頃だったか？　約束していたな。あまり気が乗らないから忘れていたんだったな」

我先にテーブルの前を陣取って、琥珀がそう言う。

よくそんな適当さで、代筆屋が成り立っているものだ。

碧梨が呆れ顔を浮かべている間にも、琥珀は食べはじめてしまった。

すると琥珀が変な顔をして、碧梨のことを見た。

「な、何？」

「おまえは下僕の才能があるぞ」

「……は？」

「俺に飯を作る事を許す」

偉そうな言葉と裏腹に、嬉しそうに琥珀が言うので、碧梨は肩透かしにあった気分になる。さっきまで苛立っていたのに、妙にくすぐったい。昨日から振り回されてばかりだ。

（不思議……妖怪が、パスタ食べてるなんて……）

「碧梨様の作ったお料理、ボクも食べたいです！」

碧梨はテーブルの前に腰を下ろし、やれやれとため息をつく。

「さっきの話だが、商売なのだから仕方あるまい。儲《もう》けの見込みがありそうな依頼を優先するのは当たり前だろう」

相変わらず、我が道を行く琥珀のスタンスは崩れることがない。

「はぁ……」

「ついでに言うと、依頼者は、人ではない。あやかしだ」と彼は言った。

幽世で怖い目に遭ったので、「あやかし」と聞くと碧梨はつい構えてしまう。

ここでも琥珀が髪を伸ばしっぱなしでミミを出したままの状態にしていると、やっぱり彼はあやかしなのだと実感せずにいられないし、ふわふわのぬいぐるみみたいな狸の紫苑だって、化けているからこそ子どもの姿に見えるけれど、彼だって正体は妖怪なのだ。

「我々と違って、同じあやかしといっても色々あってだな。神に近い筋の者だ。絶対に人間には悪さはしないやつだから、おまえにはちょうどいいだろう。まあ、性格はあまり好ましくないがな」

性格についてあなたが言うのはどうなのと、ツッコミを入れたくなりながら、碧梨は気になったことを問うた。

「神様に近い筋というのは、具体的にはどんな？」

「神使《しんし》だよ。だから、人間に悪さはしない」

「紳士的なあやかし？」

疑問ばかりが頭に浮かぶ。ちっとも想像がつかない。

琥珀は面倒くさそうに欠伸《あくび》をしながら答える。

「そっちのシンシではない。ポン吉のような召使いのことだ」

そう言われてようやく思い浮かべるのは、神社に祀《まつ》られている獅子《しし》、狛犬《こまいぬ》といった守護獣の像だ。他には猪、牛、虎といった像を見たことがある。たしか狐もあった気がするけれど、彼は神様に仕えるイメージではない。

「どんな姿？　ケモミミ仲間？　怖い感じじゃない？」

　琥珀みたいな性悪なあやかしが増えるのは勘弁してほしいし、おそろしい触手を持った魑魅魍魎たちのようなおどろおどろしい存在にはできれば二度とお会いしたくない。

「おまえの苦手な土蜘蛛のような巨体ではない。ちんちくりんなやつだから安心していろ」

　紅緋のときもそうだったけれど、琥珀は必要最低限のことしか教えてくれない。だから、ますます気になる。小さいということは、紫苑のような感じなのだろうか。神様ないし神様に近い存在にお目にかかる機会なんて普通では考えられないと思えば、怖いという感情よりも、興味の方がわいてくる。

「まずは、このよくわからん飯を食って、それから氷菓子を食べてから、小一時間昼寝をして、柿の種を食べて……それから、笹団子を一包み……」

　琥珀は指を折り数えながら至福のひとときを満喫《まんきつ》しようと、テーブルの隅っこに置いてあった柿の種の袋と、笹団子の包みに手を伸ばした。

　笹団子という和菓子は新潟の銘菓の一つで、よもぎ餅の中に粒あんをぎっしりと詰め込んで丸めたお団子を笹に包んでくるっとひねり、い草の紐《ひも》でぎゅっと捻《ねじ》ったものだ。真ん中にお団子が入っているのがまるわかりなのが可愛らしく、この笹団子をモチーフにしたゆるキャラもいる。

碧梨も大好物なのだ。ものほしそうに見てしまったからか、琥珀がこれみよしにひとう。りでぱくつき始める。

食事は取る必要がなく、嗜好品ということならば、本来の食事はどうしているのだろう。

（魂を喰らう……とか言ってたけど、本来の食事は魂？　あれは……脅しただけ？）

考えると怖くなってくるので、嗜好品で十分なのだろうと勝手に結論づけることにする。

「碧梨様、ごちそうさまでした！　とってもおいしかったですよ。ボク、お皿洗いのお手伝いしますね！」

紫苑がかわいい肉球をちらつかせて挙手してくれたけれど、碧梨は大丈夫と断った。

ドジっ子の紫苑に任せると、お皿を何枚も割られてしまいそうだし、掃除をするのも結局、碧梨になる気がする。時間がいくらあっても足りなくなりそうだ。

しょぼんとする紫苑にアイスキャンディを持たせて、碧梨はすぐに洗い物を済ませる。

「ねえねえ、紫苑くん。あやかしも普通に電車に乗るわけだよね？」

「ボクは外に出たことがないから……でも、そうだと思いますよ！」

（飛んでいったりするわけじゃないんだ……）

そんなことよりも、未の刻……昼八つとは、スマホで検索した限りでは、現代でいうところの、午後二時くらいのことらしい。とすると、あと二十分後くらいには駅に到着しなければ、間に合わない。

「そろそろ出ないと間に合わないですよ」

「うるさい女だ。そんなに急かすな」

だらだらとソファに身を沈める琥珀を尻目に、碧梨は出かける支度をする。

（なんで私がスケジュール管理までしなくちゃいけないの……もう）

まったく、前途多難だ。


その後、なんとかせっついて琥珀を連れ出し、代筆道具一式を携えながらバスと電車を乗り継いで訪れたところは、マリンピア日本海や護國神社がある海沿いのこぢんまりとした古い神社だった。

湿気を孕《はら》んだ海風が頬を撫で、蝉の鳴き声の合間に、白い海鳥の鳴き声が入り混じる。

結局到着したのは午後三時過ぎ。鬱蒼《うっそう》とした神社の中でも、汗が流れていく暑さだ。日陰を辿りながら移動し、碧梨はきょろきょろと本殿のあたりを眺めた。

「うちの社務所もだいぶさびれてるけど、ここも負けないくらい古い感じ。このあたりの地主神《じぬしのかみ》なのかな」

本殿と拝殿それぞれ、かなり年季が入っている。賽銭箱に書かれた墨もところどころかすれていた。拝殿の中に神主さんの姿はない。が、微《かす》かに気配があるように思えた。依頼人であるという神様の召使いはどこからあらわれるのだろう。神様が安置されている本殿の方にいるのだろうか。それともどこかに隠れているのだろうか。琥珀や紫苑のように人の形をしているのだろうか。

せめて心の準備をしておきたくて、あれこれ想像しながら辺りを見回していると、不意に足元に何かが触れた感触がして、驚いた碧梨は飛び退き、ひゃあと必要以上に大きな声をあげてしまう。

下を見れば、世にも珍しい白い蛇がとぐろを巻いてこちらを見ていた。

「こ、琥珀、あああ足にっ……」

「せわしないな。ちょっと落ち着け」

「だ、だって、へ、へびっ……白い蛇が……っ」

昆虫類の触手も苦手だけれど、ぬるぬるした爬《は》虫《ちゅう》類系の生き物も、実は得意ではない。

琥珀の袖口を引っ張って必死にアピールしている間にも、白蛇はたちまち異形の姿へと変貌し、碧梨が白目を剥いて卒倒しそうになる頃には、白い狩衣《かりぎぬ》に水色の袴を着た少年の姿に落ち着き、碧梨は唖然として言葉を失う。

「へへ、驚いたか。待ちくたびれたから、ちょっとしたご挨拶だよ」

狩衣と袴がなければ、中学生くらいの活溌な少年にしか見えないかもしれない。けれど、白蛇はたしか縁起のいい動物として信仰されていたり、水神といわれて祀られたり、神様に近い存在なのではなかっただろうか。だとすれば。

「もしかして、あ、あなたが依頼主？」

「そうだけど、あんたは人間なのに、俺の姿が視えるんだな」

物珍しそうにじろじろと見られ、碧梨は困惑する。

「えっと、私は……」

なんと自己紹介すべきか悩んでいると、琥珀が間に入ってくる。

「俺の助手だ」

（……助手？　聞こえはいいけれど、雑用係だよね？）

恨めしい目で見るものの琥珀は知らんぷりだ。神使は絶対に人間には悪さはしないと言っていたのではなかっただろうか。さっきめちゃくちゃ驚いたのだけれど。琥珀の楽しそうな顔からすると、ひょっとしたらまた遊ばれたのかもしれない。碧梨は悔しくなってむっと唇を引き結ぶ。

「ポン吉はクビになったのか？　面白いやつだったのに」

白蛇の少年が琥珀と碧梨を交互に見比べる。

「アレは召使い。ポンコツは留守番だ」

「そんな言い方は……」

アレ扱いされポンコツ呼ばわりされる紫苑が不憫《ふびん》でならない。今日もお留守番を命じられて、泣く泣くお掃除をしているのだろう。

ポンちゃん私がいるからねと、心の中でフォローすることにした。

「ま、なんでもいいけど。俺の名前は翡翠《ひすい》。よろしく」

そう言い、翡翠は得意げに人差し指で鼻をこする。

「よろしくね、翡翠くん……って呼んでいいのかな？」

「いいよ。特別だけどな。じゃ、とりあえず社に入れば。お茶くらいは出すよ」

拝殿の中をそろりと覗き込むと、翡翠に声をかけられた。

「そっちじゃないよ。こっちだ」

翡翠が案内してくれたのは、神社の拝殿のすぐ側にある平屋の木造家屋の方だった。

「ここの宮司は他の神社と兼務してるから常駐していないんだ。たまに禰宜《ねぎ》が賽銭箱の様子を見にくるくらいさ。そんなわけで、今はここには誰もいないから気にしなくても大丈夫だよ」

碧梨と琥珀は縁側に座り、翡翠が淹《い》れてくれた緑茶をいただく。

「そうだ、饅頭《まんじゅう》があったんだ。老舗《しにせ》の和菓子屋からもらったものだよ。神様からのお下がりだ。ありがたく食べろよ」

「あ、ありがとう」

「こんなふうに接待するのはいつぶりかな。せんべいの方が好きなら、そっちを出してもいいぞ」

久しぶりの来訪者がよほど嬉しいのか、翡翠はせかせかと忙しく動き回る。彼も紫苑と同じく小間使い向きなのかもと、つい思ってしまった。

「ううん。お饅頭大好きだからいただくよ」

「ミドリ、何を言う。小僧《こぞう》、いいからせんべいも持って来い」

「俺は小僧じゃないぞ。神様に仕える神使だ」

「まあまあ」と碧梨はとりなす。琥珀がいちいちカチンとくることを言うのにも慣れてきたと思いながらお饅頭に手を伸ばすと、琥珀が口をはさんでくる。

「ミドリ、おまえも食い意地をはるな。遠慮くらいしろ」

お饅頭を持つ手を緩め、碧梨は心の中で反論する。

（……両手に饅頭持っているあなたにだけは、それを言われたくありませんよ！）

「なんだ、二人って仲が悪いのか？」

むっとしている碧梨と何食わぬ顔の琥珀を見比べて、翡翠が呆れた声を出す。

依頼主の前で騒がしすぎたことを反省し、碧梨は身を縮めてお茶を啜った。

突如、翡翠が弾かれたように背筋をピンと伸ばした。彼は真正面を向いている。なんだろうと思って視線を伸ばすと、すぐ側にあるご神木《しんぼく》の前に女子高校生が立っていた。

「ちょっとだけ休憩させてね。暑くてすごい汗かいちゃった」

そう言い出す女子高校生。ちょうどご神木が間に挟まっていて、平屋の中にいる碧梨たちの姿は向こうからは見えないようだ。彼女はご神木の方を向いたまま再び話しかける。

「ジェラート屋さんに行こうかなぁ。でも、すぐに溶けちゃいそうだよね」

碧梨は首をかしげた。なぜならそこには彼女以外に誰もいないのだ。

「あの子、誰と喋っているんだろう」

「誰とでもないよ。そこのご神木に話しかけているのさ」

翡翠が答える。ご神木を友だちに見立てているということだろうか。

「翡翠くん、あの子のこと知っているの？」

「家がこの近所なんだ。頻繁《ひんぱん》にここに遊びに来ているよ。彼女の名前は河田美琴《かわだみこと》。十七歳。今は近くの清蘭《せいらん》高校に通ってる。演劇部に所属していて、学校帰りとか休日は、よくここで台本を読んだり演技の練習をしたりしているんだ」

「へぇ、そうなんだ」

翡翠は嬉しそうにそう言い、彼女の方へ視線をやる。

「学校のことや部活のことを話したり、将来の夢を話したり、色々だけど、彼女がいつもきまって話すのは、幼なじみの森永一樹《もりながかずき》って男のこと。きっと今に話しはじめるよ」

「詳しいんだね」

碧梨が言うと、翡翠は顔を綻《ほころ》ばせたが、すぐに顔を歪めた。

「それももう……聞けなくなるだろうね」

そう言う翡翠の声の調子が暗い。

「どうして？」

「親の転勤で九州地方の福岡の学校に行くことが決まったらしいんだ」

「そっか。それじゃあ翡翠くんも、寂しくなるよね？」

「べ、別に、俺は。たとえば、恒例の行事がなくなれば、ちょっとは気が抜けるっていうか。とにかく、そういう感じだよ」

言いながら、翡翠の頬がほんのりと赤く染まっていく。

「つまりは、寂しいってことだよね」

碧梨は思わず笑みをこぼす。

「うるさいな。ちょっと静かにしてくれないか。彼女の声が、聞こえなくなる」

翡翠が騒いでいたくせに、きまりわるくなったのか、彼は碧梨を牽制《けんせい》してくる。

碧梨は微笑ましい気持ちになりながら、ご神木に話しかける彼女を眺めた。盗み聞きのようで落ち着かないが、翡翠が気にかける女の子が気になってしまう。

「聞いてよ。あいつったら、おまえがいなくなったらせいせいするなんて言うのよ。ひどいと思わない？　やになっちゃう」

「私達は今のままだからいいのかもね。だって、変にこじれちゃったら、一生の別れになるかもしれないじゃない。ほら、この間……告白するって言ったけど、やっぱり諦めようと思うの」

「……諦める？　なんで……」

と、翡翠が突然、困惑した声を出す。碧梨は思わず翡翠と彼女を交互に見た。

「諦めることだって勇気がいることだって思うんだけど、違うかな？」

彼女は一方通行にご神木に話しかけているが、どこか答えを欲しがっているように感じられた。

（好きな人のこと、ずっと悩んでいたのかな……）

碧梨は不意に、明和食品に勤めていたとき、好きだった先輩のことを思い浮かべた。転勤する前に想いを伝えたいと考えたことがあったのだが、結局、言えずに終わってしまい、彼は結婚してしまった。そんな古傷がじんと痛む。碧梨が高校生のときなんか、もっと気持ちを伝えるなんてできなかった。もし告白して、気まずくなったら怖いと思う。そんな彼女の気持ちが碧梨にはよくわかる。

翡翠は心配そうに彼女を見つめていた。

「今まで、私の話を聞いてくれてありがとうね。ご神木に向かって喋ってるなんて、私ちょっとおかしいやつみたいじゃん？　でも、不思議なんだけど、やっぱりそこにあなたが居る気がするの。私のこと見守ってくれているんじゃないかなって」

彼女はそう言い、ご神木にそっと触れる。そして眩しそうに木々からこぼれる光を見上げた。

翡翠はそんな彼女に何と言葉をかけていいかわからないのか、言葉をつまらせている。

「よし向こうにいったら女優になれるように頑張って、ステキな彼氏を見つけるんだ。そしたら、報告するからね。それじゃあ、また明日。最後に挨拶に来るから。じゃあね」

可愛らしい笑顔を向けて、バイバイと手を振っていく彼女のもとへ、翡翠の足が動きそうになる。だが、急に足に根が生えたかのようにその場に踏みとどまった。

会話を聞いていただけだけれど、それだけでも彼女がどれほどご神木を心の拠り所にしていたのかが伝わってきた。翡翠がどれほど彼女を想っているのかも。

「もしかして依頼っていうのは……」

彼女への想いを伝えるためではないだろうかと思って、翡翠に真意を尋ねようとしたのだが。

「悪いけど、依頼は取り消しにしてくれないか」

翡翠の口から飛び出してきた言葉に、碧梨は驚く。

「え？　突然、どうして……」

「とにかく、必要がなくなったんだ。そういうわけだから。じゃあ」

くるりと背を向けて、翡翠はその場から立ち去ろうとする。碧梨は慌てて追いかけた。

「そんな。翡翠くん、待って」

「おい、何がそういうわけだから、じゃあ、だ」

琥珀が前に飛び出し、翡翠の逃げ道を塞いだ。

「小僧、いったん引き受けた依頼は今さら取り消せないぞ。わざわざここまで呼び出されてやったんだ。代金を支払ってもらうまではここから動かないからな」

仁王立ちする琥珀に、翡翠がじりじりと後退する。

「なっ。脅しかよ。そう言われても、依頼する必要がなくなったんだからしょうがないだろ」

「では、とりやめる理由はなんだ？」

「そんなのは……あんたに言う必要ないだろ」

「取り消すからには、それなりの理由がなければ納得できん」

「そんなの、言いたくないし、詮索《せんさく》される覚えはない」

だんだんと翡翠が苛立ちを募らせはじめるも、琥珀も一歩も引かない。

「だめだ。おまえが正当な理由を明かすまでは何時間でも粘らせてもらうぞ」

「いくら待っても言うつもりはない」

「それなら、泊まり込みだ。ここに居座って邪魔してやろう」

「ふん。勝手なやつ。あんたがよくても彼女はいいのか？　寝泊まりする布団だってないし、飯にだってありつけない。かわいそうじゃないか」

　ふたりの間に火花がばちばちと散っている。

「勝手なのは誰だと思っているんだ。翡翠なんて宝石の名などもったいない。おまえは調子タレ造だ」

「はぁ？　なんだ、そのできそこないの坊さんみたいな名前は！　俺は神使だぞ」

「もっと有能な神使がいなければ、神社は潰れるぞ」

　低レベルの言い争いがはじまってしまい、碧梨は慌てて間に入る。

「ね、ねえ、翡翠くん、取り消しにしたかったらそれでいいよ。でも、せめて理由を教えてくれないかな？　もしも何か悩んでいるなら、力になりたいと思うの」

「別に、やめたくなったからやめたいだけさ。これ以上の理由なんてあるかよ」

「ふん。そういうわけか。女に甘いくせに、男らしくないな、おまえ。見かけだけか、生意気なのは」

「なんだって？」

碧梨はあわあわするばかり。かたや妖狐の毛が逆だっているし、かたや白蛇の尻尾がうねりとぐろを巻く勢いだ。ここで暴れられても、人間の碧梨にはどうすることもできない。

「あの、ふたりとも、落ち着いて」

「ミドリ、おまえは黙っていろ」

「そんなこと言っても……」

何か策があるというのだろうか。ただ煽《あお》っているだけのようにしか見えない。

碧梨はハラハラしながらふたりの間で右往左往する。

「さっきから、知ったようなことばかり言うなよ。俺の気持ちなんて、あんたにはわからないだろ。彼女のことをどれだけ大切に想っているかなんて、知らないだろうが！」

翡翠の心の叫びが痛いほどに伝わってくる。やっぱり彼はとても特別な存在だと思っているのだ、彼女のことを。

「そんなもの、知ったことか。なぜ俺がおまえの気持ちを推《お》し量《はか》らねばならないのだ。どうしても伝えたいと言って依頼してきたのは誰だ？　それを今さら取り消すだと？　ばかめ。おまえは神使なんかじゃない。ただの臆病者だ」

碧梨はどきりとした。まるで、大切な人に大事な思いを届け損ねた自分に対して、言われているように感じたからだ。

「俺は別にどうなろうと構わん。だが、約束の金だけはしっかり払え。そしたら解放してやる。せいぜい日が暮れるまでうじうじ悩んでいるがいい」

琥珀は無駄足のまま帰るつもりはないらしい。それとも、口は悪いが翡翠の背中を押そうとしているのだろうか。しかし、このままでは売り言葉に買い言葉で、翡翠が金だけ払うと言い出しかねない。それに傷ついた顔をしている翡翠を放っておけない。

迷いつつ碧梨は、たどたどしく声をかけてみる。

「ねえ、翡翠くん。誰かに話を聞いてもらうことで、楽になれることってあると思うの。私も小さいとき、本心をうまく伝えることができなくて……それで、おばあちゃんに話を聞いてもらって、気持ちが楽になったことがあったよ？」

碧梨の顔をじっと見たあと、翡翠はしばらく黙り込み、それから重たい口をゆっくりと開いた。

「そうじゃないんだ。俺の事情じゃない。彼女自身のことだからこそ、迷ったんだよ」

「どうして迷ったのか、教えてくれないかな？　できることがあるかもしれないし……」

「はぁ。わかったよ。あんたに免じて、話してもいいよ」

「ふん。生意気なやつめ」

琥珀は憤慨するように吐き捨てる。また喧嘩になるのではないかと不安だったが、翡翠はきまりわるそうな顔をしながらも、ようやく事情を打ち明けてくれた。

「彼女が小さな頃から、俺はずっと見守っていたんだよ。初めて声をかけられたのは、彼女が小学生のときだった。木の上で休んでいた白蛇の俺のことが、女の子に見えたらしくって、木登りは危ないよ、なんて言って……。まさか視えるのかと思って驚いたけど、影を勘違いしただけらしい。けど、それ以来、彼女にとってはご神木の精霊扱いでさ、あんなふうに話しかけてくるようになったんだ」

「じゃあ彼女は、翡翠くんをご神木の精霊……つまり、友だちに見立てているのね」

というより、もうとっくに友だちのつもりなのだろう。

「まさかこいつの正体が生意気な坊主とは思っていないだろうな」

「っ……坊主じゃないし、一言余計だ」

翡翠がむっとして反論する。碧梨はまあまあととりなした。

「……それから、彼女から話しかけてもらえるのが、いつの間にか楽しみになっていて、彼女が成長すると共に心を寄せてくれるうちに、俺も彼女を大切な友だちだと思うようになっていた。中学生になっても高校生になっても、ずっと続くんだと思ってた。だから、引っ越しするって打ち明けられたときはショックだったよ。もう、彼女の声も聞けない、顔を見られない、引き止めることなんて、あやかしの俺にはできないんだし」

そこまで言うと、観念したように翡翠は続けた。

「手紙には、これからも彼女の夢に向かって頑張ってほしいって伝えるつもりでいたんだ。ずっと話を聞いて応援していたって。でも……彼女の心は今、別のことでいっぱいのはずだ。きっとたくさん悩んで、告白を諦めようって、傷ついているはずだ。そんな弱っている彼女に、のんきに手紙なんて出せないだろ」

そんなことないと、碧梨は口を挟もうとした。だが、琥珀に先を越された。

「じゃあ出すな。さっさと手間賃と代金だけ払え。そうすれば帰ってやる」

琥珀は飽々《あきあき》しているようだ。やはり彼にはお金のことしか頭にないのだろうか。さっきは背中を押すように裏腹な言葉を投げかけたのかと思ったが、どうやら見当違いだったようだ。

「やっぱり、あんたにはわからないんだよ。わかったよ。金を払えばいいんだろ」

翡翠が語気を強めると、琥珀も「わかったら、さっさと用意しろ」と突っぱねるし、「ああ、そうしてやるから、大人しく待ってろ」と翡翠も喧嘩を買う。

これでは、堂々巡りになってしまうだけだ。

困った碧梨は、なんとか翡翠の力になれないだろうかと必死に考える。翡翠は美琴のことを想っている。彼女が幸せになるのが一番だと考えているはずだ。美琴はどうしてここに通いつめているのだろう？　話を聞いてほしくて、勇気をもらいたくて、来たのではないだろうか。

踵を返そうとする翡翠を、碧梨はとっさに引き止めた。

「……待って、翡翠くん。美琴ちゃんは、誰にも言えない話を聞いてほしいから、いつもここに通っていたんだよね。そうだとしたら、美琴ちゃんの力になってあげられるのは、翡翠くんだけなんじゃないのかな?」

「なんだよ、つまりは俺に……縁結びのような真似をしろって言ってるのか」

ふてくされたように翡翠が言う。

「あなたの大事な友だちがそう望んでいるなら、叶えてあげればいいじゃない」

「もしもうまくいかなかったら、彼女は二度も傷つくことになるだろ」

「そしたら、そんな見る目のないやつなんて早く忘れろって言って励ませばどうかな」

無責任かもしれない、そう思いながらもこのままにしたくなくて、碧梨は言葉を繋いだ。一方で言い合っているうちに、翡翠の想いがだんだんと見えてくるのを感じていた。

(ああ、そういうことだったんだ……)

翡翠は美琴のことが大切で守りたい。その想いは彼女が小さな頃からずっと変わらないのだ。だから、彼女を傷つけることはしたくない。彼女に頼られるまま、何があっても翡翠だけは彼女を包んであげられる存在でいたいのだ。彼女がご神木を心の拠り所にしているように。

翡翠はうつむいて考え込んでしまう。

「俺は、どうしてあげたらいいんだ。美琴と一樹は、幼なじみなんだよ。小学校を卒業するときに、この敷地内にタイムカプセルを埋めていたことがあったんだ。その中には、一樹の美琴に対する想いが書かれてあるはずなんだ。つまり、二人は両思いなんだよ。それなのに……」

「じゃあ、そのタイムカプセルを見せればいいだろう」

「えっ。でも、それは……無理じゃないのかな。何年後かに開けようって、約束とかしてるんじゃない？」

「何年後？　それを待っていてどうなるんだ？」

琥珀が碧梨に問いかける。碧梨は何も言い返す言葉がなかった。たしかに、今、想いを通じ合えないまますれ違ったら、そのタイムカプセルを掘り返すことだってできなくなるかもしれないのだ。

「……いいよ、それやろう。案外、いいアイデアかもしれない」

翡翠が、声を上げる。

「やれやれ。ようやく、やる気になったのか」

呆れたように、琥珀は乾いたため息をついた。

「い、いいだろ。そうやっていちいち突っかかってくるなよ」

きまり悪かったのか、翡翠は開き直ってそう言う。

「だ、だから、勝手なこと言って悪かったよ。依頼は……取り消さない。決めたよ。俺が彼女に最後にしてあげられるのは、門出《かどで》を祝うことじゃなくて、彼女に勇気を出させることだ。あんたたちも手伝ってくれよな」

「もちろんだよ。お手伝いをさせて。私がんばるから」

時間は明日まで。彼女が福岡へ発つのは明後日《あさって》なのだという。だから最後にまた明日と彼女は告げたのだ。もう時間がすぐそこまで迫っている。

「一樹は、美琴のことをずっと好きなはずなんだ。ここに埋めた手紙には……そういうことが書いてあった。中学のときも、高校受験で一緒に受かるように祈ってたんだ。美琴はあいつの本心を知らないだけさ」

「きっと彼女に気持ちは通じるはずだよ。彼ともうまくいく。そう信じよう」

碧梨は翡翠を励まし、代筆用の道具一式をボストンバッグから取り出し、旧本堂内にあった文机を手元に寄せた。

その日は帰るには遅くなってしまったので、空いている社務所の一室に泊まらせてもらうことになった。座布団しかないのが辛いが、仕方がない。行燈の灯りに照らされた部屋の室内で、碧梨は翡翠に向かい合う。まずは、当初の通り、翡翠の想いを手紙として認《したた》めるためだ。

「何でもいいの。伝えたいこと、想っていること、ありのままに教えてほしい」

碧梨が言うと、翡翠は気恥ずかしそうに目を伏せた。

「ありのままに……か。うまく伝えられる自信はないけど……」

「大丈夫。完璧なんて求めていないよ。翡翠くんの想いがこもっているのなら、それが一番だから」

「……わかった」

翡翠は照れながらも、彼女と過ごした日々や、彼女に対する想いを、訥々《とつとつ》と語りはじめる。碧梨は翡翠の話を聞き取りながら、文机に向かってペンを走らせた。

碧梨は目を瞑り、彼らの過去へ時間旅行する気持ちで、二人の様子を想像した。すると、断片的に聞いた翡翠の思い出が、より鮮明に瞼《まぶた》の裏側に浮かんできた。

翼を広げて空を翔《かけ》ていく夢追い人。青々とした空には虹が架けられていく。燦々《さんさん》と輝く明るい真夏の太陽の光、ご神木の緑の葉が揺れる木漏れ日の下。きっと彼女は汗を流しながら演技の練習をしていたことだろう。

ご神木を見上げると、枝に羽を広げた緑の葉が陽に透けて見えてくる。まるで宝石の翡翠のような澄んだ輝きに満ちてゆく。さわさわとした葉かすれの音は、元気な翡翠の笑い声のようだ。きっと彼女の想いによって魂が宿り、彼は翡翠という名をもらったのだろう。そして彼女の青春の日々を、翡翠はここでずっと見守ってきたのだ。

声をかけて励ましたくて、頑張れと背中を押したくて、ときには慰めてあげたくて、そんなやさしくてあたたかい強さのある男の子の愛情をいっぱい詰めたい。

「よし」

碧梨は目を開けると、気合を入れ、まずは便箋を手に取った。

碧梨が選んだのは、罫線《けいせん》が入っていないもので、光の加減で虹色にきらめくちりめん素材のものだ。表と裏で色が異なるタイプのもので、文字の書く方をサイダーのような白と水色の中間の色、裏は太陽のイエローオレンジのものを選んだ。そしてペンはご神木にちなんだ深い緑の色を使う。

字体は男の子の溌剌《はつらつ》としたイメージを大事にし、彼女の背を押してあげられるような力強い筆圧でいっきに書き切るようにする。頑張れと心の中で励ましながら進めると、なんだか碧梨まで励まされるような気分になった。

（大丈夫。きっと伝わるよ……）

碧梨は願いを込めて、最後に筆を止めた。

「こんな感じでどうかな？　翡翠くんのイメージにあってる？」

碧梨は緊張しながら、書いたばかりの手紙を翡翠に差し出した。手紙に目を通す翡翠の表情が、目まぐるしく変わっていく。その様子をみて碧梨はほっと安堵《あんど》の息を吐いた。

「美琴とやらは、おまえを女だと思っているのだろう？　イメージ通りでいいのか？」

さっきの紛争の仕返しのつもりか、琥珀が皮肉っぽい顔をしてこちらを見ている。

彼は境内に寝そべり、すっかり寛《くつろ》ぎモードに入っている。本来の妖狐の姿をあらわにし、どこから取り出したのか時代錯誤《さくご》な煙管《キセル》をぷかぷかふかしているところが憎たらしい。彼は本当に人を苛つかせる天才だと思う。

「翡翠くん、あの態度……相手にしたら負けだよ」

ぼそぼそとした声で、碧梨は翡翠を励ました。

「わかってるよ。あんたも苦労してそうだ。ポン吉もさぞこき使われているんだろうな」

「おい、言っておくが、ちんたらしてた分、報酬は二割増しだぞ」

「ほんと、がめついな。女の子に銭ゲバと呼ばれるぞ」

「なんとでも言え。金は裏切らないからな。それに、確実に依頼を達成させるためには、それ相応の金額をもらわねば、こちらも商売だからな」

とりあえず、また喧嘩になると困るので、碧梨は翡翠をたしなめた。

「さて、肝心のタイムカプセルのことを書かないとね」

「なんか普通に教えてやったら、一樹の肩を持つようでしゃくなんだよなぁ」

うーんと翡翠が難しい顔をする。男心もけっこう複雑なもののようだ。

翡翠が用意してくれた手ぬぐいで汗を拭きつつ、碧梨は頭を悩ませる。「タイムカプセルを開けろ」といきなり言われて素直に従うものだろうか。そもそも、約束を破ってまで、タイムカプセルを開けてくれるかどうかもわからない。

「それに琥珀の言う通り、確かに女の子だと思われてるのはやっかいだよな……」

横で翡翠が眉根を寄せて、細い腕を組みつつぼそっと言う。

自分が高校生のとき、友達とどんな風に話してたっけ――思い出したのは、授業中のある光景だった。碧梨はご神木のある窓の外へと視線を向けた。

「じゃあ、こうしたらどうかな――」


手紙が一段落つき夜も更けたころ。

気分転換に部屋を出ると、縁側の柱に寄りかかり、こちらを見ている琥珀の姿があった。

月明かりの真下にいる彼は、一枚の絵のように美しい佇《たたず》まいをしており、思わず息をのんで見惚《みと》れる。妖艶な魅力をもつ彼は、その名のとおりあやかしであり、人ならざる存在。それを主張するかのように、琥珀の影はどこにも伸びていなかった。

琥珀の横顔がどこか儚《はかな》げに見えるのは、彼が人ではないからだろうか。紅緋や翡翠のようにあやかしになったきっかけが彼にもあるのだとしたら、それは何だろう。いつから彼はあやかしになったのだろうか。

不意にこちらへ視線を向けられ、水面が静かに波打つかのように、鼓動が高鳴った。

「何をぼうっと突っ立っているんだ。終わったのか？」

「あと、もうちょっと、かな」

碧梨がそう答えると、何かもの言いたげな視線を投げかけられた。

「人の色恋によくそこまで興味を持てるな。お前になんの得がある？」

唐突に尋ねられ、碧梨は面食らう。手紙を翡翠と作っている途中で琥珀は姿を消していたが、もしかしてずっと話を聞いていたのだろうか。

琥珀から問われたことへの答えを自分の中に探したときに、会社の先輩に想いを伝えられなかったときのことが記憶に蘇った。

「うまく言えないけど……遠く離れてしまう人に、ちゃんと自分の気持ちを伝えていたら、違った未来があったんじゃないかって、後悔したことがあったからかな。翡翠くんには私みたいになってほしくないなって思うのかもしれない」

月明かりの下で、碧梨はぼんやりと浮かんだ先輩の顔に目を細めた。今はもう胸の中に過去の思い出として受け止めているけれど、後悔として残った気持ちは、そこから動かすことはできない。後悔してからでは遅いのだということを、碧梨は身に染みて感じていた。

また悪態を吐《つ》いてくるかと思いきや、琥珀は「後悔、か」と呟き、碧梨の表情をじっと観察しているだけだった。

何か、彼には思うことがあるように見える。紅緋のように、なんらかの想いが強く残った結果、あやかしになるという一つの定義があるなら、彼にも何か未練に思うことがあるのではないだろうか。

「琥珀も、過去に思いを残したり、後悔、したりしたことが……？」

夜風が吹き付けてきて、乾いた汗で身体がひんやりとする。境内は肌寒さを感じるくらいだ。ぶるりと身震いをして腕をさすると、いきなり羽織《はおり》を投げつけられた。

「な……」

「これでも使え。下働きが使えなくなったら、貸しが回収できんからな」

羽織からは、涼やかな白檀《びゃくだん》と甘やかな麝香《じゃこう》の香りが感じられた。衣に焚き染めた香りだろうか。社務所にいて時々感じる香りだ。彼は時々薄手の羽織を好んで着ている。それから、彼の温もりをほのかに感じ、思わず頬が赤くなる。

「で、でも、琥珀はいいの？」

「俺は、そこまで暑さも寒さも感じない」

「あなたにも、やさしいところ……あるんだね」

碧梨が言うと、琥珀は意表を突かれた顔をしてそっぽを向いた。

「ただでさえ時間を食ってるんだ。明日こそ大事な報酬がかかっているんだから、さっさと寝ろよ」

琥珀はひねくれたことを言い、踵を返す。

傲慢でそっけない態度も、もしかしたら照れ隠しだったのではないかと思うと、気持ちが和む。彼にも案外いいところがあるのだ。その発見に、胸がむずがゆいような心地よさを与えてくれる。

やはり、いくら夏とはいえ夜の境内はひんやりとする。まるで琥珀の腕の中にいるみたいな落ち着かない気持ちにはなったが、おかげで身体はちょうどよくあったまった。

それから碧梨は部屋に戻り、座布団を敷いて、琥珀の羽織にくるまった。手紙の文面を何度も確認して、丁寧に折り目をつけた。

翡翠の真心がぎゅっとまんなかに詰まりますように。そして開いた瞬間、びっくり箱のように飛び出してくる元気な文面が、彼女の背を押してくれますように。翡翠の想いが美琴の心に届いて、ひとつに繋がることができますように。願いを込めて。


翌日、一行は美琴が最後の参拝にやってくるのを待っていた。琥珀は早くも飽きてしまい、住所がわかるなら届けに行ってやればいいなどと言い、そうそうに帰りたがっていたが、なんとかたしなめて、彼女が来るのを翡翠と共に待った。

碧梨にはまだやり残したことがあるのだ。

手紙はというと、いつも美琴がやってくるご神木の根元のあたりにそっと添えてある。風で飛んだり、誰かに持って行かれたりしないためにも、まずは見張っていなければならない。

「あ、来た」

翡翠が声を上げたのは、待ち続けて二時間が経過した頃だった。すかさず碧梨はご神木の陰に姿を隠す。琥珀はご神木の裏手にある部屋から様子を見ているはずだ。人間からは視えない翡翠はそのままご神木の近くで彼女のことを見守っている。

美琴は思ったとおりご神木のところにやってきて、手紙に気付いたらしい。しゃがみこんで、表面に書かれた宛名を読み上げて、わっと驚いた声を上げる。

「何？　私にハートの手紙？　誰？」

自分を女の子だと思っている、という翡翠の話を聞いて碧梨が思い出したのは、高校生のときに友達と交換し合った「ハートの手紙」だった。女の子同士の秘密の手紙をノートの切れ端に書きつけては、ハートになるように折ってこっそり送りあう。今は手紙の交換じゃなくて、スマホアプリを使ったＳＮＳが主流かもしれないけど、大切な女友達に送るなら……と思いついたのだった。

美琴はあたりをきょろきょろ見回し、でも誰もいないとわかると、開けていいのかどうかためらいながら、ついには彼女の細い指が、その形を解いてゆく。

親愛なる美琴ちゃんへ
はじめまして、君の友達です。

改まったことは得意じゃないんだけど、あともう少しで美琴が出発しちゃうんだなと思ったら、手紙を書かずにいられませんでした。突然のことでびっくりしたかもしれないけれど、どうか、この手紙を最後まで読んでほしい。

そうそう、びっくりした……といえば、初めて美琴ちゃんに話しかけられたとき、あまりに驚いて、木から落っこちてしまいそうになりました。

あの日から、君はここに通うようになった。ご神木の側に赤いランドセルが置いてあると、決まって君の姿が見えた。そして、君は色々な悩みを聞かせてくれましたね。話を聞いているうちに、きっと、誰にも言えない想いを吐き出せる場所がほしかったのかなと思いました。だから、あえて姿を見せずに、ずっと君の話を聞いていました。

心を痛めている君の、唯一のやすらぎになる居場所になれればいいと思ったんです。

けれど、そんなのは一時的なことだった。いつの間にか、私の方が君の話を聞くことが楽しみになっていていて、将来女優さんになりたいと夢を語る君に、元気をもらうようになっていたのです。

中学生になってから演劇部に入部して、夢に向かって必死に練習を重ねる君を、ずっと見守ってきました。だから、君がどれほど努力をしてきたか、私は知っています。

中学三年の冬、ほんとうに女優になんてなれるのかなと君が迷いを告白した日、高校一年生の春、君が演劇部の中で目指していた配役をとれなくて落ち込んでいた日、高校二年生の秋、努力の成果が実ってようやく主役になれたのを喜んでいた日。

本当は……一緒に泣いたり笑ったりしたかった。大丈夫だよ、とか、がんばって、とか、応援しているよ、とか……声をかけてあげたかった。でも、何もしてあげられなくて、ごめんね。本当は、君と会って話をしたかったけど、恥ずかしがり屋で、人の前に出るのが苦手なんです。

でも、今、ちょっぴり後悔しています。ほんのすこしの勇気を出して、君の側に姿を現していたら……もっと君と仲良くなれたんじゃないかな……って。

君から引っ越しをすると報告されたとき、とてもショックでした。君が遠くへ離れてしまうと考えたら、どうしようもない寂しさで胸が張り裂けそうになりました。

いつの間にか君は、それほど大きな存在になっていたのですね。もしも、この身体が、どこにでもいける自由な身だったなら、君のことを見守ってあげられるのに。でも、事情があって、どうしても……私にはそうすることができません。

だから、最後に、君のために何かできることがしたいと思っています。

君の悩みが解決できるように、背中を押したいと思います。


まずは、この地図にあるものを捜してください。

そしたら、必ず、手紙の続きを読んでほしいんだ。


翡翠がぎゅっと手を握りしめ、彼女の様子を見守っている。その表情には、今すぐにも彼女の元へ飛んでいきたいとでもいうような寂しさがにじんでいた。

碧梨も祈るような想いで、美琴の様子を見守り続ける。

「意味がわかんない。何、どういうこと？」

美琴は思わずといったふうにあたりを見回す。すぐ側に、ご神木の前には翡翠がいる。手を伸ばせば触れられるところにいるのだ。でも、彼女には見えない。

「地図にあるものって……」

戸惑う美琴の手元から、手紙がすっと風にさらわれる。

「あっ」

と、声を出したのは、美琴ではなく碧梨だった。

（しまった。つい……）

うっかり場面を見守るのに熱が入ってしまっていた。

美琴が驚いた顔で、こちらを見ている。このまま立ち去るのはさすがに不審すぎるだろう。仕方なく、碧梨はご神木の陰から出て、美琴の方へと歩み寄った。

「あ、あの、この手紙……」

「わ、わー懐かしい。そういう形に折るの、昔流行していたけど、もしかしてまた流行ってるの？」

色々追及される前に、碧梨は世間話でごまかすことにした。

「え？　いえ……これは、ここにあったんです。私宛に」

「ラブレターとか？　思い当たることはないの？」

「思い当たることといえば……でも、ありえないし。いったい誰が……？」

腑に落ちない様子の美琴に、碧梨は問いかける。

「なんて書いてあったか、聞いてもいい？」

「実は、私……ここで、色々悩み相談っていうか、誰にも言えないようなことを、ご神木さまに打ち明けるのがくせになっていて」

恥ずかしそうに美琴は言い、その日々を懐かしむようにご神木を見上げた。

「……そしたら、まるでご神木様が、ほんとうに見守っていてくれたみたいな内容が書いてあったんです。まさか、信じられないですよね」

「いいえ。ほんとうに、ご神木さまの仕業じゃないかしら？」

するとに弾かれたように美琴が食いついてきた。

「お姉さんは、そう思います？　私、実はそうなんじゃないかって思いはじめてたところだったんです。ただ、ほんとうに、信じられない話だけど」

「そうかな？　ここって神聖な空気が漂っている気がするから。何かあってもおかしくなさそうじゃない？」

碧梨は必死に聞こえないよう気を付けながらそう言って、翡翠の方を見た。ご神木を挟んで、彼の姿はそこに在るわけだが、やはり彼女には視えない。

紅緋と木崎のときもそうだったが、こういうとき視える自分の体質或いは能力をわけてあげられたらいいのにともどかしくなる。だからこそ、代わりに何かできることをしたいと碧梨は思うのだ。

「実は私、今日だけじゃなくってもしかしたらってずっと思っていたんです。一度だけ、姿が見えた気がして……ご神木の精霊さんなんじゃないかって」

「うんうん。きっと恥ずかしがり屋で、照れ屋なのかもしれないよ」

「話をわかってくれる人がいて嬉しい！　クラスの子とか部活一緒の子に話しても変人扱いされるから。でも私だけじゃなかったんだ。なんだかドキドキしてきちゃった」

　美琴はすっかり興奮して目を輝かせている。

「あの、そんなお姉さんにお願いがあるんですけど、手紙に書いてあるこの地図が何なのか気になるから、見てみたいと思うんです。でも、私ひとりだと不安だから、一緒にいてもらえないですか？」

「いいよ。私でよかったら」

　美琴は喜んで、それから手紙に書いてある地図の指示どおりに動きはじめた。

「うーんと、ご神木から五歩歩いたところから、右に三歩くらい？　丸い石が埋もれているところろっていうと……このあたりかなぁ？」

「掘ってみようか？　あそこの園芸用のスコップ、借りちゃおう。あとで、神社の人に私から言っておくから」

「すみません。色々手伝ってもらっちゃって」

「ううん。私、待ち合わせ時間より早くついたから、ちょうど暇だったの」

　適当に話をつけながら、碧梨は昨日使った小さめの園芸用スコップを二つ持って、美琴の隣にしゃがみこんだ。

「はい、どうぞ」

「あ、ありがとうございます。どのくらい掘ればいいのかな？　何が出てくるんだろう。あ、何か当たった!?　……これは」

出てきたのは丸いブリキの缶で、ところどころ剥げかけており、雨水を吸ったせいか錆びついていて、それだけ時が経過したことを思わされる。美琴にタイムカプセルを掘り起こさせるために二人が考えたのは、「宝の地図」を手紙に入れることだった。ここを掘ってほしいと場所を示せばきっと気になって掘り起こすはず。

碧梨と翡翠の思惑通り、タイムカプセルを掘り起こした美琴は不思議そうにブリキの缶を手に取った。ずいぶん時間が経っているので、埋めたことを覚えていないのかもしれない。美琴は缶の蓋をそっと拭うと、丁寧に土を払う。緊張しながら固いタイムカプセルを開けた彼女が目にしたものは、小さな瓶に詰め込まれたセピア色の手紙だった。

うわぁ！　と彼女から歓声があがった。

「そういえば、小学校の頃、一樹と一緒にここに二人で埋めたんだ！　懐かしい……！私、女優さんになりたい……って書いたんじゃなかったかな」

そうつぶやきながら彼女は微笑んだ。

手紙を実際に開いてみようとした美琴の手が、直前でぴたりと動きを止めた。

心配になって碧梨が美琴の顔を覗き込むと、彼女は声を震わせて言った。

「気になるけど、だめ。これは元に戻さないと……タイムカプセルなんだもん。埋めた日から十年後、二人で開けようねって……一樹とそう約束したから。でも、私はもうここに来られないかもしれないし、一樹とだって喧嘩したままだし……そしたら、このタイムカプセルは、どうなっちゃうんだろう」

彼女の瞳から涙が溢れ出す。

「美琴ちゃん……」

翡翠が心配そうに近づいてきたのが気配でわかった。

(翡翠くん……)

そして翡翠が美琴の頬に思わずといったふうに触れようとしたそのとき、彼女はハッとしたように、手紙を開く。

「あ、そうだった。手紙のつづき、読むんだって……約束だったよね」

美琴はそう言い、二枚綴りになった手紙のもう一枚を開いた。

そこには、翡翠が一番、彼女に伝えたいことが書かれている。どうか、美琴に届きますようにと、碧梨は願いながら、ぐっと手に力を込めた。

美琴、地図のところに何が埋まっているか、見つけられた?

それじゃあ、今から大事なことを言います。

よく聞いて、美琴。君が行動するのは「今」だよ。

思い出して、美琴。君が毎日必死に練習していたセリフにもあったでしょう?

『恐れずに進もう。勇気を持って歩けば、どんな道も切り拓かれる。すべては、自分の手に委ねられている。信じよう。その先の景色が、きっと自分が目指したものであることを。そう、今、立ち上がるのさ。道を拓くために』

……声が嗄《か》れるまで、何度も、何度も、練習している姿を見ていたから、おかげでセリフを覚えちゃったよ。

ねえ、君は言ったよね?　演じるということは、その形に合わせて収まるのではなく、見ているお客さんに、生きた登場人物の心の叫びを届けるものなんだって。

だったらさ、今の美琴じゃあ、全然ダメじゃないか。ちっとも説得力なんかないよ。

なんで、はじめるまえから諦めようとするんだよ。どうして相手を信じてやろうとしないんだよ。何を怖がっているんだ。恐れる必要なんてないんだよ、美琴。

信じよう。君のまっすぐな想いが、きっと大切な人に届くはずだって。

言葉にしてごらん。言葉には、人を動かす強い力があるんだ。

『そう、今、立ち上がるのさ。目の前の道を切り拓くために』

君の探している答えは、この地図の先にあるよ。見つけてごらん。

……頑張れ！　美琴！

君の幸せをずっと……心から祈っている。そしてどうか元気で。

ご神木の白蛇より

「……っご神木の白蛇さん……やっぱり、ずっと見守っていてくれたんだね」

美琴は、名前を指でなぞりながら、泣き笑いみたいな表情をする。

「……そうだね。私このままでいいなんて嘘ついてた。ご神木の白蛇さんが言うように、ちゃんと自分の気持ち伝えたいよ」

美琴はご神木に向かってそう言い、すうっと勢いよく空気を吸い込んだ。

「そう、今、立ち上がるのさ。目の前の道を切り拓くために……！　これで、どうかな？　私、女優になれてる？」

『美琴……そうだ、頑張れよ』

翡翠が、思わずといったふうに声をかける。美琴には、彼の姿は視えない。けれど、心はきっと通じ合っているはずだ。

「あなたの言葉、すごい胸に響いた。ありがとう、私、頑張るよ！」

と、そのとき。誰かの声がどこからか響いた。その声はどんどん近づいてくる。

「美琴！」

息を切らせて走ってくる男子高校生の姿が視界に飛び込んできた。

美琴は驚いて、立ち上がる。そして彼女は手紙を握りしめ、彼の元へと駆けて行く。

きっと彼こそが、彼女の想い人である一樹という男の子に違いない。汗を拭いながら、美琴の前に立ったのが見えた。そして二人は何か会話を交わし、抱きしめ合うようにシルエットが重なっていくのが、夏の陽炎に揺らめいて見えた。

きっと、うまくいったのだろう。碧梨はホッと安堵しながらも、どこか胸に迫る苦しさを感じていた。

翡翠がわざとらしく「あーあ」と声をあげる。

「まったく世話が焼けるぜ。バカみたいだよね。両思いだってわかってるのに、無駄にすれ違ったりしてさ。俺たちが苦労したのわかってるのかな」

それが強がりだということは、碧梨にはわかった。さっきから感じていた胸の苦しさは、翡翠の強がりの裏返しだ。

「……翡翠くん、もしかしてと思うけど」

碧梨が言いかけた瞬間、翡翠はさらに声をあげる。

「俺がもしも人間だったら、あいつの何倍も、幸せにしてあげられるのにな。俺の方がいい男なのに、悔しいよ」

「翡翠くん……」

碧梨は何といってよいかわからず、翡翠の横顔を見つめた。彼の彼女に対する想いが、どれほど純粋で、そして深いか、伝わってきたからだ。

「なんてな！　あ、そんな顔するなよ。よかったんだ。彼女の笑顔が見られて。それが、俺の一番の願いだったからさ」

強がる翡翠に、碧梨はかける言葉を必死にかき集めた。

「……偉かったね。好きな人の幸せを願ってあげられる翡翠くんはすごいと思う。そんな翡翠くんが見守ってくれていたからだよ。美琴ちゃんが幸せでいられるの」

そう、誰しも自分のことばかりで、相手を思いやる余裕なんてないことの方が多いのに。少なくとも、過去の碧梨は、先輩の幸せを願う心のゆとりはなかった。

もしも翡翠のように大切な人の幸せを素直に願ってあげられていたら、今ごろ、後悔もなく、過ごしていただろうか。ふと、碧梨はそんなふうに思う。

「あんたたちのおかげだよ。色々悩むことはあったけどさ、あんなに幸せそうな彼女を見送れて、ほんとうによかった。もう、心残りはないよ」

「そう。それならよかった。お役に立てたなら何よりだよ」

「ああ、ありがとうな！」

さっき見た翡翠の横顔には寂しさが滲《にじ》んでいたけれど、今見せてくれた笑顔には晴々とした元気さがある。碧梨も翡翠の笑顔が見られて心からよかったと思う。きっと、前に進もうとするあのメッセージは、美琴へのものでありながら、同時に翡翠自身への言葉だったのかもしれない。

(今、立ち上がるのさ。目の前の道を切り拓くために……か)

碧梨は、さっきのセリフを胸の中でリフレインする。いつか、自分にもそういう転機がくるのだろうか。そんなふうに思い馳せながら。

ふと、琥珀がどうしているか気になって振り返ると、いつの間にか彼は縁側に腰をおろし、一樹と美琴の仲睦まじい様子を眺め、複雑な表情でぼんやりと佇んでいた。

「琥珀？」

碧梨が声をかけると、琥珀は我に返ったらしい。立ち上がってこちらへやってくる。

「やっと終わったか。白蛇、約束どおり、報酬は四割増しだからな」

「何ぃ!?　狐、昨日は二割だと言っていなかったか？」

「バカを言うな。昼を過ぎたら二割追加だ」

翡翠が顔を青くしている。どれだけの請求を突きつけるつもりなのだろうか。碧梨には権限がないので、どうフォローしていいかもわからず、苦笑いを浮かべるだけだった。

「はぁ。ま、俺も足止めしちゃったしな。仕方ないから蕎麦《そば》でもご馳走してやるよ」

翡翠がため息混じりに言うと、ピクリと琥珀のミミが反応する。

相変わらず食い意地の張っている彼は、食べ物のこととなると反応がいい。

「蕎麦か。馳走になってやってもいい。だが、報酬は報酬だ。しっかり別料金もらうぞ」

徹底的に儲けを追求するところはある意味、経営者に向いているといえるかもしれない。

「……はぁ。わかってるよ」

翡翠は呆れたような顔をして、いったん部屋に奥へと消えていった。

「ほんと、琥珀は平常運転……ね」

お金と食べ物への執着はいつもながらものすごい。お金は彼が遊ぶために必要なんだとして、なぜ彼はそこまで人間の食べ物に執着しているのだろう。

（思い通りにいかない依頼のストレス発散のために食べているとか……？）

それにしても、昨夜といい、さっきといい、琥珀の様子は一体なんだったのだろう。まだ出逢って間もないけれど、過ごしている時間が濃いせいか、いつの間にか琥珀の存在に慣れはじめている自分がいる。一方で、意外な顔を見せられて戸惑っているのも事実だった。人間を毛嫌いしている割には、人とあやかしを繋ぐための代筆屋をしているのも不思議だし、あんなふうに観察しているところもあるようである。ひょっとしたら彼にも人間との間に何かあったのだろうか。だんだんと碧梨は琥珀自身の過去が気になりはじめていた。


「さすがに腹がいっぱいだ」

「そりゃね、あれだけ食べればいっぱいにもなるよ。椀子《わんこ》蕎麦の早食い大会じゃないんだから」

翡翠に蕎麦をご馳走になったあと、碧梨は琥珀と一緒に昼下がりの電車を乗り継いで、社務所に戻ってきていた。

「しばらく動けん」

そう言い、琥珀は社務所の中に辿り着くなり、居間として使っている一室のソファにだらんと身体を沈めて足を投げ出した。

「いいよね。そうやって食べても太らないんだから」

ぽつりと、愚痴《ぐち》をこぼすと、

「運動をしないやつが不平不満を言う資格はないぞ。痩せたければ、神社の階段を毎日往復するといい」

「そ、それは遠慮したいです」

その後だらだら過ごしている琥珀はいつものとおり。何か変わった様子があるわけではなさそうだ。

「おい、ポン吉、肩を揉んでくれ」

「はい、ただいま。琥珀様」

呼べばすぐに飛んでくる紫苑はもはや主《あるじ》に仕える忍びのようだ。

碧梨はそんな琥珀と紫苑の様子を尻目に、自分の部屋へ引き取ると買ってきておいたノートに代筆屋仕事の日誌をつけることにする。日誌の一ページ目には、紅緋の依頼のことも書いてあった。つけろと言われたわけではないのだが、しばらく住み込みで手伝うことになりそうだとわかってから、つけておこうと思い立った。あとで読み返したら、自分のためになると思ったからだ。

まだ手伝ったのは二件だけだけど、もう代筆屋の仕事に惹きつけられている。

手紙はやっぱり想いを伝えるための大事なツールなのだと、碧梨はしみじみ思う。

「心に閉じ込めた言葉を届ける魔法……か」

祖母が幼い頃に教えてくれたことを振り返り、頬杖をつきながらぼんやりと思い耽っていると、障子の隙間《すきま》からひょっこりと可愛らしい子どもの頭が見えた。

「あ、ポンちゃん。そうだ。お土産におせんべいとお饅頭があったんだった。よかったらお留守番のご褒美にどうぞ」

「わぁ。嬉しいですぅ。ありがとうございますぅ。碧梨様ぁ！」

狸化してむぎゅうと抱きついてくる紫苑が相変わらず可愛い。ひょこっと飛び出したミミとモフモフの尻尾を撫でると気持ちいい。琥珀もこのくらい可愛げがあったらいいのに、とついつい思ってしまう。

ひとしきり満足するまで紫苑を撫でて癒やされていると、紫苑が胸元から白い封筒を取り出した。

「そうでした、碧梨さま宛にお手紙が届いたようですよ。はい、どうぞ」

「あ、ありがとう」

いったい誰からだろう。社務所にどれくらい居ることになるかわからなかったため、アパートを引き払ってから、現住所は誰にも知らせていない。そもそも手紙をくれるような相手に心当たりがなかった。もしかして、紅緋からだろうか？

不可解に思いながら裏返して驚いた。

「え、これ……おばあちゃんから？」

差出人の欄《らん》には、達筆な字でハナエの名前が書かれてあった。

「どうなってるの……？」

まさか二通目が届くなんて。一通目も、誤送にしては消印が最近のものだった。二通目の消印は昨日になっている。それに、どうしてこの社務所宛になっているのだろう。琥珀に出会ったのは、偶然のはずではなかったのだろうか。

碧梨は急く気持ちを抑え、封筒を破かないようにそっとペーパーナイフをあてがう。封を開けた瞬間、ふんわりと花の匂いが漂った。

便箋と共に、和紙に香料を染み込ませた文香があらわれる。かつて祖母が手紙を出すときによくしていたように、紅緋の手紙に碧梨がしてみたように。

一通目のとはまた違った香りだ。涼やかな匂いがする。文香の花のかたちからすると、きっとゼラニウムの花を意識したのだろう。五枚の丸みを帯びた白い花弁の形をしている。

碧梨はさっそく手紙の文面を目で追った。

拝啓

猛暑が続き、日中は草木もしおれがちな今日このごろですが。いかがお過ごしですか。

おばあちゃんも、この頃、めっきりと視力が弱くなってきて、目の前がぼやけて見えるようになってきました。悔しいですが、年には抗えないものですね。

そこで、今のうちにたくさんのものを見ておかなくてはと急に思い立ち、ずっと仕舞っていたままのアルバムを開き、碧梨ちゃんと一緒に撮った写真を眺めています。

……写真は、不思議なものですよね。過去の一瞬の時間を切り取って残し、未来に残しておくのですから。時間はけっして巻き戻すことはできないのに、写真をひと目見ただけで、あのときのことはこうだったと、鮮明に思い出させてくれるのですから。

手紙が、心に閉じ込めた言葉を届ける魔法だとしたら、写真は、目に見えなかった景色を届ける魔法なのかもしれません。

写真を見て、おばあちゃんはその時に気付かなかった色々なものを見つけたのです。

あらあら、ずっと捜していた眼鏡が、あんなところに置いてあったわ、とか、碧梨ちゃんが顔を真っ赤にして泣いているのは、お母さんに抱っこされたときに毛糸のパンツが丸見えになって嫌だったからだわ、とか。なだめるおばあちゃんのそばで、おじいちゃんがやさしい顔をして、見ていてくれたわ、とかね。

目が見えなくなってきてから、物事が視えるようになったなんて、皮肉なものですね。大切なものほど、近くにあるものなのに、その時には、正しく見えないものなのかもしれません。もしかすると、目に見えなかっただけで、最初からそこに在ったものもたくさんあるのかもしれません。

人の縁も同じことが言えるでしょう。見えないけれど、そこにある様々な縁。世の中には、結びたくても結べない縁もあれば、その代わりを補うように、不思議と呼び寄せられる縁もあるといいます。

おばあちゃんと碧梨ちゃんは、縁が途絶えてしまったけれど、その代わりにきっと、碧梨ちゃんにはこれから良い縁に恵まれるときがくるはずです。碧梨ちゃん、あなたがこれから心健やかに過ごしていけますように、おばあちゃんはいつも願っています。

これから、あっという間に暑い日々は落ち着いていくでしょう。朝晩、冷え込むようになってきたら、毛糸の腹巻きをして、あたたかくして寝床に入ってくださいね。こんなことを言ったら、また恥ずかしいからいやだと言われてしまうかしら。それでは、季節の変わり目には、くれぐれもお体をご自愛の上、お過ごしくださいい。

あらあらかしこ

七月三十日

東雲ハナエ

小林碧梨様

（大切なものほど、近くにあるものなのに、その時には、正しく見えないものなのかもしれません。もしかすると、目に見えなかっただけで、最初からそこに在ったものもたくさんあるのかもしれません……か）

碧梨は、祖母の文章を眺めながら、ある一文を反芻《はんすう》する。

そういえば昔、エアコンをつけっぱなしにしていたせいか、冷たい風にあたりすぎてお腹を壊したことがあった。

日頃から険悪な両親の前ではいい子でいようとして体調が悪いと言えなくて、我慢していたのが尚更よくなかった。

たまたま祖母に預けられ、祖母はその不調にすぐ気づいてくれた。

そのとき心配した祖母が手作りしてくれた腹巻きや毛糸のパンツを出してくれたのだが、翌日、冬でもないのにダサい毛糸のパンツを穿《は》いていると友だちにからかわれてしまい、それ以来、碧梨は穿いていくのをいやがったのだ。

見かねた祖母が用意してくれていたものだったのに。なんてわがままなことを言ってしまったのだろう。大人になって冷え性になった今の碧梨なら自分から喜んで身につけるのに。大切なものは、あとになって気づく。その通りだ。あのとき、祖母のやさしさに応えていれば、離婚の後も祖母に手紙を出していれば、もっと仕事で前に出ていれば、先輩に気持ちを伝えていれば――そのとき勇気を出せずに、通り過ぎてしまうことばかり。

それにしても、この手紙はいったい……。

しかし、不思議な出来事を奇妙に思うよりも、祖母からまた手紙が届いたことが嬉しくて、碧梨は自分の部屋にこもり、何度も読み直した。懐かしい文香をかいでいるうちに、祖母との記憶が次々に蘇り、胸がいっぱいになってくる。満足するまで手紙を読みふけると、碧梨は手紙を琥珀に奪われないよう、ボストンバッグの底にしっかりと隠した。

なぜ手紙が届くのかわからない。でも、これがあれば辛くても頑張れるような気がした。

気合を入れなおし、再び日誌をつけようと文机に向かっていたら、いつ間にか睡魔に引き込まれてしまったらしい。ハッとして目を覚ますと、視界に琥珀の姿が映った。

勝手に人の部屋に入ってきて何を……と身構えたが、彼はすぐ近くに片腕をついて寝そべり、浴衣を肌蹴《はだけ》させたまま眠りに入っていた。いったい何をしに来たのだろう。妙に色っぽくて、ついまじまじと見てしまう。ただ眠っているだけなのに絵になっているところがまた憎らしい。

碧梨は不意に、琥珀から羽織を投げつけられたときのことを思い返した。扇風機の風が当たっているから、エアコン程ではないにしても風邪を引くかもしれない。

琥珀はそれほど暑さや寒さは感じないと言っていたけれど、元が人間や動物であったのなら、あやかしでも風邪くらいは引くのではないだろうか。

小さな疑問を浮かべつつ、自分の上着を持って琥珀に近づく。彼にかけてあげようとしたときだった。琥珀の袂に白い封筒のようなものが見え、碧梨は首を傾げる。

（……手紙？）

気になって覗き込もうとすると、いきなり手首をぐっと引っ張られた。その次の瞬間、悲鳴をあげる暇もなく抱きすくめられる。

「おい、そんな貧相な身体で、俺を誘惑してどうするつもりだ？」

耳元で低い声がぼそっと囁かれる。

「んなっ……！」

勝手に抱きついておきながら、そんな貧相な身体とは、なんて失礼な話だろうか。

「わ、私は、ただ、風邪……引きそうだと思った……から、だから」

みるみるうちに真っ赤になった碧梨は、猛烈に抗議をしようとした。それなのに、この性悪狐ときたら、抱きしめる腕を緩めようとはしないし、こちらの気も知らずに、ふぁーと気の抜けた欠伸を漏らすのだ。信じられない。

「やっと起きたか。腹が減ったから、料理を作ってくれ」

「は……!?　わざわざ、それを言いに……？」

起き抜けに何を言う!?　あやかしに胃袋の限界はないのか！

というか、この男はどれだけ貪欲なのか！

「と、とにかく……は、離れ……」

「ミドリ、おまえに聞きたい。手に入れられないもののために、なぜ、あれほどまでに必死になるのか」

「え？」

碧梨はジタバタしていた動きをとめ、真正面から琥珀を見つめた。どきりとするほど、真剣な表情をしていて、碧梨は戸惑う。何か、彼には思い詰めた様子が窺えた。

「いったい、何のことを言っているの？」

「ハナエは、人間を見ていれば、そのうちわかるようになると言っていた。だが、俺には人間のことがよく理解できない。あの白蛇《しろへび》でさえ、人間のことを理解できている。それが腑に落ちないんだ」

「琥珀は……帰ってきてからそんなことを、ずっと考えていたの？」

そろりと窺うように尋ねると、琥珀は自分で我に返ったらしく、珍しく顔を赤らめて、不機嫌そうに碧梨を突き飛ばした。

「きゃっ」

「図々しい。いつまで俺の上に乗っている気だ」

「……何も、突き飛ばすことはないのにっ」

抗議しても、琥珀は知らん顔だ。いつになく真剣な顔をしていたから、心配したのに……！

「ふえー重たいーたすけて～碧梨様ー」

今度は戸口の方から、紫苑の情けない声が聞こえてくる。

部屋から出て紫苑のところに行ってみれば、なんと紫苑が巨大な段ボールの雪崩《なだれ》に遭い、下敷きになりそうになっているではないか。碧梨はすかさず彼を守るために駆けつけ、段ボールをえいっと、脇に押しやった。

「ポンちゃん、どうしたの？　この段ボールは一体なにっ？」

息を切らせながら段ボールを見れば、箱には有名な地元製菓の柿の種の文字が大きく書かれている。その上に貼り付けられた納品伝票を見て、碧梨はぎょっとした。

「ちょっ。私の名前になってるってどういうこと？」

納品書を剥《は》がすと、後払い請求書が挟まれており、その宛名に、碧梨の名前がはっきりと書かれてあった。

「スイカも特大の頼んでおいたぞ。今回は報酬ががっぽりだからな」

碧梨はわなわなと肩を震わせる。

「って、あやかしからの報酬は、たしか幽世の通貨のはず。関係ないじゃない⁉」

「うまくいった祝杯だ。おまえにも幾らか譲ってやる。ありがたく食べるがいい」

「まさか、その調子で、高級うなぎを注文したとか言い出すんじゃ……」

「あたりだ。よくわかったな。まもなく届く予定のはずだぞ。ちょうどいい。神社の下までおまえが迎えに行ってくれ」

碧梨の中で何かが弾けた。無言のままで部屋に行ってボストンバッグを持ってくると、荷物をまとめはじめる。

「……お世話になりました」

「早まっちゃだめですよぉ！　碧梨様！」

「そうだ。おまえには貸しがあるだろう。寝言は寝て言え」

憎たらしい。懐に入れていたらしい祖母の手紙をちらつかされ、碧梨はしぶしぶ手を止める。その間にも、「早く夕飯を作れ」と言い残し、琥珀はどこかへ消えてしまった。

羽織を貸してくれて、いいところがあると思って見直したばかりなのに。あれは単なる気まぐれだったのだろうか。

「ポンちゃん、きつねの肉っておいしいのかしら？」

「は、はいっ!?」

碧梨は台所に立ち、キャベツにざっくりと包丁を落とし込むと、凄い勢いで千切りをしはじめた。

「み、碧梨様、早まっちゃだめですったらぁっ！」


ストレス発散のため大量に千切りしたキャベツを冷蔵庫にしまい、夕食の支度を考えながら碧梨が縁側でたそがれていると、とてとてと紫苑がやってきた。

「碧梨様、冷たいお茶をどうぞ」

「ありがとう。ポンちゃん。もう琥珀なんてぜったいに知らない」

「でも、碧梨様、楽しそうですよ」

「そんなこと、ないよ」

思いがけないことを言われて、碧梨は戸惑った。

けれど、最初にここに来たときほど不安な気持ちがなくなってきているのもたしかだった。家族を頼れない孤独と、失恋と失業。その重なった痛みをここに来てから忘れていた。あまりに不思議なことが重なって、悩む暇もなかったせいかもしれないが、ここにいるとやさしくほぐれて癒やされる気がする。

（……イラッとすることは、多いけどね）

ばつがわるいのを隠すように、碧梨はコップに口をつける。

「ふふ。少なくともボクは、この夏、碧梨様に出会えて、とっても嬉しかったです」

軒下《のきした》に吊るされた風鈴がちりんと涼やかな音色を響かせる。

「そんな夏もあっという間に過ぎていくんでしょうね」

のどかな声で、紫苑が言う。

（代筆屋か……）

ここにきてまだ三日。いつの間にか、社務所でもう少しこの二人と過ごしてみようと思い始めている。代筆屋という仕事に、早くも、やり甲斐めいたものを感じ始めている自分がいる。ここを自分の新しい居場所だと思っていいだろうか。「人間のことがよく理解できない」と言っていた琥珀は、何を思って碧梨をここに置いたのだろう。

不意に、羽織を貸してくれた夜のことが思い浮かんで、じんわりと胸に熱いものを感じる。

ぶっきらぼうであったものの、あんなふうに気にかける気持ちがあるのだから、きっと彼にもいいところがもっとあるはずなのだ。そういう部分をこれから一緒に過ごすうちに、もっと知っていけるだろうか。

（私のストレスが、キャベツの千切り程度で、収まっていたらだけど）

相変わらず横暴な琥珀を思い浮かべて嘆息しつつも、微かな期待を抱きながら、膝《ひざ》に乗ってきた紫苑に癒やされ、苦くて甘い抹茶を味わう碧梨だった。

■第三章　言の葉の花束、祝福の紙吹雪

「碧梨様ぁ、お湯加減はいかがですか？」

浴室の窓のガラス越しに、紫苑のかわいらしい声が聞こえてくる。

碧梨は湯船のお湯を肩にかけながら、普段より大きめの声で返事をする。

「ありがとう！　ちょうどいい感じよ！」

（やっぱり、ひとりでお風呂にゆっくり浸かれるのっていいよね……）

しばし極楽気分で目を瞑る。湯船に浮かべたドクダミとミントの葉が、疲労を癒やし、さっぱりとした気分にさせてくれた。

元々社務所には、システムバスのような現代的な風呂はなく、使われていない薪《まき》風呂が放置されていただけだった。八月のはじまりに社務所に暮らしはじめたばかりのときは、商店街にある銭湯にわざわざ行っていたのだけれど、十月になると朝晩冷え込み、銭湯から戻ってくる間に湯冷めしてしまい、碧梨は困っていた。

無論、琥珀が特別に何かをしてくれることはない。幽世に連れていってやってもいいと言われたが、土蜘蛛の件もあるし、見知らぬ妖怪とお風呂に入るのは気が引けた。そ

のため、紫苑と一緒に薪風呂を大掃除して、ようやく使えるようにしたところだったのだ。薪で火を熾《おこ》すのが面倒だし、膝を抱えて入るしかない狭い浴槽《よくそう》だけれど、自由に入れないよりはずっといい。

じんわりと汗ばむくらいの心地よさを感じて目を瞑ると、窓辺から金木犀《きんもくせい》の香りが漂ってきた。

（秋か……）

季節が変わっても、碧梨はまだ解放されずに、代筆屋の助手として働いていて、自分でもよくわからないうちに、あやかしの彼らとの生活に馴染《なじ》んでいる。この二か月間は、代筆業といっても、琥珀に請求書や取り決め書を清書させられるくらいで、これといって手紙に関わる依頼は舞い込んでいない。碧梨は、急場で見つけた花屋のアルバイトに精を出す傍ら、相変わらず社務所で居候《いそうろう》生活を送っていた。琥珀には雑用ばかり押し付けられ、掃除、洗濯、炊事《すいじ》……と、家政婦を担っているような感じだ。

最初はいやいやだったはずが、今やひとりきりだった以前の生活よりも、誰かが側にいてくれて、一緒にご飯を食べてくれる、そういった何気ない日常に、居心地のよさを感じるようになっていた。

「いつまで入っているつもりだ」

声が大きく聞こえて、碧梨はぱちりと瞼を開く。琥珀がお風呂を覗いていたのだ。

あまりに唐突だったので、とっさに悲鳴すら出なかった。

「なっなんで、そこに……入室禁止って、札をかけておいたのに……！」

碧梨は慌てて首まで浸かって、ようやく文句を浴びせる。

「いつまで遊んでるつもりだ。おまえは居候だということを忘れたわけじゃないだろう。さっさと朝飯を作れ」

「もうっ。わかってるよ。あっち行ってて」

やっぱり居心地がいいと思ったことは訂正しよう。ゆっくり癒やされている時間など碧梨にはないのだ。

(ちょっとはデリカシーというものを覚えてほしいものだわ)

琥珀の姿が見えなくなったのを確認してから、碧梨は勢いよく湯船から飛び出した。


お風呂からあがった碧梨は、年柄年中お腹を空かせている主のためにせっせと朝食を用意し、食事を済ませたあとは帳簿を開いて赤字になっている項目とにらめっこしていた。

「うーん、今までどうやって生活できていたのか不思議……もう少し切り詰めないと、まずいと思うんだけど」

碧梨は唸った。あやかしからの依頼は人間のお金にならない。幽世の通貨を戴いても、琥珀の贅沢に使い込まれるだけで意味がない。あやかしにとって、三度の食事は嗜好品の一種かもしれないが、人間にとっては生死に関わる大事なエネルギー補給行為である。そのための資金が圧倒的に不足しつつある。

それもこれも、食欲旺盛《おうせい》な琥珀のせいだ。貸しを回収するとか言いながら、実のところ碧梨の財布をあてにされているような気がしてならない。このままでは自分の貯金を食い尽くしてしまう。ほとほと困った。

「もういっそ、よろず屋の看板を掲げるか？　料金を自由に設定して、おまえがやれることを全て引き受ければいい。こりゃあ大儲けになりそうだ」

碧梨がいくら苦言《くげん》を呈《てい》しても、琥珀は愉快気に勝手なことを言うばかりで相手にしてくれない。かといって、これ以上こき使われてはアルバイトの時間も、こっそりとしている就職活動の時間も捻出できなくなってしまう。

そうすると、本格的にピンチだ。

「はぁ……」

ため息しか出ない。頭が痛くなってきたので、帳簿のチェックはここまでにしておこうと、勢いよくノートを閉じた。しかし事務作業はやらなければ溜まっていく一方だ。根が真面目な碧梨は琥珀のようにサボることをあまりしたくなかった。本人のやる気があろうがなかろうが現実は変わりないのだ。仕方なく領収書や請求書を日付ごとに整理してファイリングしていると、一通の封書が紛れているのを発見した。

「あっ。こんなところに。また依頼を放ったらかしにしてるし……」

しかも消印を確認したら、一週間以上も経過している。碧梨は思わず封書をぐしゃりと握りしめたくなるのを必死にこらえながら、琥珀をキッと睨んだ。雑用をさせている間、琥珀は暇なのだから、主として大事な依頼くらい確認したらどうなのだろうか。

琥珀はというと、碧梨をからかうだけからかって、居眠りしはじめている。狸寝入りならぬ狐寝入りかもしれない。都合が悪くなったときだけ、達者な口を引っ込めるのだ。

（……その立派なおミミは、飾りものなのですか⁉）

封筒の表書きを見ると『代筆依頼の申し込み在中』と記されてあった。わざわざ目立つように赤字で書くくらいなのだから、きっといまかいまかと返事を待っているに違いない。

差出人の住所は岩室《いわむろ》温泉郷になっており、繊細な字は女性のものだった。

さっそくペーパーナイフで封を開けてみることにする。すると、温泉旅館のチケットが入っていて、『ささやかですが、温泉旅館のご招待チケットを同封させていただきました』と一筆メモが添付されてあった。

「すごい。温泉旅館にご招待だって！　ここ人気のお宿だよ！」

琥珀は眠っているので、ベランダでフルーツトマトの水やりをしていた紫苑に声をかけた。紫苑はひょこっと顔を出し、水やりの手を止めてこちらへやってくると、碧梨の手元を覗き込んできた。

「わぁ。温泉ですかぁ。お山にも囲まれているし、ステキな場所ですね。行ってみたいなぁ」

紫苑がキラキラと瞳を輝かせるので、碧梨もつられて微笑む。

「いいよねぇ。足が伸ばせる大きな露天風呂にゆっくりつかって、美味しい料理に舌《した》鼓《つづみ》を打って、至れり尽くせり……」

「ふはぁ。いいですねぇ。ボク、焼き芋が食べたいです」

「あ、いいね！　栗拾いもしたいなぁ。ロープウエイにも乗ってみたい」

岩室温泉郷は、新潟の温泉地の一つで、全国のパワースポット特集でも紹介されたことがある「おやひこさま」と呼ばれている弥彦神社の近く、弥彦山が見下ろす位置にある。山の方はそろそろ紅葉が見頃になっているはずだ。美しい秋の景色を眺めながら露天風呂に入れたらそれは最高だろう。

「いけない。依頼の内容は……」

現実があんまりだったからか、うっかり妄想の世界に飛んでいくところだった。

碧梨は急ぎ封筒に入っていた便箋を取り出す。依頼主は、園宮《そのみや》香織《かおり》という温泉旅館の若女将だった。

「なんて書いてあるんだ」

琥珀が片目を開けてこちらに視線をよこす。やっぱり狸寝入りならぬ狐寝入りだったようだ。温泉と聞こえて、げんきんにもやる気が出たのだろうか。

さっきの仕返しで、教えてあげたくない天邪鬼な気分になったけれど、そんなことをしたら、琥珀が依頼は引き受けないと言い出しかねない。

碧梨は渋々だが、みんなに聞こえるように文面を読み上げることにする。

謹啓《きんけい》
鮮やかな紅葉の候　皆様におかれましては、ますますご清祥のことと心よりお喜び申し上げます。
突然ではございますが、不思議な代筆屋さんがあるという噂を聞きつけ、こちらに辿り着きました。実は少々困っていることがありまして、折り入ってお願いしたいことがございます。遠方の方にご無理を申し上げるようで大変恐縮ですが、依頼のご相談かたがた一度こちらにお越しいただけないでしょうか。
引き受けていただける場合は、ささやかではありますが、当館にてお部屋とお食事をご用意させていただきます。このお手紙をご覧になりましたら、お返事をいただけますと幸いです。

向寒のみぎり、お風邪にはお気をつけてお過ごしください。皆様にお会いできる日を心よりお待ちしております。

敬白

温泉郷　雪美里《ゆきみさと》の宿　若女将　園宮香織

不思議な社務所の代筆屋様

「……とっても綺麗な字。さすが若女将さん、字面から、相手への気遣いやおもてなしの心を感じるっていうか……」

まるで谷間を流れゆく川面に紅葉《もみじ》がはらはらと舞い降り、あたたかい湯気に包まれた温泉郷そのものを想像させてくれる、やわらかい和の心が満ち溢れているように感じられる。代筆屋であるこちらが見習わなくてはならないくらいだ。

（……というか、琥珀に見習ってもらいたいよね）

「ふうん。何か臭うな。新しい手口の詐欺かもしれんぞ」

感心している碧梨とは逆に、琥珀が興ざめすることを言う。

「若女将の名前になってるし、簡単に足のつくような詐欺なんてないんじゃ……」

「甘いな、おまえは。相変わらず、おめでたい頭をしてるやつだ」

白けた目で見られ、碧梨は心の中を見透かされたみたいに感じてどきりとする。

「な、何が言いたいの？」

「おまえ、さっきから、やたら乗り気なのはどうしてだ？　宿代がタダってところに釣《つ》られたんじゃないか？　この世にタダより高いものはないんだぞ」

「わ、私はちゃんと仕事がしたいだけ。もちろん温泉宿に泊まらせてもらえるなら、言うことないし、ちょっと遠くに行くの楽しそうだし。それと、これはちゃんとした依頼で、普段の押し付けられる仕事とは……その、違うっていうか」

「ふぅん？　珍しく、口が達者のようだが」

（……あなたは、ちょっと口が過ぎるから、黙っていて？）

いつものように、碧梨は心の中だけで反発する。自分でも言い訳がましいと思ったが、ちゃんと仕事がしたいというのは、まごうことなく本心だ。それに、この手紙の女性からはなんだか切羽《せっぱ》詰まった様子がうかがえて、なんとかしてあげなくてはならない使命感に駆られたのだ。もしかしたら今回も「不思議な代筆屋にしかできないこと」が、待っているのかもしれない。

碧梨はさっそく宿に連絡を入れた。若女将の香織は想像したとおり、やさしげな声の女性で、返事がもらえて嬉しいと喜んでくれた。そして温泉宿には三日後にお邪魔することになったのだった。

「わぁ。温泉に来たぁー！　碧梨様、お山ですよ。お山ぁ！」

紫苑が鼻をひくひくとさせ、山々に囲まれた辺りの雄大な景色を見回す。温泉郷の空気は澄んでいて、深呼吸すると肺の隅々《すみずみ》までしみわたり、浄化される気分だった。

碧梨はここへ到着する前からはしゃいでいたが、社務所から出たことがないと言っていた紫苑はそれ以上の大喜びだ。

彼の円な目はますます宝石のように輝いていて、頬はうっすらと火照《ほて》っている。元が狸だからだろうか。自然あふれる山里に来られて嬉しいのかもしれない。

腕時計を確認すると、午後二時をまわろうとしていた。明るい陽光が燦々と山々を照らし、季節の移ろいに合わせた紅葉のグラデーションをよりいっそう美しく魅せてくれる。

「あの山の向こうに栗の木がたくさんあるかもしれませんよ！　あ、橋の下を流れる川もきれいだからお魚がとれるかもしれませんよ、碧梨様！」

碧梨はほほえんで、母親のような気分で紫苑を見守っていた。ところが。

「おい、ポン吉、今回は狸のままでいるようにしろと言っていただろう」

琥珀にたしなめられた紫苑は、半分見えかけていた尻尾をしょぼんと垂らす。

「うう。そうでした……。これでいいですか？　ポン」

ミミと尻尾をあらわにした紫苑が次第に本来の狸の姿へと変わっていく。

というのも、仕事で来ているのに子連れで温泉宿にお邪魔するわけにはいかないだろうという理屈だ。前にも説明されたとおり、紫苑は変化の術が琥珀のように安定していないから、突然、旅館の中で狸になってしまったら、周りを驚かせるし、最悪の場合、人里におりてきた獣は猟師に捕らえられてしまうかもしれない。だから今回は狸のまま外で待機しろと琥珀から命令されたのだ。

「心配しないで、お料理なら、私がとっておいてあげるよ」

碧梨は紫苑を気遣って声をかける。

すると紫苑は嬉しそうにキューンと鳴く。まるで子犬が甘えるときのような声だ。狸の鳴き声なんて聞いたことがなかった碧梨は、ちょっとだけ感動を覚えた。

「そんな期待させるようなことを言うな。後でがっかりするとうるさくなるぞ」

「前向きに考えるのは悪いことじゃないでしょ。なるべく叶えられるように努力するのも、友だちだからできることじゃない？」

二か月前の白蛇の翡翠とのやりとりを思い返しながら碧梨が言うと、何か思うところがあったのか琥珀は珍しく黙り込んだ。いつもなにかと言い返されることが多いから、ちょっぴり気分がいい。普段は逆襲を恐れ、つい我慢してしまうけれど、たまには自分の意見をぶつけるのもいいのかもしれない。

ふと、碧梨は琥珀の頭のてっぺんに視線を移した。

「俺は鳴かないぞ。ポン吉のように狐にもならん」

琥珀は不機嫌そうに言ったかと思いきや、さっさと前を歩いて行ってしまう。

「まだ何も言ってないのに……」

ぼやきながら、碧梨は歩みを速めた。足元では狸の姿になった紫苑がひょこひょことついてくる。

あやかしのことはまだよくわかっていない部分があるが、口を割らない琥珀に代わって紫苑に色々教えてもらった。

普段は榛色でも陽に透けると金色に見える妖狐の琥珀は、格のある特殊なあやかしなのだとか。妖狐は善狐《ぜんこ》と野狐《やこ》とに分けられ、善狐は良い性質を持つ狐であり、野狐は悪い性質をもつ狐である。

たとえば、かの有名な玉藻前《たまものまえ》という九尾の妖狐がいるように、毛色や尻尾の数などは様々で、妖狐にも階級があるらしい。琥珀の場合は、見た目からすると千年以上生きている善狐の種なのではないかと、幽世では囁かれているようだ。

（千年以上前……って、平安時代だよね？）

二十代の青年の姿をしている彼が千年以上生きているといわれても、やはりピンとこない。

善狐の中には神様に近い存在もいるらしいが、彼の姿を見ているだけに碧梨としては腑に落ちなかった。態度だけなら神様より偉そうだけれど、彼の場合は暴君といえよう。

そういえば、あやかしの姿に変化をすることはあっても、彼なりのプライドがあるらしく狐の姿にはあまりなりたがらない。そういったところにも何か理由があるのだろうか。

紫苑は、はぐれた家族を想うが故にあやかしになったのだと理由を教えてくれたのだが、琥珀の理由はわからない。なぜ彼があやかしになったのか。どうして碧梨の前にあらわれたのか。祖母との関係は何なのか。未《いま》だに謎のまま。自分のこととなると琥珀は口を閉ざしてしまうのだ。

普段、一緒にいるときは、人間にしか見えない。でも、幽世に出かけたときや、社務所でも気を緩めているとき、ミミがひょっこり生えて、髪が腰のあたりまで伸びることがある。そういうときの彼の瞳はスリット式の細長い瞳孔に変わる。野性的な姿を見るとやはり彼はあやかしなのだと実感させられ、未だにちょっと怖くて慣れない部分でもある。

人間の魂を喰らおうとするあやかしもいる中で、彼はなぜ祖母と知り合いになり、碧梨を側に置く気になったのだろうか。そして一緒に暮らしている今、琥珀は碧梨のことをどう思っているだろうか。

「なんだ。鬱陶《うっとう》しい視線を向けてくるな」

口を開けばこれだから、とても残念な気分になる。

「……ただ、あやかしになる前の姿は、どんなだったのかなって……」

とっさに碧梨が言い訳をすると、琥珀の表情からみるみるうちに笑みが消える。

「あやかしになる前の姿……か」

「琥珀？」

様子がおかしいのが心配になって問いかけると、琥珀は我に返ったらしく、あさっての方に顎をしゃくった。

「ほら、くだらないことを喋っているうちに温泉郷の中心地に着いたようだぞ。目当ての温泉宿はどこだ」

見れば、至る所で湯気がたちのぼり、すんと嗅げば、硫黄の匂いがしてきた。

碧梨は胸を高鳴らせつつ、依頼主の温泉宿を探す。

温泉街をそろそろと歩くと、百年の歴史があるという情緒ある町並みが見えてくる。

「あ、見て。雪見里の宿……って看板に書いてある。あそこだね」

こぢんまりとした温泉宿は、古めかしさの中にも華やかな雰囲気が感じられた。

到着すると、若女将とおぼしき女性が仲居と共に出迎えてくれた。

「このたびは、遠方からはるばるご足労いただきまして申し訳ありません」

丁寧に歓迎され、碧梨の方が恐縮してしまう。

「いえ。遠方というほどでは。新潟市内からですし。こちらこそ素敵な温泉宿にご招待いただけて光栄です」

「申し遅れましたが、私が当旅館の若女将、園宮香織ともうします。至らぬところがないよう、ご滞在中はせいいっぱいおもてなしをさせていただきますので、よろしくお願いいたします」

「こちらこそお世話になります」

名は体《たい》をあらわすとか言うけれど、文字こそが、その人そのものをあらわすものではないかと、今日ほど思ったことはないかもしれない。

若女将の園宮香織は二十代後半くらいの女性で、碧梨が想像していたとおり、柔らかな笑顔がすてきな美人だった。目元に皺を刻むように微笑むだけで、ふんわりと気持ちを和ませてくれるような印象がある。

彼女の着物は紅葉を意識しているのだろうか。朱《しゅ》色の着物に山吹《やまぶき》色の帯と芥子《けし》色の帯紐が彩られていて、風流を感じさせられる。

「まずはお部屋にご案内いたします。お荷物はどうぞ我々にお任せください」

側に待機していた仲居が、碧梨の手荷物を預かってくれた。

「若いご夫婦でいらっしゃるんですね」

にっこりと香織が笑顔を向けてくる。一瞬、何を言われたのかすぐには理解できなかった。香織の視線が、隣にいる碧梨よりも十五センチほど背の高い琥珀に及んだところで、碧梨は驚いた。

「ええっ。まさか。彼は、その……えっと、同僚っていうだけですよ？」

あやかしを同僚扱いするのはなんだか変な気もしたが、夫婦扱いされて変な気を回されても困る。あまり恋愛方面に慣れていない碧梨は、困ったことに頬が紅葉のように赤くなっていくのを感じ、香織の顔が見られなくなってしまった。

「あら、そうなんですか？　失礼しました。寄り添うようにしていらっしゃったので、お似合いだと思ってしまって……」

そんなつもりがなかっただけに、碧梨はますます困惑する。

「うちの代筆屋は、彼女が先代から受け継いだ仕事だ。依頼先に出向くのは、女ひとりでは危なっかしいから、俺は用心棒のようなものだな」

口達者な琥珀が適当なことを言ってフォローしてくれたが、なんだかいやみが込められた視線をちくちくと感じる。自分のことはまあいい。推定年齢としては碧梨と同年代くらいの琥珀の口調はとても年上の女性に対するものではない。妖狐である彼が千年以上も生きていると仮定しても、今は代筆屋で働くひとりの男性でしかないのだ。漢字ドリルだけじゃなく、ビジネスマナーもレッスンしておくべきだろうか。碧梨はなんだかハラハラしてしまう。

「頼もしいですね」

香織はというと、琥珀の話をすんなり信じてしまったらしい。

碧梨は和やかな香織の様子を見て、訂正《ていせい》する気にはなれなくなった。それに幽世で魑魅魍魎たちから助けてくれた一件があるし、用心棒というのは当たらずといえども遠からずだからだ。

琥珀が方便に使った『先代』というのは……つまり祖母のことだろう。祖母の場合は代筆屋ではなく、先に他界した祖父に代わり、文房具屋を経営していたのだけれど。

そこでまたひとつ疑問が浮かびあがってくる。琥珀はいつから代筆屋をしているのだろう。祖母と出会ったのはいつなのだろう？　湧き水のように吹き上がってくる疑問。それは、いつになったら解消することができるのだろうか。

気になるが、今は依頼者のことが優先だ。碧梨は頭を切り替えることにする。

部屋に案内してもらうと、碧梨は手荷物を適当に隅の方に置いて、ジャケットを脱いだ。館内はだいぶ温かい。暖房器具の影響だけではなく、温泉の匂いや蒸気などもあいまって、汗ばむくらいだ。

お茶を淹れてもらい、ひととおり館内の施設や部屋の備品についての説明、決まりごとの注意事項を聞いたあと、仲居が去るのを待ってから、碧梨は依頼内容について切り出した。

「それで、さっそくご依頼の内容をお伺いしたいのですが、よろしいでしょうか？」

「ええ。移動でお疲れのところ申し訳ありません。実を言いますと、旅館内でちょっとした怪奇騒ぎがありまして……困っているところなんです」

香織はそう言い、柳眉《りゅうび》を下げた。

「怪奇騒ぎ……ですか？」

ホラー映画に現れる蒼白い顔の幽霊をうっかり想像してしまい、ぞくりと背筋に寒気が走った。

「なんだ、もう怖気づいたのか」

琥珀がぷっと笑うので、碧梨は若女将の手前、小声で反発する。

「ただ、ちょっと想像しちゃっただけよ」

「すみません。事前にお伝えしておくべきでしたね」

香織が申し訳なさそうに言う。

「い、いえ、こちらこそ失礼しました。あの、話の続きを聞かせてもらえますか？」

緊張で鼓動が速まるのを感じながら、若女将の話を待つ。

「え、ええ。たとえばですけど……庭掃除をしようと思ったら、落ち葉が一か所に山盛りになっていたり、お風呂場の掃除に行くと桶が整列してたり……」

「若女将、それは単に誰かが先に仕事を済ませていたのではないのか」

琥珀が口を挟んでくる。あやかしの彼からすると、何から何まで幽霊や妖怪のせいにされるのは不服なのかもしれない。恐ろしい怪奇現象を想像していた碧梨は、拍子抜けしつつ若女将の話の続きを聞く。

「最初はそう思い、従業員にはそれぞれ確認しました。一回や二回なら勘違いかと思いますが、そういったことが私の周りで数え切れないほど起きているんです」

香織は本当に困惑している様子である。彼女の思い違いで済む問題なら、わざわざ宿に招いてまで外部の人間に相談しようとは思わないだろう。

「当館はこぢんまりした宿ですし、一日に宿泊できるお客様の数もそんなに多くはありません。そんな中、何かがあったとき、お客様にご理解いただくのは限界かと思ったのです。障《さわ》りが起こっているのなら、どんな理由があるのか知りたいと、実は……お手紙を書かせてもらったんです」

怪奇現象の原因を突き止めて、その原因となっている何かに手紙を届けてほしいというのが今回の依頼の内容だった。怪奇現象を起こしている「何か」を祓《はら》うでもなく、逆に意思疎通を図りたいとは、もの好きなとも思える。悪さをされているわけではないことが、大きいのだろうが、碧梨はどことなく引っ掛かりを覚えた。

「ポルターガイストみたいな現象で、今も起きているということなんですよね。それはいつ頃から始まったのでしょうか？」

「それは……もう長い間になります」

と若女将は何かを考えるようにして答える。

なぜ今の今まで放置していたのだろう。何か特別な事態になったのだろうか。尋ねようとすると、琥珀が横で鼻を鳴らした。

「ずいぶん世話焼きの趣味のやつがいるようだな」

琥珀が滑稽だと笑う。碧梨は失礼にならないように、見えないところで、彼の膝をぺしりと叩いた。でも確かに、本当にポスターガイスト現象なのだろうか。まるで誰かがこっそり働いているだけのようにも思える。

「そのようですね。でも、何も心当たりがないのです」

香織は気を悪くすることなく、台所で料理の器が並べられていたり、お洗濯ものを畳んだ覚えがないのに整理されていたりと、今までにあった怪奇現象の例を色々と教えてくれた。彼女自身は怪奇現象だと信じて疑っていないようだ。

「その怪奇現象ですが、特定の時間に限って起こるとか、そういうのありますか？」

「いえ。場所も色々なら、時間もまちまちですね」

「うーん、場所も時間もバラバラ、その上、害があるわけではなく、逆に助かっている感じですよね。従業員ではないとなると、不思議ですね。いったい何のために？」

「座敷童子《ざしきわらし》でもいるとか？　碧梨は琥珀をちらりと見る。

「うだうだ言っていても仕方ない。調べた方が早い。そのために我々を呼んだのだろうからな」

「申し訳ありません。犯人捜しみたいになってしまいますね。本来のお仕事の範囲外ということでしたら、その分、きちんと報酬はお支払いしますので、どうかよろしくお願いします」

「案ずるな。金一封を弾めば……」

琥珀が余計なことを口走る前に、碧梨は慌てて言葉を次ぐ。

「大丈夫です。お相手に関することなら、きちんと知っておきたいですし」

「ありがとうございます。では、もしも相手の方が見つかりましたら、この手紙を渡してもらえませんか」

若女将はそう言い、着物の袂から一通の封筒を取り出し、碧梨に差し出した。封筒は、新雪のようにきらめく白銀の粉がまぶされた和紙で、触ってみると意外にも筆が滑りやすそうな、なめらかな感触だった。表に宛名はなく、裏に書かれた差出人の名前は、社務所に送られてきた手紙と同じように、若女将の人柄が滲み出るような美しい字が見られた。封筒はすでにしっかりと封がされている。

「つまり、迷惑行為をやめてもらえるように、香織さんからのお手紙をお相手に届ける……というご依頼でよろしいでしょうか？」

「はい。よろしくお願いいたします」

碧梨は香織から手紙をしっかりと預かった。


琥珀と一緒に館内をまわり、料理人や仲居に断りを入れ、取材のための見学という方便で中を見させてもらった碧梨は、部屋に戻って嘆息した。すでに西日が差し始めており、風が心なしか冷たい。

「でも、なんだか変だなぁ。私は香織さんの様子が引っかかる。すごく切羽詰まった感じの依頼だったのに、幽霊がいるはずって信じ込んでるみたい」

「迷惑しているから、犯人を特定したいんだろう？　そのための手紙じゃないか」

「ううん。逆だよ。普通だったら、幽霊じゃない方がいいに決まっているもの。不安をかき消すように、気のせいだってことにしたいはず。それに、ずいぶん前からそんなことがあったらしいのに今ごろ急に調べてほしいってどういうことなんだろう。怖いとか迷惑とかだったら、障りを起こしている幽霊にわざわざ手紙を渡してほしいなんて考えるかな？」

碧梨は琥珀に説明するというより、口にすることで自分自身の考えを整理していた。

「答えを知るには、原因の主をとっつかまえるしかないだろう」

「うん。まずはそこだよね」

が、しかし。ひととおり見回りをしても、時間を置いてうろついても、奇妙な現象は一つも起こらず、それらしいものを見つけることはできなかった。

「おまえだけ先に宿に入るべきだったな。あやかしの仕業なら、警戒されているのかもしれない」

「うーん、どうしたらいいんだろう」

途方に暮れていると、他のお客を案内し終えた香織が、碧梨たちの元へやってくる。

「調査の方はどうでしたか？」

「残念ですが、今のところはまだ原因がわかっていません」

「そうですか……なんだかすみません」

「いえ。ご依頼をいただいたわけですし、なんとか手紙を渡せるようにがんばってみます」

香織を元気づけるように、碧梨は気合を入れる。すると彼女はふんわりとほほえんでくれた。

「ありがとうございます。では、まずは休憩をされてはどうですか。ただいま、夕御飯の支度をさせていただいておりますので、それまで温泉に入られてはいかがでしょう？」

「でも……ご厚意に甘えるばかりでは」

「いえ。どうぞ遠慮なさらずに。そのつもりでご招待したのですから。それに、ちょうど露天風呂の準備が整いましたので、よろしければ紅葉の季節、まずはゆったりと浸かられて旅路の疲れを癒やされてはどうですか。私としましても、ひとりでも多くのお客様に、当館の温泉を楽しんでいただきたいと思っているのです」

「ありがたいことです。では、お言葉に甘えてそうさせていただきます。いいよね、琥珀」

「ああ。そうさせてもらおうか」

ものぐさな彼も温泉は好きなのだろうか。彼がすんなりと納得するのは珍しい。

「仕事をサボれるから、だよね。やっぱり……」

すぐに回答を見つけて、碧梨はこっそりと呟いた。

「なんか言ったか？」

「別に、温泉楽しみって言ったの」

碧梨は逆襲される前に言い直した。


ゆらゆらと白い湯気が揺れ、突き抜けるような晴天へと立ち上ってゆく。色とりどりの紅葉に囲まれた露天風呂の湯の中は極楽だ。碧梨は肩まで浸かり、ふうっと一息つく。露天風呂は時間制で貸し切りにしているそうで、女湯には碧梨のほかに誰もいない。おかげで脚を伸ばしてゆっくりと寛げるのがまたいい。

大きな露天風呂を簾《すだれ》で間仕切りにしているだけで、男湯と女湯はつながっているらしく、目隠しの先には琥珀がいるはずだ。それともうひとり、否《いな》、一匹。

「琥珀様〜極楽ですぅ」

「おい、あまり声をあげてはしゃぐなよ」

(よかった。ポンちゃんもお湯に浸かれたみたい)

碧梨は思わず口元を綻ばせた。

日頃の疲れをねぎらうように足を伸ばす。しばしそうして癒やされようとしていたときだった。急に肩のあたりがひんやりと感じられ、碧梨は肌をさする。

夕方になって気温が下がってきたせいだろうか。そう思いながら外へと目を向けると、ほっそりと痩せた白い着物の女性が見え、どきりとする。

（まさか……）

碧梨は思わず、ホラー映画に出てくる女性をまた思い浮かべてしまった。

白い着物の女性はこちらの視線に気付いたのか、濡れた長い髪を頬に張り付けたまま、ついとこちらに顔を向けた。その顔は蒼白く、凍てつくような冷たい目をしていた。ほぼ条件反射的だったと思う。ひっと喉が引きつり、次の瞬間には碧梨は盛大な悲鳴をあげていた。

「きゃあああっ」

ぎゅっと目を瞑り、怖いものを自分の周りから追い払うように叫び続ける。足元から手が伸びてくるのではないかと不安になり、湯の中から必死に逃れようと動いたそのとき。目の前に別の人影がぬっとあらわれ、碧梨はその場で卒倒しそうになった。

「おい、何事だ」

飛び込んできたのは、琥珀だった。榛色の髪も、色白の端整な顔も、均整のとれた男らしい身体も、すべてが濡れていた。きっと悲鳴を聞いて駆けつけてくれたのだろう。

碧梨はというと、目の前に男の上半身が迫ってきたことで、再び声を上げそうになったのだが、寸前で琥珀に口元を塞がれ、湯の中に引きずり込まれた。

「このバカが。大騒ぎするな」

背中には硬い胸板、碧梨を抱きとめる逞《たくま》しい腕、それ以上は想像するのをやめた。

「どうしましたか」

香織が慌ててかけつけてくる。あとを追うようにやってきた紫苑は物陰に隠れたようだ。そして、さっき見えた蒼白い顔の女はもういなかった。

今は、自分の身に起きている状況のことの方が大事件である。いい年頃の男女が露天風呂で濡れた肌を密着させている状態なのだ。

いやぁっ！　胸がっ。碧梨は沸騰寸前のところまで追い詰められていた。

「いや、面目ない。騒がせてすまなかった」

琥珀が碧梨の口元をがっしりと押さえつつ、なんでもないような顔をして言うが、二人の様子を見て何を思ったのか、「まぁ」と一声あげたあと、何を勘違いをしたのか気を遣うようにして視線をぱっと逸らした。来たときに夫婦と間違われて否定したばかりだというのに。これはもう絶対に誤解されているに違いない。

ようやく手を離されて、ぷはっと息を吸い込む。

「こここ、これは違うんです。なんで琥珀っ……女湯にっ」

「はぁ。おまえのこの世のものとは思えない悲鳴が聞こえたからだろう。俺は一応おまえの用心棒なんだからな」

それは、建前だったはずなのに。

「私も、何かあったのではないかと心配になって」

と、香織もやっと状況を理解してくれたのか、琥珀の言葉に頷く。

口々に言われて、碧梨はようやく我に返った。

彼らは心配してくれたのだ。謝らなければならないのは、碧梨の方だった。

「ご、ごめんなさい……大声を出したりなんかして。なんでもないんです」

「大丈夫のようでしたら、私は戻りますので。よろしければ、お二人でごゆっくり」

香織はホッとしたらしく、にこやかな微笑みを残し、立ち去ってしまう。

碧梨はどっと汗が流れる思いだった。琥珀もさっさと行けばいいのに、やれやれと岩場に寄り掛かるようにして、その場にとどまっている。

「おまえでのせいで、余計な気力を使った。どうしてくれるつもりだ」

「そ、そんなこと言ったって」

絶対に今は後ろを向けない。さっき抱きしめられたときの感触を思い出してしまうから。それをかき消すように何か視界に映るものを探すものの、また怖ろしいものを見つけてしまいそうで落ち着かない。

「何か見つけたのか？　言ってみろ」

いつもなら茶化す琥珀が、珍しく真剣に聞いてくる。

「あ、あのあたりに、白い着物姿の蒼白い顔をした女の人が……」

そう説明しているうちに、くらくらと目眩がしてくる。

「どうしたんだ」

「のぼせたみたい……」

「ばかなやつめ。抱いて連れていってやる。こっちに来い」

「だ、だめっ。そ、それは困る」

「見られてどうだというんだ。まったく……向こうを向いているから、早く出ろ」

「絶対に見ないでね。でも、そこから動かないでね」

碧梨は念を押しつつ、ぎくしゃくと湯から出る準備をする。

すると、もううんざりといった琥珀のため息が聞こえた。

「忘れているかもしれないが、おまえが見た幽霊よりも、あやかしの俺の方が数百倍おそろしいんだぞ。それを考えればなんてことはないだろう」

「た、たしかにそうだよね。うん、怖くない」

琥珀にしては珍しく励ましてくれているようだ。碧梨は怖くない怖くないと念仏を唱えるように繰り返して湯船から引き上げ、白い煙に裸が隠されているうちに、いっきに脱衣場へと逃げ込んだ。

へなへなとその場に崩れそうになるのを持ちこたえるので精一杯だ。

碧梨の全身から湯気がたちのぼっているせいで、脱衣場の鏡がいっきに曇ってしまう。

なんとかバスタオルを巻いた碧梨は、備えてあったウォーターサーバーからコップいっぱいのお水を注ぎ、一気にあおった。

しばらく扇風機にあたっていないとだめかもしれない。火照った頬の熱が醒めるまで、側にあったうちわで自分でも扇《あお》ぐことにする。

それにしてもさっきの青白い女性はどこに消えたのだろう。琥珀が来てから姿がなかったようだが、香織が出て行った方向にも脱衣場にも姿が見えないとなると、見間違いだろうか。

琥珀に裸を見られたかもしれないということは考えないようにする。これ以上頭が沸騰してしまったら、本当に倒れてしまいかねない。

火照りが収まるのを待ってから浴衣に着替えた碧梨は、女湯ののれんをくぐった。すると、琥珀も同じように浴衣を着ていた。

鼠色の麻地に絣《かすり》模様が入った軽やかな浴衣姿に濃紫の帯を締めた彼は、いつもの和装とも違って、妙に色っぽく見えてどきりとする。それもこれも温泉という特別な場所のせいだろうか。さっきの一幕を考えるとうまく目を合わせることができず、なんて声をかけていいか躊躇っていると、琥珀の方から声をかけてきた。

「ちょっとは落ち着いたのか？」

「う、うん」

いたたまれなくなった碧梨は半乾きの髪を耳にかけるふりをしてうつむいた。

「まったく、用心棒も楽ではないな。落ち着いて湯にも浸かれないとは。なんのために宿に来たのか」

隣から不満な声が漏れてくる。

もちろん仕事のために来たんだし、楽をするために来たわけじゃないし、微妙に引っかかる言葉だけど、とにかく自分のせいなので仕方がない。

「……さっきは本当にごめんなさい」

「わかれば別にいい。若女将が夕食の準備が整ったと知らせにきたぞ。個室の食事処を用意したそうだ。このまま向かうとするか」

琥珀の興味はすでに料理へと移っているようだ。

「そうだね。香織さんにもちゃんと謝っておかないと」

うな垂れて、碧梨は琥珀の後に続いた。途中、中庭を望める廊下を通ったとき、碧梨はぞくりとした。おそるおそる中庭を見ると、件《くだん》の青白い顔をした女性の姿があったのだ。

碧梨は今度こそ悲鳴をあげなかったが、その代わりにとっさに琥珀の袖を引いた。

「琥珀、ねえ、向こう見て。私が見たのは、あの人かもしれない。やっぱり、あやかし？」

「あれは……この冷気の漂い方からすると、おそらく雪女だな」

気配を感じ取ったからなのか、一瞬だけ琥珀の目があやかしのそれに変わった。

雪女といわれれば、碧梨もすぐにどんな妖怪か想像がついた。うろ覚えだが、好いた男を凍らせて殺してしまう恐ろしい妖怪ではなかっただろうか。恐怖が一気に込みあげ、ごくりとつばを飲み込む。

「で、でも、雪女っていうくらいなんだから、暑い場所は苦手なはずじゃ……ここにいたら溶けちゃわないのかな。どうして温泉宿に……」

「事情は知らん。ポン吉にも見回りの結果を聞いたんだが、宿をうろつく者は、あの女以外いないようだ。あいつのせいに間違いないだろう」

「私、大声出しちゃったし、探っていること、気付かれたかな？　逃げられたら、手紙を渡せなくなっちゃうよ」

「あんまり見ないでおけ。こっちが探っていることをこのあとも気付かれないように、あいつの行動の裏付けをするんだ」

面倒くさそうながらも的確な指示を与えられて、碧梨は頷いた。

「わ、わかった。香織さんが言ってたようなことを雪女がしていたら、決定的な証拠ってことにするんだね」

「ああ、そういうことだ」

要は現行犯逮捕をイメージすればいいだろうか。ちょっぴり怖いけれど、いつまでも依頼されたことを実行しないままでいるのは忍びない。

「まずは腹が減ったから飯が先だ」と、これ以上待たすなという風に琥珀が言う。琥珀を待たすのは一向にかまわないが、若女将がしきってくれている中、料理の支度があるだろうし、待たせても悪いだろう。

腹が減っては戦ができぬという態で、二人は個室へと移動した。

まずは景気づけにと乾杯をする。

こっそり縁側に狸姿の紫苑も呼び込み、ひとまずはみんなで美味しい料理に舌鼓を打ったのだった。


満腹になったお腹を抱え、部屋に戻る前に、碧梨は化粧室に立ち寄ろうとした。

すると、足元に冷気を感じ、碧梨はハッとして振り返る。しかしあっという間に彼女の気配は消え、残されるのはひんやりとした冷気のみだった。

(もしかして……避けられてる?)

やはり気付かれてしまったのだろうか。このままじゃイタチごっこになるだけだろう。

そう思った碧梨はその場から駆け出し、とにかく夢中で雪女を追いかけた。

そして廊下を移動し、中庭へと移動したとき、暗くなった庭園の中、風に吹かれて落ち葉が舞っているのが見えた――否、きっとあれは雪女の仕業なのだろう。

碧梨は確信し、雪女に近づく。彼女が姿を消す前に声をかけなくては。

扉を開けるやいなや、外へと一気に飛び出すと、物音に驚いた雪女が姿を隠そうとする。

「待って！　雪女さん、あなたに聞いてほしい話があるの」

雪女は碧梨を警戒しているようだ。拒絶を示す冷気がぴりぴりと肌に伝わってくる。

「あなたは、何が目的でここにいるの？」

『……なぜ、見知らぬ者に答えなくてはならないの』

「困っている人がいるからよ」

碧梨が追及すると、雪女に戸惑いの色が見えた。

『困って、いる……？』

「そう。迷惑している人がいるの。旅館の中で怪奇現象が起こってるって。それは……あなたの仕業なの？」

碧梨はおそるおそる慎重に尋ねた。

『……何の話をしているのか……わからない』

「私、あやかしと人間の間に立って、手紙を代わりに届ける仕事をしているの。それでね、旅館の若女将が調べてほしいってわざわざ依頼してきたの」

『若女将……香織が……？』

「そう。怪奇現象相手にお手紙を渡したいって……預かってきたの」

『私ではないわ。困らせるようなこと……していない。だから、それは……受け取れない』

「でも、この宿には、あなただけしか……！」

碧梨の声を遮るように雪女が叫んだ。

『しつこい！　近づくな。私に構うな！』

刹那、吹雪の山に飛び込んだような、ものすごい風圧の冷気が、碧梨の身体を縛り上げる。呼吸をしたら、そのまま息まで凍ってしまうのではないかと思った。

恐怖に戦慄《わなな》いたそのとき。

「ミドリっ」

腕を引っ張られ、碧梨は顔を上げた。そのときにはもう琥珀の腕の中におさめられていた。池の水が凍りつき、まるで牙をむく生き物のように襲いかかってくるのを琥珀が避けていく。碧梨はそれを見てゾッとする。彼がかばってくれなかったら、今ごろ氷漬けになっていたかもしれない。

「あ、あ……りがとう、琥珀……」

「またおまえは、臆病もののくせに、ひとりで無茶をする。あまり、俺の手を煩わせるな」

「だって、早く解決してあげなくちゃ……琥珀、彼女がどこかに行っちゃうよ」

そう言っている側から、彼女の姿はどこにも見えなくなっていた。

「ここは引き下がれ。あまり刺激をするのは得策じゃない。あれほど怖がっていたのにおまえは……幽世で危ない思いをしたことがあったことを忘れたのか？　あやかしを甘く見るな」

ぴしゃりと叱りつけられ、碧梨は我に返る。

「ごめんなさい。心配してくれて、ありがとう」

碧梨が素直に頭を下げると、琥珀が驚いたように目を見張った。

彼の頬がほんのり朱色に染まる。彼は人に傲慢な態度をとるくせに、御礼を言われるのには慣れていないのだろうか。思えば、琥珀には心の中で反発を覚えることばかりで、素直にお礼を言ったことがなかったかもしれない。

「別に礼はいい……ただ、余計なことだけはするな」

ふいっと琥珀はそっぽを向く。

振り返ってみれば、琥珀はいつも助けてくれた。今だってそう。ひょっとしたら根は優しい男なのではないだろうか。人の気持ちに疎いのは、ただ自分の気持ちに正直でまっすぐだからかもしれない。それなのに、傲慢で世をすねたことを言うのはなぜだろう。

「まったく。人間は言葉と行動が一致しないから不可解だし、迂闊《うかつ》に信用できない」

琥珀が文句をこぼす。彼が人を嫌いながら、人とかかわりを持つ代筆屋をしているのはなぜだろう。なおさら気になってしまう。

「手紙を受け取ってもらうって約束、どうしよう。あっという間に夜になるよ」

「……仕方ない。面倒だが、もう少し粘ってみるか」

琥珀は不服そうにため息をつき、碧梨を腕の中から解放した。

その後すぐに香織に会いに行き、事の顚末を話した。

「そうでしたか。でもやっぱり……存在していたのですね」

香織は残念そうにそう言い、ため息をついた。

さぞ落胆しただろうと思ったのだが、しかしそうではなく、何か納得している様子である。碧梨は最初に感じた引っかかりを思い出し、香織に尋ねてみることにした。

「もしかして、香織さんには、何か思い当たることがあるんですか？　怪奇現象は長い間あるっておっしゃってましたよね？」

「ええ。ですが、初めて気付いたのは……実は物心ついたときからでした」

香織はそう言い、昔のことを思い出すように語りはじめた。

「私には両親がいないんです。写真でしか顔を見たことはありません。私が赤んぼうのとき、吹雪の日に亡くなったそうです。この辺りは昔ふきさらしで、向こうの弥彦山の方では、吹雪に巻き込まれて亡くなる人が多かったとも聞いています。私は祖母に育てられましたが、やがて祖母も他界し、母の知人が営むこの温泉宿で働きはじめたのは十三歳の頃でした」

「女将さんはどうしているんですか？」

「女将は長いこと患《わずら》っていて、現役に復帰するのは無理な状況です。ですから、若女将として私が切り盛りをしてきました」

「大変だったんですね……」

もしも碧梨が同じ環境に置かれたら、口下手な性格からして無理だったろうと思う。

「そうですね。十代ですから、まだ大人とはいえない年ですし、至らなくて、心細くて、どうしようもなくて、年長の仲居や強面の板前に叱られては、空き部屋にこもって泣いてばかりいました」

香織はそう言い、肩をすくめてみせた。他人に話すには、気恥ずかしい思い出に違いない。

「その頃からでしょうか。私の負担を減らすかのように、件の怪奇現象が起こるようになったんです」

碧梨は琥珀と顔を見合わせた。

「気付いたときに、なんとかしようとしなかったんですか？」

「ごめんなさい。困っている……なんて言い方をしてしまいましたが、それは依頼をする方便で、本当は私、感謝しているんです。手伝いをしてくれているばかりか、寂しくて辛くて泣きつかれた夜に、着物をそっとかけてくれました。なんていうのでしょう。まるで母がそこにいるみたいでした。それが、ひとりぼっちだった私の支えだったんです。預かっていただいた手紙には、実は、その方への感謝の気持ちを綴ってあるんですよ」

そうだったのかと、碧梨はようやく納得がいった。彼女は苦情を言いたかったわけじゃないのだ。

碧梨はもうひとつ腑に落ちなかったことを尋ねる。

「なぜ、今になってお手紙を渡そうと思ったんですか？」

香織は何かを言いかけて、それから感じ入ったように部屋を見まわした。

「実は、お付き合いしている男性と近々結婚することになったんです。彼は転勤でこちらに来ていて、彼の実家は北海道なんです。旅館を継ぐ人もおらず、建物もだいぶ古いですし、寂しいけれど……この旅館は私の代でたたもうと思っているんですよ。だから最後に、ここを去ってしまう前に、目に見えない形で支えてくれたその方に、どうしても御礼を言いたくて」

「そう、だったんですね」

だからそんなにも切羽詰まった想いを込めて、代筆屋へ依頼の手紙を出したのだ。

なおさら力になってあげたいと、碧梨はこれまで以上に思う。

「結婚式は、いつなんですか?」

「実は、明後日に」

香織は寂しそうに柳眉を下げた。

「えっ。明後日……じゃあもうすぐじゃないですか」

依頼が社務所に届いたのが十日前だったことを考えると、もっと早くに返事をしていたらと悔やまれる。

「ええ。でもそうは言っても、お店の整理が色々ありますから、一、二週間くらいは新潟に残る予定です。準備が整い次第、彼と一緒に北海道に発つつもりでいるんですよ。ここの旅館にいられるのも最後だと思ったら……どうしても伝えたくなってしまって」

香織の事情を聞いて、碧梨は焦った。

「どうしよう。じゃあ、なんとか明日には話を聞いてもらうようにしなくちゃ」

「礼が言いたいなら最初からそう言えばよいものを。怪異を調査してほしいなどと、なぜそんなまどろっこしい真似をした?」

琥珀が急に責めるような口調で香織を問いただす。

「一度だけ姿を見たことがありましたが、何故か私の眼を避けているように感じたのです。その理由が知りたかった。怪異の調査ということになれば、第三者から本当の理由が知れるのではと思ったのです」

香織は申し訳なさそうに言った。琥珀はというと、不機嫌になったわけではないらしい。今までの彼の態度を振り返れば、ただ単に人の心の機微《きび》がわからないだけなのかもしれない。

「あの、今夜は泊まらせていただいて、明日一日なんとか粘ってみようと思います」

「最後のお客さんになる方に、とんでもないことをお願いしてごめんなさい」

香織はしゅんと眉尻を下げる。碧梨はいいえと首を横に振った。

「私、ちょっとだけ香織さんの気持ち、わかるんです。似ている環境だったからかな」

「まぁ。そうだったんですか。お互いに、苦労しますね」

「いいえ、私は……香織さんほどでは。どちらかというと、甘えてばかりいたから、すごく後悔しているんです」

碧梨はやさしかった祖母のことを思い浮かべた。無論、両親はどちらも健在だが、どちらとも今は距離を感じていて、とても親子と言える状態ではない。幼い頃、孤独だった碧梨に手を差し伸べてくれ、誰より側にいてくれたのは祖母だった。それなのに、死に目にも会うことが出来なかった。離れてからも、碧梨のことを想っていてくれたことも、手紙を貰うまで知らなかったのだ。それが心残りでならない。だから、香織には碧梨のように後悔をしてほしくないと思うのだ。

「ちゃんとありがとうって伝えたいですよね」

碧梨が励ますと、香織は「ええ」とやさしくほほえんで返事をする。そんな彼女の瞳にはうっすらと光るものがあった。


翌日、碧梨は琥珀を連れて、宿の中だけではなく外にも出て、雪女を捜し回った。しかし前日の一件があったせいでさすがに警戒されてしまい、なかなか姿を見つけることができなかった。日が昇ってすぐに捜しはじめたのに、今やあっという間に午後の光が淡く黄昏色に変わろうとしている。ほんとうに時間がない。

宿には宿泊客はもう誰もいない。午前中にチェックアウトしている。香織は明日の結婚式のために、夕方には新潟市内の式場に泊まることになるのだという。彼女が留守の間は村役場の管理人に鍵当番をお願いしているらしい。

昨日約束したとおり、今日一日なんとか粘るようにするつもりだ。香織は宿を出る際、後ろ髪引かれるような顔をしていたが、「最後までどうかお願いします」と碧梨たちに告げ、出発していった。

まもなく陽が落ちるというとき、碧梨と琥珀は今は使われていないと香織から説明されていた旧館の庭に足を向けた。ここが捜していない最後の場所になる。

踏み込んだ矢先に、冷たい風に吹き付けられ、碧梨は思わず目を瞑った。

『何度……言えばわかるの？　私には……近づくなと言ったはず』

激しい風に押されながら、碧梨は必死に声を荒らげる。

「お願い。一度、話を聞いてくれない？　手紙を受け取ってくれるだけでいいの」

『私が怖いでしょう？　あなただって、若い命は惜しいはず』

まるでガラスの粒子が刺さるように、雪が頬を叩きつけてくる。

「おまえは下がっていろ」

琥珀が盾になるように、碧梨の前に出る。それでも冷気からは逃れることはできない。だんだんと吹雪いて風が渦を巻き、飛ばされてしまいそうだ。

「話を聞く気がないなら、ひと思いに俺が消してやろうか？」

膠着《こうちゃく》状態にしびれを切らした琥珀が狐火を出し、酷薄そうな笑みを浮かべる。

「そんな、待ってよ琥珀。今を逃したら、もう二度と、香織さんは気持ちを伝えられなくなる。そしたら後悔しか残らないよ。あやかしと人間は違う。人間は、瞬く間に時が流れていくの」

その言葉に、琥珀は黙り込む。

碧梨の両親は別離を選んだ。実父とは会えなくなり、幼い頃の支えだった祖母とも引き離されてしまった。もっと必死に碧梨が離れないでと両親に縋《すが》ったら違っただろうか。自分が強く望めば、祖母と絶縁状態にならずに済んだのではないか。そんなふうに後悔し続けている自分がいる。その後、思春期の真っ只中にいた碧梨は、母と再婚相手と義妹と、四人暮らしの新しい家族に馴染めず、やがて社会人になり、縁を自分から解くように、一人暮らしをしはじめた。その方が、母も幸せになれると思ったのだ。

けれど、本当は自分の存在を忘れてほしくなかった。変わらぬ愛情がほしかった。素直にそう言えばよかった。今さら、どれだけ後悔しても元には戻らないのだ。

『もう二度と……』

　雪女は碧梨の言葉に何か思うことがあるように動きを止めた。やはり、香織のことを何らかの形で気にかけているようだ。碧梨は勇気をだして畳みかけた。

「そう、香織さんとは二度と会えなくなる。だからもう逃げないで、あなたがここにいる理由を教えてほしいの」

　吹きつけていた風と雪が弱まっていく。

『知って……どうするというの』

「香織さんはあなたに文句を言いたかったのではなくって、御礼を言いたかったって。そう言っていたわ」

『御礼……だなんて……』

雪女の冷気が和らいだ。

「気付いていたんだよ、香織さん。物心がついたころからずっと。そばにいてくれたあなたに感謝してるって、そう言っていた」

再び迷うように冷たい風が舞い始める。まるで雪女の心の乱れをあらわすかのように。

でも、不思議ともう怖くはなかった。なぜなら、雪女の顔に浮かんでいる感情に碧梨は覚えがあったからだ。それは、祖母が何度も自分に向けてくれた表情に似ていた。

「あなたのこと、母親のように思っていたって、香織さんは言ってたよ」

しかし碧梨の言葉を聞くと、雪女はふいに顔を強張らせた。

『そんな……そんなはず、ない……母親のようにだなんて……冗談じゃないわ』

再び冷気が増し始め、碧梨の小柄な身体を吹き飛ばさんばかりに吹雪が舞い始める。

焦って碧梨は言葉を紡ぐが、雪の嵐にかき消されてしまう。

「雪女さん、あなたの名前は？　あなたにとって、香織さんは、どんな存在なの？」

その時、琥珀が冷ややかに腕を振り下ろした。その動作で起こされた一陣の風で、雪女の吹雪が吹き飛ばされ、雪女は旧館の納屋壁に打ち付けられる。

「あいにく、俺はそこにいる女と違って気が短い。理由を話せばもうお前には構わない」

雪女は琥珀を睨み、悔しそうに顔を歪めたが、やけっぱちになったのか、それとも琥珀に圧倒的な力の差を見せつけられて覚悟ができたのか、碧梨の予想に反して面《おもて》を上げた。

「母親……などと呼ばれる資格は、私にはない……そこまで、言うなら教えてやる」

雪女は自嘲とも悲しみともいえる感情をたたえた美しい瞳で、遠くの雪山を見つめると、記憶の紐を静かに解くように、自分の身に起きた出来事を訥々と語りはじめた。

今から三十年ほど前のこと。ちょうどこのくらいの季節だった。

遭難した人間が見たといわれる幻から、雪女のあやかしとして生まれた由紀乃《ゆきの》は、人々に忌《い》み嫌われるのを恐れ、人里離れた山奥にひっそりと暮らしていたという。

そんな誰も来ないような山奥に、ある日ひとりの若い男性がやってきた。ここまで辿りつくには獣道をやってくるほかない。顔を見れば、あちこち枝で切れたであろう傷跡がついている。いったい男はそうまでしてこんな山奥まで何をしにきたのだろうか。

あたりが雪原に覆われる季節を待ちながら、ひとり静かに暮らしていた由紀乃は、そのとき神域を穢《けが》されたような煩わしい気持ちでいた。

男はどうやら野鳥観察にやってきたらしい。山岳用のリュックを背負い、一眼レフのカメラを片手に、木々に止まるゴジュウカラやノビタキといった小鳥や大空を翔けるハチクマやシロサギなどにレンズを向けながら、夢中で鳥の姿を追っていた。

しばらくすれば立ち去るだろうと思い、由紀乃はなんとなく様子を見ていた。男は楽しそうに頬をほころばせながら空を仰ぎ、自由に駆けまわるトンビの悠々しい姿に目を細めた。

男の精悍《せいかん》な表情には精力がみなぎり、彼の笑顔は青空に輝く太陽のようにまぶしく感じた。それでいて彼の瞳は、白銀の雪のように澄んでいる。いつの間にか男のことを目で追っていた由紀乃は、そのとき男が切りだった崖に踏み込んだことに気づく。

夢中になっていて足元をよく見ていなかったのだろう。気付いたときには、あと一歩でも進めば、転落しかねない場所に立ってしまっていたのだ。

由紀乃は焦った。しかし雪女である自分が、無関係の人間に干渉する理由はない。たまたま自分が暮らしている場所へやってきた男を見かけただけなのだ。

躊躇っていると、男はようやく自分の危険に気付いたらしい。慌てて木の幹にすがろうとした。しかし間に合わなかった。脆くなっていた崖が崩れ、あわやというところ。由紀乃はとっさに雪風を送った。すると、男の身体は岩場に張り付けられ、安全な場所へとおろされた。

一難が去ってホッと胸を撫で下ろした由紀乃の傍らで、男はいったい何が起こったのかわからないといった顔をした。それよりもカメラはどうなったのかと、自分の身体よりも写真のことを気にする。

バカな男を助けたと由紀乃は呆れた。すぐにその場を立ち去ろうとした彼女は、男の驚くべき言葉に引き留められた。

「待ってくれ！　君、命を救ってくれてありがとう。今日撮った写真は、僕が先代から引き継いだ旅館に、飾ろうと思っているんだ。この山の自然と空の美しさを、訪れる人に教えてあげたくてね」

男は由紀乃のことがほんとうに見えたわけではないはずだ。遭難しかけた彼が幻を見たのかもしれない。或いは、山の神の仕業とでも思ったのかもしれない。でも、誰にも気づかれることなく生きてきた由紀乃にとって、自分の存在を感じ取った男の言葉は、由紀乃の動きを止めるには十分だった。

『命がなくなっては、叶わないでしょう。バカね……』

由紀乃は男が足を痛めていることに気付いた。このままではここから動くことはできない。山は日が暮れてきていた。人家のある村まではかなりの距離がある。この状態で、けもの道をかきわけて戻るのは至難であろう。

「参ったな。さっきの落下で懐中電灯を落としたみたいだ。今夜はここで野宿をするほかないのか」

由紀乃は男の腫《は》れ上がった足に、自分が生み出した氷をあてがい、それから風を起こして枯れ葉を集めた。やがて雨が降ってきてしまい、男は寒さに身震いをさせた。由紀乃はそれを雪に変え、その場にかまくらを作り出した。

「驚いたな。ほんとうに山の神はいるのだろうね。君がそうなのか、それとも親切な雪女なのか」

　由紀乃はどきりとした。まさか。男は冗談で言ったのだろう。雪国といわれるこの界隈で、雪男や雪女が出たという噂話が出るのは、そう珍しいことではない。しかし由紀乃は、男と心が通じ合ったような気がして嬉しかった。

　男はかじかむ手を摺《こす》り合わせながら、寒さから気をそらそうとするかのように自分のことを語りはじめた。温泉宿に対する熱意、子どもの頃から山が好きだったこと。由紀乃は一晩中、男を側で見守りながら、彼の話に耳を傾けた。

　翌日は晴天に恵まれた。雪が溶けてぬかるんでしまわぬよう、男は早々にその場から立ち上がった。足の腫れはすっかり引いたらしい。本来ならまだ雪が降る時期ではないにもかかわらず、ひとあし早くやってきた冬の訪れと、初雪に染められた山の美しさに感嘆のため息をつき、男はシャッターを切った。

「ありがとう。このお礼は必ずするよ。さあ、山をおりて、写真を現像しに行かなくてはね」

　由紀乃は少しだけ寂しく思った。だが、男は日をおかずにやってきた。命を助けてくれたお礼にと、美しい紅玉のような山茱萸《さんしゅゅ》の赤い実を贈ってくれたのだ。

由紀乃は男の純粋な気持ちとやさしさに胸を打たれた。それからもたびたび男はやってくる。由紀乃のことが見えるわけでもないのに話しかけてきて、由紀乃は彼の傍らでその話を夢物語のようにずっと聞いていた。由紀乃はその男に恋をするようになっていた。

どのくらい時が経過しただろうか。あるときからぱったりと男は姿を見せなくなった。由紀乃と違って男は年をとるということを彼女はすっかり忘れていた。きっと今ごろは写真を飾りたいと言っていた温泉宿を営んでいるのだろう。そう思ったら、由紀乃はどうしようもなく男に会いたくなってしまった。

あるとき村のあたりへと降りた由紀乃は、愛しい男の姿を捉えた。最後に会ったときより老いてはいたが、あの溌剌とした笑顔や凛《りん》とした眼差しは変わらず、ああやっと会えたと胸を高鳴らせた。

しかし由紀乃が次に目にしたのは、驚くべき光景だった。男の側に寄り添う一人の女の姿があったのだ。

……男が、誰か女と一緒にいる。そこで初めて、男が結婚したのだと由紀乃は知った。幸せそうに微笑み合う二人を見て、由紀乃の心の中は猛烈に荒れ狂った。

どうしてどうして……会いに来てくれなくなったの。私はずっと待っていたのに。あなたのことを待ちわびていたのに。あなたの心はあのひとに奪われてしまったのね。

由紀乃の心の乱れを表すかのように、その日の晩を境に、村は猛吹雪となり、村の姿も、人の姿も、一歩先の景色が見えないほどに荒れた。

由紀乃は山に籠り、毎日嘆いた。嫌いになってしまえれば楽なのに。そうはできなくて想いは募るばかり。せめてもう一目だけでも会いたい。そうしたら、もう二度と人間と出会わない山奥に身を潜めようと決意する。

そんなある日、由紀乃は山の中で倒れている男の姿を発見した。

愛しい彼の来訪に胸を焦がす暇もなかった。彼はもうとっくに息をしていなかったのだ。由紀乃は男を抱きしめ声をかけた。しかし男は自分よりも冷たくなっていた。

耳を澄ませば、遠くの方で声が聞こえる。人間の赤んぼうの泣き声だ。

老婦の腕には赤んぼうが抱かれていた。赤ん坊の両親が雪山で遭難してしまったと、嘆きながら赤んぼうを抱いている。赤んぼうは、悲しみを訴えるように泣き叫んでいた。

男は、春が訪れても一向に吹雪が止むことなく、雪で凍りゆく町のことが心配になり、山の神に願いを聞き届けてもらおうとしていたのだという。その後、夫婦揃って山に向かったらしい。途中で吹雪がひどくなり引き返そうとしたのだろう。だが、ひどい吹雪に行く手を阻まれ、夫婦の命が奪われたのだ。

『ああ……どうして、私は……私のせい……だわ……どうして、こんなことに』

それから――。

由紀乃は、香織と名付けられた子が心配になり、ひっそりと見守っていた。そして、彼女に困ったことがあったら支えてやろうと決意をする。亡くなってしまった両親の代わりにはなれないけれど――それが、雪女として生まれた自分の償《つぐな》いだと思ったのだ。

香織は朗らかな笑顔が印象的な父親似のやさしい子に育った。やがて、彼女は美しい少女へと成長し、かつて男が愛していた温泉宿を継ぐために働きはじめた。苦労が絶えない彼女をなんとか助けたくて、由紀乃は自分にできることをして見守り続けていたのだ。

些細なことでも、自分にできることならばなんでもしたいと思った。彼女を支えられるように。今日という日を迎えるまでずっと……。

『つまりは、あの子の両親の命を奪ったのは私』

由紀乃はすべてを語ったあと、長い睫毛を伏せた。

碧梨は言葉をなくして、ただ由紀乃を見つめることしかできずにいた。由紀乃は故意《こい》に香織の両親の命を奪ったわけではない。でも、自分が奪ったことに変わりはないと、苦しみ続けている。簡単に口を出せる内容とは思えなかった。

『……わかった？　受け取る資格なんてないの』

「でも……」

碧梨は言葉を詰まらせる。

日ごとに成長し、父親似になっていく香織を見守りながら、由紀乃はきっと母のような気持ちでいたに違いない。その想いが伝わっているからこそ、香織は感謝していると、母のようだと言ったのだろう。でも、真実を知ったら、香織はどう思うだろうか。彼女を苦しめることになるのではないだろうか。

『もう満足でしょう』

そう言い残し、雪女は姿を消してしまった。慌てて目で追うものの、もうどこにも見つからなかった。碧梨は呆然とその場に立ち尽くす。

「どうしよう。香織さんにはなんて伝えたら……。まさか、あんな事情があったなんて……。このまま、知らない方が……いいんじゃないのかな」

「隠したからどうなる。事実は事実だ。判断するのはおまえじゃない。若女将だろう。だいたい由紀乃も懺悔《ざんげ》をしたいなら、今こそ、すべき時なんじゃないのか。自分のせいで、若女将の両親が死んだというのなら、あいつが代わりに最後まで若女将のことを見守ってやらねばならないのではないか。それこそが、雪女の一番にすべきことではないか？」

「……言いたいことはわかるけど、でも、香織さんが知ったら傷つくでしょう？　まさか、自分の両親が亡くなった原因になったのが、見守ってくれていた相手だったって知ったら、ショックを受けるじゃない」

足音にハッとして振り返る。香織がそこに立っていた。

「あの、この招待状を……一緒に渡してもらえたら、と思って、お邪魔をしてしまってすみません」

「香織さん」

彼女の様子を窺うに、すべて聞こえてしまったらしい。どうしようと焦るものの、言葉が見つからない。

「いいんです。私の勝手な思い込みだったとしても……少し、冷静にならないといけませんね」

香織は気丈に振る舞い、頭を下げてその場から退いた。一方で、碧梨は必死に言葉を選ぼうとしたが、結局ばつの悪い表情を浮かべるだけしかできなかった。

「はっきり言えばよかっただろう。なぜ、言わなかった」

「やっぱり、言うべきじゃなかったよ。私のせいで、どっちも傷つけることになっちゃった」

琥珀がため息をつき、碧梨の手元から招待状を奪い取る。

「宴か。食事も出るんだろう。余興に付き合ってやるのも悪くはない」

「今はそれどころじゃ……」

「おまえに逆らえる権利があると思うか？」

いつものように封殺《ふうさつ》され、碧梨は返す言葉がない。何より、自分のしでかしてしまったことを心底後悔した。その日の夜は、香織のことが気にかかり、少しも眠ることができなかった。

香織の結婚式は、神前式らしい。神社の会館の隣にある外広間を使い、朱色の傘が艶やかに広がる中、列席者が並んでいる。一夜明け、碧梨と琥珀は少し離れたところで式を眺めていた。

神主の前には、花嫁花婿の姿があり、香織は淡雪と花の模様の入った白無垢《しろむく》に身を包んでいた。きっと、香織は母代わりに思っていた由紀乃に花嫁姿を見てほしかったのだろう。

けれど、真実の紐を解いてみれば、彼女にとって残酷なものだった。今、香織は何を思っていることだろう。罪悪感と後悔がぐるぐると頭の中を駆け巡る。

と、その時。

「……面倒なやつだ。最初からそうすればいいものを」

琥珀がぼそっと呟いた。碧梨は弾かれたように顔を上げ、そして視界に映った光景に驚く。なんと柱の陰に、由紀乃の姿があったのだ。

碧梨は思わず琥珀を見た。

「もしかして、あれからも説得してくれたの？」

「静かにしていろ」

琥珀は煩わしそうにそう言うだけ。碧梨は口をつぐみ、香織と由紀乃の様子を見守る。

式は厳かに執り行われ、夫婦は契を交わす。その後、香織は列席者にお礼の言葉を告げると、すぐ側に控えていた介添人《かいぞえにん》から封筒を受け取り、その中から一通の手紙を取り出した。

名前のないあなたへ

私は、岩室温泉郷の地域にある雪美里の村というところで生まれました。私には、赤ん坊の頃から、両親がおらず、父と母は、写真でしか見たことがありません。私が生まれてまもなく、吹雪の事故に巻き込まれ、亡くなったのだそうです。ですから、私は、父の義愛も、母の慈愛も、わからないままに、祖母の元で育ちました。

幼い頃、子どもながらに、なぜ私にはお母さんもお父さんもいないのだろう。せめて、お母さんだけでもいてくれたらよかったのに……と、寂しい想いを抱いたものです。とにかく私は泣き虫で、母恋しさに、わけもなく泣いている日が多かったと、祖母から話を聞いたことがあります。

そんな私は、物心ついたころから不思議な現象に包まれことがありました。ある日、あれは小学生のときだったでしょうか。お友だちと喧嘩してしまい、学校から帰ってくるなり膝を抱えて泣いていると、なんと空から紅葉が何枚も、何枚も、しゃぼん玉のように風に乗って舞い上がっては降ってきて、私はわあっと歓声をあげて驚きました。必死に手を伸ばして捕まえようとするうちに、自然と涙は乾いて、夢中で落ち葉拾いをしたものでした。

それからというもの、その日を境に、不思議なことが起こるようになったのです。

私が落ち込んだり泣いたりする度に、空から贈り物が降ってくるようになりました。山茶花《さざんか》の花、白い鳥の羽、どんぐりの実、とんがったイガ栗まで。

時には慰めるように、時には喜ばせるように、時には叱りつけるように。たくさんのものが私の元へ舞い降りてきたのです。

さすがにおかしいと思った私は祖母に尋ねました。孫を想う祖母の仕業かと思ったからです。けれど、何度聞いても知らないと言います。であれば、きっと、野鳥の仕業かと思いました。その一方で、私は密かに、天からの贈り物だと希望を持つようになりました。天国にいる両親が、甘えてばかりいる私を叱咤激励してくれているのだろうと。

それから、泣き虫だった私も、十代半ばになると、雪美里の宿という温泉旅館で働きはじめ、女将や板前さんに叱られながら、仲居さんたちに支えられ、若女将になれるように必死にがんばってきました。

私には相変わらず、相談できる父も、弱音を聞いてくれる母もいません。そしてこともあろうに、唯一の肉親である祖母もこの頃に他界してしまいます。再び巡ってきた孤独の日々の中、失敗ばかりしては叱られ、お客様に頭を下げながら、けれども人前ではけっして泣くことのないよう涙を我慢し、毎日、生きるので精一杯でした。

もうやめてしまおうか、そんな想いがよぎったある日、自分の部屋に戻ると、床の間に身に覚えのない一輪の花が飾られていたのです。目覚めるような椿《つばき》の赤い花でした。また、着物さえ脱ぐ気力もなかったある日には、部屋に戻ると、テーブルに山茱萸という赤い実が置かれてあったのです。真っ赤な色のそれらは、何を示そうとしているのか、そう考えたとき、私は、幼い頃からずっと感じていた不思議な存在のことを思い出しました。

誰かがこんな話を聞いたら、夢でも見ていたのではないかと、笑うかもしれません。そんなばかな話があるはずがないと相手にしてくれないかもしれません。けれど、私にははっきりと確信できました。目に見えないだけで、私を支えてくれる存在がそこにいるのだと。

私の負担を減らすように、落ち葉をかき集めてくれたり、うたた寝をしていたら着物をかけてくれたり、落ち込んだ日には贈り物を届けてくれたり……名前の知らないその人は、言葉を秘めたまま、ただそっと私に寄り添っていてくれた。

ひとりきりの寂しさをこらえる日も、悲しくて涙がこぼれてどうしようもない夜も、側にあなたがいると感じると不思議と心があたたかくなれた。ああ、私はひとりじゃない。支えてくれる人がいる。大丈夫。頑張れると、強くなろうと思えた。

だから、今日、お嫁に行く日に、名前の知らないあなたへ、どうしても御礼が言いたかったのです。

母の愛を知らずに育った私ですが、きっと母というのは、心に鮮やかな赤い花の色を持った、あなたのような人なのでしょうね。

こんなふうにも思うのです。もしかしたら、天国にいる両親が、あなたという特別な人に出会わせてくれたのかもしれないと。

正直言うと、生まれる前の出来事を偶然知ったとき、とても混乱してしまい、悲しかった。けれど、私はあなたのあたたかい気持ちを知っています。物心ついてから今まで、あなたがいつもそばにいてくれた。そのことが、私にとっての真実なのです。

名前の知らないあなたへ……今日まで私を見守ってくれたあなたへ。

許されるなら、今日だけはあなたのことを「おかあさん」と呼ばせてくださいませんか。

おかあさん。今日までの二十八年間の日々、陰ながら私を支えてくれ、惜しみない愛情を私に与えてくれ、本当にありがとう。私はけっしてあなたの与えてくださった愛を忘れません。遠く離れた北国の日からずっと……これからもずっと、あなたを大切に想っています。

香織

手紙を読み終えた香織の目から涙がこぼれ落ちていく。

柱の陰にいた由紀乃の目にも涙が溢れ、頬を伝っていく。

互いに言葉を交わせなくても、共有してきた時間の中で、香織と由紀乃の間には、培《つちか》われた絆があるのだろう。

空に白い鳩が放たれ、そして紙吹雪が舞う。否、白い花のようなそれは、雪だ。

「名残の雪か。それとも……風花か。雪女からの餞《はなむけ》か」

琥珀が目を細め、ぽつりと言った。

まばゆい晴天にちらちらと舞い、輝く雪、それは天が流す涙にも見えた。

「さて、行くか」

琥珀に促され、碧梨も動こうとしたそのとき。

『ねぇ、待って』と、か細い声に引き止められる。振り返ると、由紀乃がそこに立っていた。

『ミドリさん、あなたに代筆を……お願いできる？』

碧梨は由紀乃の申し出を受け、琥珀と顔を見合わせる。

『あの子に……香織に……たった一言でいいの。それだけ、伝えられるなら、それでいいの』

由紀乃は言った。

「わかりました。由紀乃さんの言葉、ちゃんと届けますよ」

彼女の小さな願いを聞き取った碧梨は、バッグから淡雪と花をイメージした一筆用の便箋を取り出し、繊細な文字を綴る。由紀乃のやさしさをイメージするように。

あなたの幸せを……誰よりも願っています

由紀乃

碧梨は琥珀とともに香織の元へ行き、由紀乃の想いを代筆した手紙を、彼女に渡した。

たった一言だけれど、想いが込められたその言葉は、人の胸を打つ力がある。そして
それは心にやさしく降り積もり、永遠に忘れない大切な記憶として、残り続けるのだ。

「ありがとう。由紀乃さんも、どうかお元気で」

香織は初めて知った母代わりの人の名を指で大切になぞりながら、かみしめるように言った。彼女の瞳には晴れやかな空を映すような澄んだ涙が光っていた。そんな彼女を側で変わらずに見つめていた由紀乃は、母が娘を見守るようなやさしい顔をしていた。

「……まったく、人間に関わると、つくづく面倒だ」

琥珀がため息をつく。

「琥珀、ごめん」

「何がだ？」

「私が間違ってたよ。真実をなかったことにするなんて、とんでもなかった。真実を知ることは、由紀乃さんと香織が今日この日を迎えるために、必要なことだったんだね」

「だから言っただろう。おまえは余計なことを考えすぎなんだ」

とっとと帰るぞと、琥珀は背を向けて歩き出す。そんな彼の行動に拍子抜けする。

「えっと、披露宴の料理が目当てだったんじゃないの？」

琥珀は答えないし振り返らない。

もしかして、琥珀も香織と由紀乃の行く末を、気にしていたんだろうか。面倒だと言いながらここに碧梨と一緒に来たということは、人間のことを彼なりに理解しようとしていたのだろうか。由紀乃のことだって、本当に説得してくれたのかもしれない。

そう思うと、つれない彼の背が、なんだか急に逞しく見えてくる。碧梨は嬉しくなり、頬が緩むのをこらえながら、琥珀の背を追いかけた。


数日後――。

社務所に香織が訪ねてきた。お礼かたがた直接報酬を支払いに来たかったというのだ。彼女の側にはやさしい笑顔が似合う、メガネをかけた旦那さんがいる。

「もうすぐ出発されるんですね。北海道に」

「ええ。故郷を離れるのは寂しいですが……おかげさまで、大切な手紙をもらうことができました」

香織はそう言い、自分の腹部へと手をあてた。なんとなく、ふっくらとしているように思う。

「実は、お腹に赤ちゃんがいるんです」

にっこりと照れながら香織が言う。

それを聞いて、階段をあがってきた香織のことが心配になってしまった。

「大丈夫だったんですか？　そんなことなら私が出向いたのに……」

「大丈夫です。安定期を迎えたので、白山神社の方で、戌《いぬ》の日の安産祈願に出かけてきたところでした」

「そうだったんですね」

白山神社は、千三百年の歴史がある新潟市の中心地にある大きな神社だ。御祭神である菊理媛大神《くくりひめのおおかみ》は、乱れた糸をくくり整えるように融和され仲を取り持ち和す縁結びの神様である。香織が見せてくれた安産の帯にはご縁と安産を祈願した白山神社の印字がされてあった。

「大切にこの子を愛したいと思うんです。私が……由紀乃さんに大事にしてもらったように」

香織はそう言い、慈しむように腹部をそっと撫でた。旦那さんも幸せそうに彼女を見つめていた。きっと、お腹の赤んぼうは母の愛に包まれて育つことだろう。そんな彼女を碧梨は羨《うらや》ましくも思った。

「どうかお幸せに」

「本当にお世話になりました。ありがとうございました。碧梨は遠き日の自身の記憶を思い浮かべる。

笑顔で去っていく夫婦を見送りながら、碧梨は遠き日の自身の記憶を思い浮かべる。

それは、賑やかな祖母の笑い声と、あたたかなご飯を食べた記憶だ。

きっとみんな誰かに愛されている。愛してくれる人がいる。その人から与えられた愛はきっと、人をやさしい気持ちにさせてくれるのだろう。笑顔にさせてくれるのだろう。

そして、あたたかい未来へと縁を繋いでくれるのだろう。

今からでもやり直せるだろうか。ほんのすこしの勇気があれば、離れた距離を結び、縁を繋ぐことができるというのなら。自分も、新しい父と母と妹と、家族に寄り添ってみようか。音信不通の父に、手紙を出してみようか。

いつか――そう遠くない日に。

「若女将、金一封にしては、ずいぶんと弾んだな。これなら柿の種とハッピーターンが一年分箱買いできるぞ」

せっかくあたたかな余韻に浸っていたというのに、琥珀ときたら報酬を自分の懐におさめようとしているのだから信じられない。

（しかもお菓子のメニューが追加されてるし！　私も好きだけれども！）

「ちょっと待って！　まずは、前に私の名前で勝手に注文した分があるでしょ……！」

碧梨はすかさず金一封と書かれた祝儀袋《しゅうぎぶくろ》を奪い返した。ちっと軽く舌打ちが聞こえた気がして、碧梨は琥珀を睨みつける。

「貸しとは別ですから」

「がめついな」

「……それを、どうしてあなたが言える？」

ぼそっと碧梨は呟く。

「ポンちゃん、今すぐ私に……キャベツの準備してくれる？」

「わぁぁぁ。けんかはしないでくださいよー！」

紫苑は二人の間に挟まれて、あわあわしている。いつもの光景である。

「碧梨が寝言を言っているんだ、ポン吉」

「とぼけたって無駄です。あなたが押し付けた経理係は、私がやってるんですからね？」

ほらと、請求書を突きつけると、紫苑がこくこくと頷く。彼は渋々と肩をすくめた。

「仕方ないな。そういうことにしておいてやるよ」

「はぁ……」

ついでに自室で書類を整理することにし、今日届いた郵便物をチェックする。

ダイレクトメールや水道光熱費の支払い請求書、それを仕分けしていると、雪と花の模様が入った封筒が目に止まった。

「おばあちゃんの……手紙」

一通目は誤送だと思っていた。二通目もきっとそうなのだろうと。けれど、三通目ともなると、これが偶然とは思えなくなってくる。でも、その意図がわからない。

碧梨は急いで開封した。消印が最近になっていることも、やはり不思議でならない。

(私のために、手紙を残してくれていた……とか?)

たとえば、生前に郵便を代理で発送する契約をしていたとか。代筆や配達代行というサービスなら、実際に碧梨がしていることでもあるし、ありえないことでもないだろう。

でも、それなら、依頼主の大事な手紙の紛失を防ぐため、丸裸の手紙を直接ポストに投函するのではなく、少なくとも会社の封筒などに同封されるなどして、送られてくるはずだ。

とにかく読んでみようと、碧梨は便箋を開く。いつものように花の香りが漂ってくる。同封されていた文香は、カランコエの花の形をしていた。祖母の庭に咲いていた赤い花を思い出す。

前略

碧梨ちゃん、お元気ですか。今日は、とっても嬉しいことがありました。散らかっている家の中の整理をしていたら、たくさんの宝物が出てきたのです。碧梨ちゃんが、おばあちゃんにくれたお手紙です。

覚えていますか？　手紙屋さんごっこをしたときのこと。

手紙を読んでいると、あの日のことが、まるで昨日のことのように蘇ってきます。

近頃、ますます目が見えなくなってきて、文字がうまく読めなくなってきたので、きっと目を通すのに時間がかかってしまうだろうけれど、これからゆっくり一通ずつ大切に読もうと思います。

あのときの碧梨ちゃんのお手紙が、今、おばあちゃんのところに、時間旅行してくれたのですね。そう思うと、とても感慨深いです。ああ、あなたに教えてあげてよかったと、今ほど思うことはありません。

碧梨ちゃん、おばあちゃんがあのときに教えた『心に閉じ込めた言葉を届ける魔法』はちゃんと使えるようになりましたか？　困った顔をするあなたが目に浮かぶようです。

いいんですよ。人は、急には変われないもの。でも、変わろうと意識することが大事だと思います。まずはそこからがはじまりです。そして、自分が変われば、周りもきっと変わっていく。そうすることで、繋がりができていくものだと思うのです。それがいつか、あなたにとって必要な縁であれば、大切な絆が芽生えるかもしれません。

碧梨ちゃん、あなたにはあなたのよさがあり、あなたにはあなたの人生があります。これから、あなたが選ぶ道には、あなただけにしか得られないものがきっとたくさんあるでしょう。時には辛くて、前が見えなくなることがあるかもしれません。立ち止まったり、迷ったり、進むべきか悩んだりしたときは、どうか、自分のことを一番に信じてあげて下さいね。

あれからおばあちゃん思ったの。手紙は、けっして、相手に届けるためだけのものじゃないのかもしれない。例えば、自分と向き合うために、自分に宛てた手紙をこうして読み返すのも、なかなかおもしろいと思うわ。

たまには、こんなふうに、自分にお手紙を書いてみるのもよいんじゃないかしら。十年後の私へ、二十年後の私へ……その先の私へ。

そうね。きっと、おばあちゃんだったら、何十年経過しても、碧梨ちゃんのことを忘れずに、想っているのでしょうね。

どんなに時が経過しても、あなたのお手紙が時間旅行をして、会いに来てくれる。

そんなささやかな幸せに癒やされているのでしょう。

碧梨ちゃんと過ごした日々が、おばあちゃんの宝物なのですから。

時というものは、自分が考えている以上に、瞬く間に過ぎていくものです。

どうか、碧梨ちゃんも限りある時間を大切にお過ごしください。

草々
東雲ハナエ

小林碧梨様

「カランコエの花……」

花言葉はたしか、たくさんの小さな思い出。幸せの訪れ。

どれほど祖母が、碧梨の手紙を喜んでいてくれたのか、伝わってくるようだ。

碧梨はまた、祖母の手紙の文面を何度も反芻する。

人は皆、想いを抱えている。けっして一つの側面では語れないものを。そして、その感情は、相手があってこそ生まれてくるものだ。そうだとしたら、自分が変わることで、相手に与える影響も違ってくるものかもしれない。

これまで代筆屋の仕事で、様々な人の想いに触れ、その人たちの想いに胸を打たれてきた。そして、途絶えかけた縁が結ばれたということも、言葉にしなければ伝わらない想いがあるのだということも、改めて思い知らされた。『心に閉じ込めた言葉を届ける魔法』があるのだと、祖母が教えてくれたように、手紙にはやはり特別な力があるのだと思う。

手紙を読み終えてぼんやりとしたまま居間に戻ると、琥珀が珍しく机の上で書き物をしていた。

「琥珀？　何をしているの？」

「近頃、おまえに手柄を横取りされてばかりだからな。こうやって書いていないと、文字の書き方を忘れそうになるんだ」

(手柄って……押し付けてるのは、あなただと思うんですけど)

それより、ミミズが這っているような汚い字を見て、碧梨はもどかしく思う。

「なんて書いてあるのか、全然わからない」

ある意味、これも達筆といえよう。碧梨が思わずぼそっと言ってしまった言葉も、今の琥珀には聞こえていないらしい。普段からは考えられない集中力だ。

「でも丁寧な文字がどうかよりも、へたくそな言葉でもいいから、自分の気持ちを伝えようとするって大事だよね……」

これまでの経験を振り返りながら、碧梨は思わず呟く。気持ちとは裏腹の内容を送ろうとしていた紅緋、一時は手紙を書くのをやめようとした翡翠、真実を知ってなお気持ちを伝えようとした香織。各々が勇気を出して、想いをしたためたことで縁がつながり、途絶えるかもしれなかった未来が拓けるのを碧梨は目の当たりにした。自分自身も変わりたい、と思わずにはいられない。

「……なんだ、それは？　ドリルなるものを押し付けてきたのは、なんだったんだ」

不満げに琥珀が言う。

「私も最初は、代筆屋なんだったら、文字の体裁に気を配らないといけないって思ってた。けど、大事なことは……その人が素直な気持ちを伝えられるように背中を押すことじゃないかなって。人には表面だけじゃない、色々な側面の感情があるものだから難しいんだけど」

そう、碧梨も代筆屋を通して学んだことだ。きれいな字をただ書くよりも大切なことがある。まだ上手く言葉にはできないけど、琥珀からもそれを学んでいる気がする。自分の気持ちに正直になることは、必ずしも相手を傷つけるとは限らない。勇気を振り絞って相手に言葉を伝える努力をすることで、変えられる運命もあるのかもしれない。

「なぜ、おまえはそんなにも、他人のことを信じられるんだ。相手の本心が別にあるかもしれないなどと、なぜわかる。いちいち相手の想いを推し量らねばならない人間は……やっぱり面倒だな」

解せないといった顔をする琥珀だが、何か考え込んでいる様子でもある。代筆屋を通して、琥珀も何か感じるものがあるのだろうか。それとも、力任せに問題を解決してきた彼からすれば、碧梨のやり方は気に喰わないのだろうか。自分の意思を押し通そうとする強さと同時に、理解できない他人の感情を呑み込もうと努力する琥珀の素直さに碧梨は気づく。彼の本心はよくわからないことが多いけれど、前者だったらいいと思う。

ふと、祖母から手紙が届くことを琥珀に相談してみてはどうかと思い当たった。また物質《ものじち》に取られて何かを要求されたらいやなので、今まで黙っていたが、琥珀なら何か知っているかもしれない。なぜ今まで思いつかなかったのかと思いつつ、碧梨は琥珀に近づいた。

「あの……時々ね、おばあちゃんから手紙が届くの。誤送じゃないかと思うんだけど、一度だけじゃなくって。不思議だよね」

琥珀はすでに書いていたものを丸めて屑籠《くずかご》に投げ込んでいたが、碧梨の言葉に動きを止めた。しかし再び手元に視線を落とすと、顔も上げずに返事をする。

「不思議なことなら、おまえが一番体験しているのではないか」

そうだね、と碧梨は頷く。これまで人間とあやかしの異種間の代筆や手紙の受け渡しをしてきたけれど。

「私も……生きている間にちゃんと、手紙を届けたかったたな」

そんな心残りがある。会いたいと願ってくれた祖母の想いに応えてあげることができなかった。だからこそ、碧梨はむきになっていて、由紀乃には後悔してほしくなかったのかもしれない。

「今からでも書けばいい。おまえが伝えたいと思ったことを。自分の心の慰めにはなるだろう」

思いがけずやさしい言葉をかけられ、碧梨は琥珀を見つめ返した。

視線が交わり、黙り込んだ彼の真剣な眼差しにあてられ、どきりとする。

琥珀は言いたいことを言うと、また自分の手元に視線を落とした。

彼が何を考えているのか、相変わらずよくわからないところが多い。けれど、悪いところばかりでもないと思いはじめた。祖母の手紙に書いてあったように、すぐに人は変われない。けれど、お互いに、代筆屋を通して少しずつ変わっていくことができたら、彼ともっと理解し合えるようになるだろうか。

「あのね、琥珀……」

「なんだ。邪魔ばかりするな」

「ごめん。でも言っておきたくて。代筆屋、もうちょっとやってみたいと思うの。いつになるかわからないけど、次の就職が決まるまで……私、ここにいてもいいかな？」

少しだけ間があった。

「……おまえ、何か勘違いしているんじゃないか？　ハナエへの貸しと命を救ってやった貸しが残っているとわかっているだろう？　それまで、例の手紙を預かっておくという約束で、ここに住んでいるということを忘れるな」

「わ、わかってるけど、決意表明みたいなものです」

碧梨がもごもごと言い訳をすると、琥珀は今度こそ書くのをやめてしまい、背伸びをした。

「ご、ごめん。もう邪魔しないから。そっちに行ってるね」

そそくさと離れようとすると、手首をいきなり掴まれてしまう。

「おまえのせいで、肩が凝った。今すぐ膝枕しろ」

「は、はぁ？」

「最近、図にのっているだろう？　勘違いしているようだが、おまえは俺の下僕だ。それを忘れるんじゃない」

ほら、早くしろと手首を引かれ、碧梨はうろたえる。そうこうしているうちに、ソファに強引に座らされ、琥珀の形のいい頭が膝の上に乗っかってきた。

「ちょっ……」

「俺は三秒で寝られる男だ。そのままじっとしていろ」

そう言い残し、おやすみまで予告どおり三秒。あっという間に瞼を閉じてしまった。文句を投げかけるまもなく、すうっと寝息が聞こえてくる。

(信じらんない!)

ひょっこりとミミがあらわれ、髪と爪が長く伸びていく。ふさふさした尻尾もくすぐったい。彼がリラックスしたときに露わになるあやかしとしての本来の姿だ。

こんなふうに触れ合えるほど、自分は彼に心を許しているということなのだろうか。

そして彼も……気を許してくれているのだろうか。

しばらくしてから、彼のミミにそっと触れる。勝手に眠っているくせに人の自由を奪うなんて。悔しくなった碧梨は、モフモフと触り放題を満喫することにした。

すると片目を開けた琥珀が、「なんだ、それは。誘惑のつもりなら、乗ってやってもいいぞ」と言い出し、ぎょっとする。

「そ、そんなつもりじゃないし。っていうか、また狸寝入り……じゃなかった狐寝入りしてたの?」

「妙な視線を感じたからだ」

そう言い、琥珀が顎をしゃくる方には、紫苑がひょっこりと物陰からこちらを見ている姿があった。

「えっ。ポンちゃん、何してるの？　そんな隅っこで」

「えっとぉ……あのぉ……とってもいい雰囲気でしたのでーお邪魔かなぁと思いまして！」

「な、なな何言ってるの。お邪魔なんてことないから」

条件反射的に頬が熱くなる。

「ほんとうですか？　僕は羨ましくて、でも遠慮していたんです」

紫苑がダッシュしてダイブしてきた。

「わぁっ」

モフモフを慌ててキャッチする。

「碧梨様ぁーあったかいですーっ。みんなで仲良くお昼寝しましょうっ」

すりすりしてくる紫苑がくすぐったくて笑うと、琥珀が「喧《やかま》しい」とうんざりしながらも、まんざらでもない顔をする。碧梨は自然と口元が綻んでいくのを感じた。

社務所ににぎやかな声が響きわたる。ここが自分の居場所だと思いはじめている自分がいる。

彼らと離れたら、寂しいと感じるだろうか。

『人は、急には変われないもの……自分が変われば、周りもきっと変わっていく。そうすることで、繋がりができていくものだと思うのです。それがいつか、あなたにとって必要な縁であれば、大切な絆が芽生えるかもしれません』

祖母がそう手紙に綴っていたように、碧梨自身、変わってきているのだろうか。そして、これから先もずっと一緒にいたいと思うようになったら？　そのとき、彼らは一緒にいてくれるだろうか。

『時というものは、自分が考えている以上に、瞬く間に過ぎていくものです。どうか、碧梨ちゃんも限りある時間を大切にお過ごしください』

膝の上に頭を乗せている琥珀を見つめながら、碧梨は祖母がくれた言葉を心に刻み込む。人間とあやかしの生きる時間は異なるものだ。彼らが年を取らずにいる間、碧梨の時間はめまぐるしく過ぎていくのだ。

「視線が鬱陶しい」

琥珀が不機嫌そうに言ったことで、碧梨の目が覚める。

「なっ……人の膝を借りておいて」

「なんだ。文句があるなら、貸しを追加してもいいんだぞ。おまえは黙って従っていればいいんだ」

「はぁ……」

偉そうな態度は相変わらずだ。こちらは身動きがとれなくて困るというのに、悠々としている彼を見て、やっぱり撤回しようと碧梨はいきり立つ。しかしすぐ側ですぅすぅと寝息を立てている紫苑を見ていたら、その場でやることのない碧梨は、だんだんと眠くなってきてしまった。

意識が溶けかけて、かくりと身体が倒れそうになると、「仕方ないやつだ」とやさしい声が降りてきて、ふわりと甘い香りに包まれるのを感じた。

うっすらと瞼を開けてみれば、すぐ目の前に琥珀の顔がある。驚いて声をあげようとすると、琥珀に無言のまま睨まれ、碧梨は押し黙る。いつの間にか、添い寝状態になっており、二人の間には紫苑が挟まっていたのだ。

「……そのまま、黙って目を瞑っていろ。仕方ないから、今なら休暇を許可してやる」

パニックになりかける碧梨だったが、言われるままにこくんと頷き、勢いよくぎゅっと目を瞑る。その間も、心臓の音は駆け足になっており、その音は鼓膜を埋め尽くすほど激しくなっていく。それなのに、琥珀は何も動じない。それが、碧梨にはほんの少し悔しく、そして寂しくも感じていた。

琥珀には、何かに心を動かされるようなことはなかったのだろうか。今も、それは変わらないのだろうか。碧梨と同じように変わっていってほしいと願うのは、わがままな望みだろうか。これから先、王様と下僕ような関係ではなく、代筆屋を通して、彼ともっと心を通わせ合うことはできないだろうか。そんなふうに渇望している自分自身の変化に、碧梨は戸惑っていた。

■第四章　あなたへ捧げる恋のうた

三月も下旬になると、すっかり春めいてきた。日当たりのいい場所では黄色のタンポポ、薄紫のオオイヌノフグリ、雀色のツクシがあちこち群生《ぐんせい》している。

碧梨は社務所を離れ、事務用品と文房具を買いに出かけていた。ぐうたらな琥珀と違い、部屋にこもりっきりでは退屈だという紫苑をお伴に連れてきている。碧梨が代筆屋で働きはじめてから、かれこれ八か月になるところだ。今となってはすっかり慣れたもので、自分の生活の一部になってしまっている。しかし碧梨にとってはあっという間でも、あやかしの琥珀や紫苑にとっては変わらない日常なのかもしれない。

だからこそ、彼らは季節の移ろいをこよなく愛するのかもしれない。紅葉に続いてお花見も好きのようで、紫苑がとても楽しそうにしている。レインコートとニットキャップというアンバランスな格好をしているのも、可愛いのでまあよしとする。

ぶらぶらと歩くと、楽しそうに会話をしながら手を繋いでいるカップルが何組か通り過ぎていった。春休みだからか、とくに学生のカップルが多い。

「あったかいから、デート日和ですねぇ！」

紫苑は首をきょろきょろと動かしながら言った。

「そうだよね。羨ましいよねぇ」

茶飲み友だちみたいなノリで碧梨は返事をした。

二十五歳にもなって告白すらまともにできない碧梨は、恋人ができたら奇跡といっていいかもしれない。公園でカップルが仲睦まじく肩を並べあっているのを見ると、いいなぁと思ってしまう。

不意に、琥珀のことが思い浮かび、慌てて頭を振る。なぜ、一番に彼の顔が出てきてしまったのか、碧梨は自覚しているつもりだ。けれど、気まずくなるのが怖いので、紫苑にも言えずにいた。

「碧梨様も、ボクじゃなく、琥珀様と一緒の方がよかったでしょうか?」

丸い目にじいっと見つめられ、碧梨は思いっきり動揺する。

「ど、どうして琥珀が出てくるの」

「ふたりが並んでいたら、きっと皆が羨む素敵なカップルに見えますし」

「何言ってるの。働きもののポンちゃんが一緒の方が断然いいに決まってるよ」

今の発言は本心だったのだが、条件反射的に頬がじわっと熱くなったことで別の意味にすり代わってしまう。

「ボクには本音を言ってください。同志じゃないですか」

ぴょこぴょこ背伸びをしながら、むうっと不服な表情を浮かべる紫苑に、碧梨は申し訳ないと思いながらも、やはり打ち明けることができない。

「ほ、本当だよ」

そう言葉を濁すしかなかった。紫苑はこの頃やたら気を使う。あの添い寝の事件以来、碧梨が琥珀を意識しているのを察しているのかもしれない。碧梨の中で事件化されたあの出来事は、思い出すだけで今も恥ずかしい。

琥珀は何も言及しないけれど、もしも彼自身に気付かれてしまったら、どうしたらいいだろう。平静を装うことができなくなるかもしれない。そうなったら困るので、なおさら紫苑にも言わずに、自分ひとりの胸に秘めておく必要がある。

「皆でいたらもっと楽しいかもしれないなって思うけど、と、とにかく、お邪魔虫だなんて思ってないんだからね？」

疑り眼を向けられてしまったが、ようやく紫苑は納得してくれたようだった。

「ボク、思うんです。琥珀様も碧梨様と一緒にいるようになってから、やさしくなった気がしますよ」

にっこりと愛らしい笑顔を向けられると、なんて言ったらいいやらわからなくなる。

「ほんとにやさしくなったなら、私とポンちゃんのこと、下僕扱いしないよ？」

「それは、琥珀様の愛情の裏返しだと思います」

「なんだか今日はずいぶん琥珀の肩を持つのね。私たち、協定を結んだはずなのになぁ」

なんていうかゲームの味方がいきなり相手側に寝返ったみたいに感じられて、ちょっぴり悔しくなり、碧梨は拗《す》ねてみせた。

「そんなつもりじゃっ。今では碧梨様も僕にとっては大事な方ですよぉっ。嫌いにならないでくださいぃ」

「ならないから大丈夫」

「ほ、ほんとですか？」

「うん。ほんとう」

碧梨は言って、紫苑の頭をやさしく撫でた。

「紫苑くんは私よりもずっと琥珀と一緒にいるんだものね。今まで詳しく聞いたことなかったけど、あやかしになってから二人は出会ったのよね？」

「はい。ある日、神社の森に迷い込んでしまって、行くところがなくて困っていたボクに、社務所にいてもいいと言ってくれたのは琥珀様です。おかげで救われました。実は、家族とはぐれてしまったことはわかるんですが、それ以外のことを覚えていないんです」

「それって、まさか記憶喪失っていうこと……？」

「そうみたいです。だから、ひとりでいるのが不安で仕方ありませんでした。家族と会えるまでという約束で社務所にいさせてもらうことになったんです」

「そうだったんだ……」

いつも溌剌としている紫苑からはそんなそぶりを感じたことがなかったから碧梨は驚いた。家族とはぐれただけでなく、記憶がないなんて、さぞ不安だったに違いない。

「でも、ある日、家族はもうとっくに現世にはいないということを知りました。ボクは家族を強く思うばかりに魂が未練に縛られ、あやかしになっていたのだそうです。琥珀様が本当のことを教えてくれました。それ以来、ボクは琥珀様に仕えることにしたんです。たまに理不尽なこともありますけどね！　あ、ちなみに、紫苑という名前は、琥珀様がつけてくれたんですよ。なんでも花につけられた花言葉に『君を忘れない』という意味があるのだそうです。あとで調べたら『遠い場所にいる人を想う』とか『愛の象徴』という意味があるそうですよ」

紫苑は得意気に言った。

「琥珀がつけてくれたんだ。意外すぎてびっくり。それに、花言葉、君を忘れない……って、素敵な言葉だね」

「はい。とても気に入っています。琥珀様は、なかなか呼んでくれないのですけど」

たしかに。普段はポン吉と言う。たまにポンコツとまで言うのだからひどい。

「私もこれからポンちゃんって言わない方がいいかな？」

「碧梨様だったらいいですよぉ。今ではその呼ばれ方も気に入っているんですから」

紫苑はうれしそうに頬を緩ませた。

碧梨は紫苑のその話を聞いて、琥珀は傲慢に見えて、根がやさしいのだろうなというのを改めて感じていた。普段は俺様王様の上から目線でとんでもないことを言うけれど、なんだかんだと碧梨を気にかけてくれるし、危機のときには助けてくれる。ひとりぼっちで、行き場のなかった紫苑のことも放っておけなかったのかもしれない。添い寝のときだって、紫苑が幸せそうに眠っているのを邪魔しないようにしていた。そういう些細なところでやさしさを感じることがあるのだ。

人間に対して一定の距離を保ち、どこか心の壁を作っているような彼の飄々《ひょうひょう》とした雰囲気は出会った頃から変わらないが、少しずつ気を許してくれているように思う。だから、もっと琥珀のことを知りたいと思うのだけれど、彼については未だにわからないことづくしだ。ただ、祖母と知り合いだという事実が、碧梨との接点になっているということだけ。それすらも本当なのか嘘なのか、はぐらかされたままなのだ。

碧梨はこれまでに出会ったあやかしのことを思い浮かべた。紅緋は結ばれなかった恋人、紫苑ははぐれてしまった家族。

現世に対するなんらかの強い未練が、あやかしという姿に変えられてしまうきっかけになるのだろうか。

一方、雪女の由紀乃は、遭難した人間が見た幻から生み出された存在らしいが、彼女もまた恋い焦がれる男性と、その娘に対する愛情ゆえに現世に縛られていた。

では、琥珀の場合はどんな事情があるのだろうか。

「ポンちゃんと出会う前に琥珀がどんなふうにしていたか知っている？　代筆屋をはじめた理由とか、そういう話は聞いていないの？」

「それは僕にもわかりません。居心地がいいから住み着いたのだとしか……」

それはなんとも琥珀らしい理由だ。

「あ、でも、琥珀様は誰かと約束をしているみたいでした。それも逆らえない相手だとか」

「約束……逆らえない相手？」

穏やかではない事情に、碧梨は眉をひそめる。幽世で他のあやかしに一目を置かれているような彼が逆らえない相手とは、いったいどんなおそろしい存在なのだろう。

「まさか、私達を下僕扱いするのは、その鬱憤《うっぷん》を晴らすためじゃないよね？」

「あはは、どうでしょう。でも、よく愚痴をこぼしていました。それが誰なのかは教えてもらっていないので、ボクもわからないです」

「ポンちゃんにも教えられないことなら、なおさら私には教えてくれないよね」

碧梨はため息をつく。

この先、琥珀が完全に心を開いてくれることはあるのだろうか。そう考えたとき、群れからはぐれた魚が、知らない海をさまようような心細い気持ちになってしまった。

日々、琥珀と紫苑が側にいることを当たり前のように思うようになっている自分がいる。だから、いつまでも他者を寄せつけない距離感のある彼になおさらもどかしさを感じるのかもしれない。

「知りたい……のですか？　琥珀様のこと。では、碧梨様は主をお嫌いではないのですよね？」

紫苑がじっと見つめてくる。

「そ、それは、何も知らないままでいるよりは、知っておきたいと思うよ。おばあちゃんとの関係だって、未だにわからないままなんだもの。頭にくることはたくさんあるし、理解できない行動はあるけど、別に嫌ってなんかないよ」

碧梨がそう言うと、紫苑はホッと胸を撫で下ろしたようだった。

「ボクは、碧梨様と琥珀様が仲良くしていると嬉しいです。きっと琥珀様も碧梨様に、いつかはきっと教えてくれると思いますよ」

「そうだといいな。ありがとう、ポンちゃん」

信濃《しなの》川に繋がる鳥屋野潟《とやのがた》をぐるりと囲むように植樹された桜の木を眺めると、膨らんだ蕾《つぼみ》から薄紅色の花が開きかけているのが見えた。今週末には四月に入るし、そろそろ開花して、来週には五分咲きくらいまでいくのではないだろうか。

新潟の桜は、市内なら四月中旬にだいたい見頃を迎える。満開に咲くようになったら、みんなでお花見をするのはどうだろう。温泉のときに出かけて以来、寒さにかこつけて社務所に閉じこもりがちだったから、たまには気晴らしにいいかもしれない。

そんなことを思いながら歩いていると、古いスケート場に突き当たる。建物をよけるようにまわり道をしようとすると、声が聞こえてきた。

最初は風のざわめきが鼓膜を震わせているのだと思った。

だが、どんどんそれは大きく近づいてくる。

『……ねえ、聴こえる？』

「ごめん。ポンちゃん、今何か言った？」

「え、ボク何も言ってませんよ？」

碧梨は足を緩めた。

『あの、話を聞いてもらえない？』

「ほら、今……」

「ボクじゃないですよ。女性の声です！」

「女性？」

碧梨は辺りを見回した。

『ねえ、そこのあなた！　私のことが見えない？』

声の聞こえる方に焦点を定めようとすると、まだ満開でもないのに花霞《はながすみ》になっているように視界がぼやけた。目を凝らすと、桜色のフリルのミニドレスを着た女性がもじもじと木の陰に隠れて、何かを言いたそうにしている。

「あ、ほんとうだ。いた」

彼女が着ているミニドレスは衣装っぽい。もしかしてフィギュアスケート選手だろうかと思ったのだが、すぐにその考えは打ち消された。

彼女は陽の光に透けていた。ふわふわと風に吹かれたら消えてしまいそうな淡い光の中に存在しているのだ。彼女もまたあやかしだろうか。だとしたら、何のあやかしだろう。

「あなたは……？」

『よかった！　気付いてくれた。私は撫子《なでしこ》っていうの。ほら、スケートリンクの奥にシンボルになっている女神の像があるでしょう？　このスケート場を見守っているうちに魂をもらったのよ』

彼女は必死に指をさす。半開きになったスケート場の入り口から中を覗くと、フィギュアスケート選手をイメージしたと思われるかわいらしい女性の銅像があった。スケート場のシンボルとして建立されたのだろうか。彼女と同じ衣装を着ている。

「ほんとう。あなたとそっくり」

「彼女のようなあやかしを、付喪神《つくもがみ》っていうんですよ。人の持ち物などに宿る付喪神は多いですが……珍しいですね」

紫苑が横からこっそり教えてくれる。

『ここのスケート場がたくさんの人に愛されてきたからだわ。でも、だいぶ古い建物だから移転するらしくて、ここはまもなく取り壊されてしまうの』

取り壊しと聞いて、碧梨と紫苑はハッとする。

モノに宿るのが付喪神といわれる存在であるのなら、彼女は……。

なんて言ったらいいか困っていると、撫子は悲しげに俯いた。

『この場所がなくなってしまえば、私は消えてしまうわね』

碧梨は言葉が見つからないまま彼女を見つめる。すると、撫子は急にあわあわと慌てはじめ、身振り手振りで何かを伝えようとする。

『あ、違うの。ごめんなさい。そんな顔をしないで。ちっとも悲しいっていう気持ちはないのよ。私、たくさん思い出をもらって幸せだったもの』

「でも、声をかけてきたっていうことは、何か思い残すことがあるんじゃないですか？」

『ええ。実はひとつだけ心残りなことがあるの。その、私はここから動けないから、ある人に伝えたいことがあって、伝言をお願いできないかしらと思って……』

撫子の話を聞いて、紫苑が張り切ったように口を挟んだ。

「そういうことならボクたちにおまかせください。実は、代筆屋のお仕事をしているんです。ねえ碧梨様」

張り切る紫苑に同調し、碧梨も頷く。

「そうね。力になれることがあれば、協力するよ」

『だいひつやさんって？』

彼女はきょとんとした顔をして首をかしげる。

わざわざ調べて辿り着く人もいれば、代筆屋と聞いてすぐにピンと来ない人もいる。

社務所を初めて訪れたときの碧梨もそうだった。

碧梨は撫子のために簡単に説明することにした。

「依頼者の代わりに手紙を書いたり、相手に届けたりするお仕事なの。もしよかったら私があなたの代わりにその人へお手紙を書くよ」

撫子は弾かれたように頬を桜色にする。

『ほんとう？　わぁ、話しかけてみてよかった！』

ピンク色がよく似合う明るくてかわいらしい撫子に、碧梨は新学期になってさっそくできた友だちと接しているようなほんわかした気分になった。

「どんな手紙を届けたらいい？　撫子さんのお話を聞いて、私が代筆をするから、伝えたいことを教えてくれる？」

『ええと、でも、いいのかな……』

撫子は口ごもる。彼女の頬がさらに濃いピンク色に染まっていく。

「伝えづらい相手なの？」

もじもじしながら彼女は声を潜めて言った。

『あ、あのね、実は、相手は……男の人なの』

「ということは、ずばり恋文ですね！」

紫苑がおおいに盛り上げるものだから、彼女はきゃあっと恥ずかしそうに顔を両手で隠している。

『恥ずかしいから、そんなふうに言わないで。ねえねえ、ミドリちゃんにも好きな人、きっといるでしょう？』

恋愛慣れしていない碧梨はこの手の話題には弱い。

「わ、私は今のところはいないよ。告白したこともないし……されたこともないし」

『うそーミドリちゃんみたいな可愛い子が彼氏いないなんて信じられない。きっと周りの男性に見る目がないのよ、大丈夫。きっとそのうち運命の恋、見つけられるはずよ！』

撫子は碧梨のことを慮って励ましてくれる。

「あ、ありがとう。そうだといいな」

『うんうん、きっと、絶対！　私、応援するわ！』

光に透けない限り、彼女は普通の女の子と変わりがないように見える。まさか付喪神の女の子と恋バナをすることになるとは思わなかった。

片思い相手への手紙の依頼となると、碧梨までなんだか胸がドキドキしてくる。これまで色々な代筆を請け負ってきたが、いつも依頼者に成り代わる気持ちで手紙をしたためてきた。碧梨はまた彼女の恋する想いを感じとりながら、相手にラブレターを書くことになるだろう。想像するだけでもう甘口のシャンパンを一気に呷ったみたいな高揚《こうよう》感に見舞われる。

「私のことよりも、撫子さんの好きな彼は、どんな人なの？」

『彼、朝霧柊哉《あさぎりしゅうや》くんっていうんだけどね、とにかくかっこよくてすてきな人よ』

聞いたことのある名前に即座に反応し、碧梨は目を丸くする。

「え、朝霧柊哉くんって、もしかしてフィギュアスケート選手の⁉」

『そうなの！　氷の上にいるときの彼は本当にもう王子様みたいなの！　たくさん好きなところがあるから、一言ではあらわしきれないくらい』

撫子の表情から、その人のことが本当に大好きなのだと伝わってくる。

朝霧柊哉選手といえば、地元の大学に通う十九歳で、これからオリンピックでの活躍が期待されている人物だ。ジュニア大会では何度も優勝を重ね、シニアにあがってからも国際大会で銀メダルをとっている。

昨年の世界フィギュアスケート選手権大会は残念ながら怪我《けが》のため欠場することになり、次は金メダルを目指し、次の大会に向けて調整を重ねているというニュースが流れていたのを碧梨は見たことがあった。

朝霧選手はたしかに王子様と形容されるにふさわしい、甘いマスクをしている。フィギュアスケート選手としての実力も申し分ない。ジャンプの成功率はもちろんのこと、まだ十九歳とは思えない艶のある演技力が魅力的だと高い評価をされているようだ。

『柊哉くんはね……私を生み出してくれた人なの。彼がスケートをはじめた小学生のときから知ってるわ。ずっと彼と一緒に過ごしてきた気分だった。笑った顔、悔しそうな顔、嬉しそうな顔、楽しそうな顔、無邪気な少年から少しずつ青年へ、逞しく成長していく姿を……ずっと見つめてきたわ』

遠き日を懐かしむように、撫子は語る。

『彼はいつも練習の終わりがけに、ありがとうって言ってくれて、キスしてくれた。私のことをとっても大切にしてくれていた』

直接というわけではないにしても、キスという言葉が急に飛び出てきて、恋愛ごとに長けていない碧梨はつい頬を赤らめてしまう。

すると、彼女も同じように頬を紅色に染めて、ふふっと軽やかに笑った。

「えっと、朝霧くんは、今もここに来ているの？」

気恥ずかしくなった碧梨は、話の続きを急かす。

撫子はううんと首を横に振った。

『噂だと、大学の近くに新しくできたアイスリンクがあって、今はそこがホームリンクみたいなの。コーチの教え子がたくさんいるみたい。それに、世界各地の大会に出ているから、彼がここへ立ち寄るのは地元に戻ってきたときに自主練習するくらい。少なくとも一年くらい……もうしばらく姿は見ていないわ。新しい子に妬けちゃうわよね』

撫子はそう言い、しゅんと落ち込んだ顔をする。

「撫子さん……」

『あ、でも、きっと元気でいると思うの。時々ここに来る子たちが、噂話をしているのをこっそり聞いたり、ベンチに置かれていた雑誌を覗いてみたりするくらいしかできないけど、すっごく活躍しているみたい。だって彼は努力家だもの。ストイックに取り組んできた成果よね』

好きな人のことを語る撫子は輝いていた。彼女のように見ている人がいてくれるということはすてきなことだと思う。ラブレターを代筆するのなら、彼女の想いがありのまま彼に届けられるように努めたい。

『会いたいな。でも……いつ来るかなんてわからない。ここを取り壊すことをあの人は知らないものね。私に魂を与えてくれた彼に、ありがとうって伝えたい。大好きだって……最後に伝えたい』

思い詰めたように言ったあと、撫子はハッとして慌てて謝ってきた。

『私ばっかりお喋りしちゃってごめんなさい。それに、今どこにいるかもわからないのに届けてほしいなんて無茶なことを言ってるわよね』

「ううん。事情はわかったよ。きっと彼に手紙を渡せるようにする」

『ほんとうに？』

「ええ。きっと、『不思議な代筆屋』にしかできないことだと思うから……ね、ポンちゃん」

「はい！　もちろんです」

紫苑は張り切って返事をする。

『ありがとう。碧梨ちゃん。それから君も』

撫子は嬉しそうに声を弾ませた。

まずは琥珀に説明をしておかなくてはならない。それと代筆するための道具を持ってこなくては。それから碧梨は、いったん戻ってからまたここへ来ることを撫子に告げ、紫苑と共にその場をあとにした。

社務所に戻った碧梨は、琥珀に相談しようと声をかけようと思ったのだが、彼の姿がなかった。ふと、机の引き出しがわずかに開いていたことに気付く。閉めておこうと思って近づくと、隙間から封筒が見えた。

碧梨は、差出人の名前を見て驚いた。なぜなら、東雲ハナエという名前が書かれてあるからだ。思わず引っ張り出し、裏を返して宛名を確認すると、琥珀宛ではなく、碧梨宛になっていた。

封は開けられていない。ということは、最初にここに持ってきた手紙とは違う。碧梨が持っていた今までに届いた二通とも違う柄だ。それから、切手には消印が押されていなかった。つまり、この一通は、郵便局をまだ通っていないということになる。ということは。

（どういうこと――？）

混乱していると足音が聞こえ、碧梨は顔を上げる。振り返ると、琥珀が立っていた。

「ねえ、琥珀。これ……おばあちゃんの手紙だよね。どうして、あなたが持っているの？　この手紙……消印がないよね？　ずっと不思議だなって思ってたの。もしかして、今まであなたが手紙を書いて投函していたの？」

動揺のあまり碧梨は捲し立ててしまう。琥珀は、戸惑ったようにこちらを見下ろしているだけで答えない。その姿を見て、ある可能性に思い当たった。

「まさか、知り合いだっていうのも、やっぱり嘘で……やっぱり、私を利用するつもりで……騙してたの？」

琥珀の眼が一瞬見開かれたと思うと、細められた。その変化に思わず、碧梨は口をつぐむ。明らかに気配の変わった琥珀は、意地悪気に口をゆがませた。

「……そうだ、俺は、最初からおまえを利用してやるつもりでここにおいた。ただ、それだけだ。騙されたおまえが悪い。気付かなければよかったものを。残念だったたな」

冷たく言い放つ彼を前にし、指先が冷えていくような感覚を抱く。

最初こそ相容れない関係だったかもしれないけれど、代筆屋の仕事を通して、仲間として気持ちを通わせてきたと思った。何より、彼の隠れた温かさに惹かれ始めていた。でも、それもすべて嘘だったというのだろうか。そもそも、そう考えること自体、碧梨の思い違いだったのだろうか。

何かを言わなくては、と焦燥感に駆られるが、これ以上口にしたら、もっと壊れてしまいそうで怖くて、何を言ったらいいかわからなくなってしまった。

すると、琥珀が碧梨の顎をぐっと掴んだ。彼の瞳が獣のそれになっていた。

「この間から俺に何を期待しているのか知らないが、おまえも最初の頃にさんざんな目にあったことを憶えているだろう？　これ以上しつこく食い下がるなら、俺はおまえに何をするかわからないぞ。いいのか？」

「琥珀様っ……おやめください」

紫苑が必死に止めようとするが、振り払われてしまう。

「おまえは黙っていろ、紫苑」

「あっ」

紫苑がうずくまっているのを見て、碧梨は動こうとしたが、琥珀がそれを許さなかった。

琥珀は瞳孔を険しく細め、碧梨を睨みつける。それは、今にも射殺さんばかりの鋭い視線だった。怯えるつもりなどなかったのに、あまりの凄味《すごみ》に、碧梨はびくりと震えてしまう。琥珀はそれを見て、一瞬だけなぜか彼自身が傷ついたような顔をした。

「ふん。結局、おまえは人間だ。俺とは違う。貸しは返したことにしてやろう、もうおまえには用はない。今すぐに出ていく準備をするがいい」

琥珀は低い声でそう言い、背を向けて去っていく。

「……琥珀」

言葉が出てこず、心臓が早鐘を打っている。この数か月で築き上げてきたものが、崩れてしまったようなどうしようもない虚脱感に見舞われ、残された碧梨はその場に頽れた。

しばらく放心していた碧梨はハッとして紫苑に駆け寄る。

「紫苑くんっ。大丈夫？」

案じていたとおり、紫苑は涙をこぼしていた。

「……ボクは、大丈夫です」

「紫苑くん……おいで。怪我はしていない？」

「初めて、です」

「え？」

「琥珀様が、ボクの名前を呼んでくださいました。でも……」

ぐすぐすと紫苑が泣いている。その気持ちが碧梨には伝わってきた。

「そうだね。あんなときに……呼んでもらっても、嬉しくないよね」

「うぅ、碧梨様。出ていかないでください」

「ごめんね……」

紫苑に何と返せばよいかわからず、碧梨はうな垂れた。自分の居場所だと感じ始めていた場所。でも、琥珀に出ていけと言われてしまえば留まる理由はない。もうここにいられないのだろうか。琥珀の言葉の何を信じてよいかもうわからない。

その晩、琥珀は結局帰ってこず、夜が更けていった。


翌朝、社務所を出たあと、碧梨はまっすぐに撫子のいるアイスリンク場を目指した。

社務所を出ていく決心もつかないまま、その道すがら、琥珀の様子が何度も浮かんでは消えていった。琥珀は自分を利用していただけだと言ったが、それが本当なら祖母の手紙を使ったことは許せなかった。一方で、琥珀の表情が頭にこびりついて離れない。

（とりあえず落ち着こう。こんな気持ちじゃ代筆することなんてできないよ）

心が乱れると文字が乱れる。心がないまま書いた文字には、何の感動も生まれない。文字は生きている。依頼者の心に触れ、文字に息吹を与えるべく筆を動かすのが代筆屋の仕事だ。今後どうなったとしても、これが代筆屋として最後の仕事になってしまうとしても、碧梨は代筆屋として、今すべきことがあるのだ。

碧梨は撫子に会いにいき、彼女に手紙に綴る内容を尋ねた。

「そうだなぁ。彼のことは、いくら喋っても足りないくらいよ。まとまりつかなくなっちゃうかしら。それに、なんだか急に恥ずかしくなっちゃって……」

撫子は頬を赤らめる。本当に恋をしているんだなと思うと、微笑ましい。

「撫子さんが、彼に一番伝えたいっていうメッセージを聞かせてもらえる？」

照れながら彼女は彼との思い出を教えてくれた。そして、アイスリンクの見学スペースにある休憩所で、下書きにまとめたものを丁寧に清書することにした。

（どんなふうに印象づけようかな）

碧梨は撫子のイメージカラーを意識して便箋を選び、筆箱から幾つかのペンを取り出した。

今回は万年筆や筆ペンではなくて、キラキラした衣装をモチーフに、ラメの入ったインク式のボールペンを使ってみたらどうだろうか。子どもっぽすぎるパステルカラーではなく、黒や青といったはっきりした色でもなく、年相応のやわらかい雰囲気がでるような……茶系がいいかもしれない。

ピンクと茶色は調和しやすく、やさしい色合いになるはずだ。彼女の真心や彼を大切に思う気持ちがきっと伝わると思う。

撫子の募る想いを手紙にしたためたあと、碧梨はさっそく翌日から彼女の想い人である『朝霧柊哉』の情報を求め、聞き込みを開始した。取り壊しは一週間後に迫っていたが、彼に辿り着けないまま瞬く間に五日が過ぎた。

有名なスケート選手だし、いくら碧梨がフィギュアスケートに疎い人間でも、関係者に聞けば連絡がつくと思ったのだが、実際はそう簡単にはいかなかった。

彼が通っている大学や卒業した高校をそれぞれ訪問すると、どういう知り合いなのかと尋ねられ、面識がない人に取り次ぐことはできないし、本人の承諾なく個人情報を勝手に教えられないと拒まれてしまったのだ。

ファンがそういうふうに偽って押しかけてくることがあるので困っていると嫌な顔をされてしまったので、碧梨はしかたなく引き下がるほかになかった。

その後、別の関係者に辿り着けないかどうか、彼の情報をネットで調べた。直接連絡を取るのは無理でも居所がわかれば、足を運んで声をかけることができるだろう。そう思ったのだが、彼はSNSなどをいっさいやっておらず、めぼしい情報は得られなかった。いったん日を改め、スケート場にいた人たちにも話を聞いてみるが、連絡先を知っている人は見つからなかった。

最後のひとりに御礼を言って離れたあと、誰もいなくなったアイスリンクを眺めていたら、奥から係の人らしい初老の男性に声をかけられた。

「一般開放の時間はとっくに終わっているよ」

「あ、ごめんなさい。すぐに出ます！」

「君、この間から毎日来てるって噂されてるよ。すごい熱心だね。朝霧選手も地元のファンがいるのは嬉しいだろうけど、ここにはもうしばらく顔を見せていないよ。かっこいいもんなぁ、彼。最近ファンになったのかい？」

「あ、いえ。あの、事情があって、色々とインタビューをしたかったんです」

「へぇ。なるほど。仕事の追っかけだったのかい。朝霧選手だったら、去年の今頃くらいに渡米しているんじゃなかったかな？」

「うそ。じゃあ今はアメリカに……」

そうきたか、と碧梨はショックを受けた。

せめて日本にいるならまだ情報を頼りに追いかけられたのに。

「あの、ちなみに、アメリカのどこのリンクで練習しているとか、そういう情報はありませんか？」

うーんと、男性は眉根を寄せる。

「さてねぇ。そういうのは非公開にするもんじゃないかい。ほら、君みたいなマスコミやファンの子が押しかけると困ることもあるだろうし」

「……すみません」

碧梨は面目なくて肩をすくめる。

「ははは。まあ、それは冗談だとして、彼、しばらく前に故障しただろう？　その後、内密に復帰練習するために新しいコーチのところに行ったっていう話を聞いたよ。今もそこで、次の大会に合わせて調整しているんじゃないかな。国外のニュースはなかなか入りづらいから、ファンとしてはやきもきするだろうね」

「そうですね……」

「まあ、そのうち日本でも大会はあるし、朝霧くんはジュニア時代から実績を残してきているし、才能がある人だ。まだ十九歳だろう？　若さがある。きっと復活するさ。だからそうがっかりしなさんな」

すっかりファン認定されてしまったようだ。けれど、おかげで話を聞けた。

「色々聞かせていただき、ありがとうございました」

男性に見送られ、碧梨はお辞儀をし、その場から立ち去る。

完全に望みを絶たれたということだろうか。碧梨はどうしたものかと途方に暮れた。

不意に、琥珀の顔が浮かんだ。だが、今は彼を頼れない。無意識に助けを期待している自分に気付かされ、なんだかとても心細くなってしまった。


収穫がないまま碧梨が帰宅すると、暗がりにパッと電気がつき、紫苑が慌てたように出迎えてくれる。

「おかえりなさい。碧梨様」

「ただいま。琥珀は？」

「それが……今日もまだ帰ってきてないんです」

「そう……」

「で、でも、きっとどこかで遊んでいて、すぐに帰ってくると思いますよ！」

「そうだといいね。じゃあ、一緒にご飯たべようか」

「はい！　お手伝いしますね」

「うんと、ちょっとだけ、お願いね」

「はぁい」

夜が明けて、翌日になれば、琥珀はきっと何でもないような態度をとって、戻ってきてくれるのではないかと心のどこかで期待していた。けれど、あれから六日が経っても琥珀は戻ってきていなかった。

琥珀が消えてから六日、不安は日に日に高まっていく。怖いと思う反面、会いたくてたまらない自分が歯がゆい。でも、会えば傷つくだけかもしれない。このまま留まれば、琥珀が帰ってこないかもしれない。それは紫苑に気の毒だ。この案件が、終わったら社務所を出よう。

そうこうしているうちに、アイスリンクの取り壊しの日が二日後に迫ってきていた。碧梨は後ろ髪引かれる想いで、翌日また朝霧選手の情報を探しに出かけた。

朝霧選手の実家を知る人はいないか、彼の友人を探すために大学に潜り込んだものの、手がかりはまったく得られなかった。新しいホームリンクも訪ねてみたが、やはり取り合ってもらえず、彼の居所は一向にわからないまま時間が過ぎるだけだった。

（どうしよう。あと一日……時間がないよ）

今の世の中、簡単に繋がりを持てそうなのに、個人情報については堅く守られていて、そこがネックになってしまっている。街の中に飾られたポスターに彼の名前と顔が映っているのを見つけるたび、もどかしい気持ちになる。

（朝霧柊哉くん……どこに行ったら連絡がとれるんだろう）

ギリギリまで粘るつもりだが、それでも情報が得られない場合は、撫子に事情を話すほかない。彼女をがっかりさせたくなかったのに。最後に願いを叶えてあげたかったのに。

それに、これは撫子だけの願いではない気がした。

彼に魂をもらったという撫子の話からすると、きっと彼だってここのアイスリンクに思い入れがあるはずなのだ。だったら、最後に見届けたいと思うのではないだろうか。取り壊しが決まったのは最近だというから、彼が渡米したままだとしたら、きっと彼はかつてのホームリンクの事情を知らないのだろう。知らないまま取り壊されてしまったらショックを受けるだろう。

（この手紙の行き場がなくなっちゃったら……どうしたらいいんだろう）

このままでは、彼を恋慕い、大切に想っている気持ちだけが残されたまま、撫子は消えてしまうことになる。そんなのは寂しすぎる。

碧梨はその日、社務所に戻る気にはなれず、ぷらぷらと街を歩いた。もちろん口コミとネットを使って情報収集するのも忘れなかった。が、結局は収穫ゼロだった。

落ち込んだ気分で社務所を目指す。階段がやけに長く見えるのは、碧梨の気分がそうさせているに違いない。ふと考える時間ができると、琥珀のことばかりが思い浮かぶ。

いったい彼はどこに行ってしまったのだろう。幽世でまた遊びほうけているのだろうか。それとも、もう戻ってくるつもりがなかったらどうしよう。そんな不安が湧き水のように胸に広がっていく。

社務所に到着すると、紫苑が碧梨の様子を見てびっくりしたらしく、転がるようにやってきた。

「碧梨様！　どうしたんですか？」

「あ、ちょっと靴ずれしちゃっただけよ」

碧梨が足首のあたりを気にすると、血の滲んでいる部位を見て、紫苑はまた転がるように社務所の奥に駆けてゆく。

「待ってください。ボク、すぐに準備します！」

「そんな過保護にしなくたっていいよ。自分でできるから平気」

「薬箱もってきましたよ！　わぁっ……血がいっぱい」

おろおろする紫苑が救急箱の中をあれこれ探しはじめた。しかし見つけられないらしい。

「あの、消毒液だったら、ここに……」

先に見つけた碧梨がそう言うと、
消毒液のボトルをひったくる。そして、コットンにふくませたあと、傷口をそっとなぞった。

「ひやっ。しみる……っ」

碧梨は悶絶しながら、必死に耐える。

「ちょっとの辛抱ですよ。がんばってくださいー」

一騒動したあと、お風呂を沸かす気にもなれず、その日の夜は布団に転がり込んだ。

疲れを癒やすために早く寝ようと思うものの、不安ばかりがいっぱいでその夜は寝つけなかった。

せっかく撫子の想いを手紙に綴ったのに、相手に渡せないままになったら、この手紙はどうしたらいいのだろう。事実を知ったら、撫子はどんな顔をするだろうか。

幸せそうに彼のことを話し、そして寂しそうにアイスリンクを見つめていた彼女のことを思い出すと、心臓が糸できつく括りつけられたみたいに、きりきりと痛くなってくる。

たとえ一緒になれないとわかっていても、運命が人とあやかしを分かつことになっても、紅緋みたいに想いを伝え合えるふたりになってほしかった。同じように、碧梨も、琥珀があやかしだとしても、想いを通わせ合えるようになりたかった。それは、叶わない望みなのだろうか。


翌日、重たい足取りでスケート場に行くと、昨日まではなかったショベルカーやダンプカーなどの重機が待機していた。解体工事のお知らせという看板が立てられており、いよいよかと思うと、碧梨はいたたまれない気持ちになる。中はいったいどうなっているのだろうと心配しながら駆けつける。

すると、他にも誰かがいたようで、その人物が振り返る。碧梨はその人の顔を見るなり「あっ」と思わず声をあげてしまった。なぜならこの数日ずっと捜し求めていたフィギュアスケート選手の朝霧柊哉だったからだ。

これで、撫子の想いが彼に届くかもしれない。否、絶対に届いてほしい。

碧梨は期待に胸を膨らませながら、彼のもとへと急いで駆け寄った。

「あの、すみません。朝霧柊哉さん、ですよね」

「えっと、君は？」

「代筆屋の小林碧梨と申します。渡米されていたんですよね。いつ戻っていらっしゃったんですか？」

「来月のはじめごろにロシアで世界選手権大会があるから、いったん日本に戻ってきていたんですよ。そしたら、ここが取り壊しになるって言うから、最後にこの場所を見に来たんです」

「そうだったんですか。よかった……じゃあ、最後に……間に合ったんだ」

碧梨が撫子の姿を捜すと、朝霧が不思議そうな顔をする。

「あの、代筆屋さんというのは……僕に、何か用事でしょうか？」

碧梨はハッとしてバッグの中に忍ばせていた手紙をあらためて彼に差し出した。

「実は、ずっと、あなたのことを想っていたある女性から代筆を承っていました。これはあなたへの手紙です。どうか、受け取っていただけませんか？」

「えっと、ファンの子っていうことかな？　もちろん応援してくれるのは嬉しいんだけど……」

朝霧は困惑している様子だ。それも無理はないだろう。しつこい追っかけと思われて引いてしまうのも無理はない。どうしよう。マイナスのイメージを与えたくないのに、すぐには言葉が見つからない。

「いえ、あの、なんて説明したらいいか……」

と、そのとき。

視線を感じ、そちらを見ると、そこには撫子の姿があった。ちょうど、銅像の側に彼女は待機していたのだ。

「撫子さん」

『柊哉くんの、声がしたから』

撫子が愛しそうに彼の名を呼び、側にそっと寄ってくる。嬉しそうに頬を染め、そして涙を浮かべていた。撫子は朝霧に触れたそうにしている。しかし当然、朝霧は気付かない。

「そっか。アイスリンクのことを撫子って呼ぶの、僕たち選手以外にも、伝わっているんですね」

碧梨が撫子のことを呼んだのを聞いて朝霧はそう言い、アイスリンクの方へと目を向けた。どうやら彼は勘違いをして、そう受け取ったようだ。

「あの、どうしてアイスリンクのことを撫子って……命名されたんでしょうか」

碧梨は気を取り直し、彼に訊ねた。

「あぁ、最初は命名なんて大それたことじゃなかったんですよ。僕がまだ九歳のノービスクラスだったとき、フランス人のコーチから、大会に出るようになったら、願掛けにアイスリンクに女性の名をつけるといいとか言われて」

懐かしむように朝霧は目を細めながら、白い吐息をこぼす。

「フランス語って女性名詞と男性名詞があるんですよね。たとえばほら、豪華客船なんかもクイーン・エリザベスとか、船に女性の名前をつけるでしょう？　それに、航海の無事を祈って、船首像に女神像をとりつける風習がある。同じ要領で、水や氷は女性名詞ですから、アイスリンクを女神に見立ててるんだって。ちょうどここには女神像がありましたし」

朝霧はそう言い、ちょうど撫子がいるあたりから、女神像の方へと視線を向ける。

「コーチの愛弟子といわれる選手も恋人のミシェルという名をつけたそうですよ。じゃあ僕は、日本らしく大和撫子だなっていうところから、ほら、シンボルの女性像もそんな感じがしませんか？　それ以来、僕はアイスリンクを含めた彼女のことを撫子って呼んでいます。そしたら周りの同年代の選手もいつの間にかそんなふうに呼ぶようになったっていう感じですね」

碧梨はそっか……と納得した。

彼が想ってくれていたからこそ自分は生まれたのだと撫子は言った。

撫子という名は、彼がつけてくれた名前だったのだ。

「今でも僕はここが本当の意味でのホームリンクだと思っています。小学生の頃からずっと共に歩んできたパートナーとも言えますね」

「大切な場所だったんですね」

「はい。でも、そっか……だいぶ古い建物だから、氷の女神も……見納めになるんだな」

　しみじみといったふうに朝霧はスケート場を見回した。

　きっと、思い入れのある彼になら、撫子の想いは伝わるはずだ。碧梨はそんなふうに思う。

「朝霧さん、この手紙は、実は、その撫子さんがあなたへの想いを綴ったものなんです」

「……え？」

　朝霧は戸惑い、そして碧梨をじっと見た。何を言っているのだろうと思ったかもしれない。あやかしが視えない人間なら、当たり前の反応だ。けれど、碧梨は言い訳をしなかったし、余分な説明を挟むのはやめた。

　どうか伝わってほしい。彼女を大切に思っていたなら、魂を与え、名を授けた彼ならばきっとわかってくれるはず。その一心で、彼に願う。

「どうか、この場で読んでいただけませんか？」

朝霧はやはり戸惑っていたけれど、いやだとは言わなかった。その場でそっと封を開け、便箋を広げた。
ピンク色の撫子の花をイメージした便箋に、碧梨は可愛らしい字で、彼女の代わりに彼女から受け取った言葉を綴った。やわらかくあたたかい印象のあるペンの色を選んで。彼に恋をする彼女の気持ちになりながら。そんな恋文がついに想い人の手に渡る。

親愛なる朝霧柊哉様

お手紙でははじめまして。撫子です。いきなりこんな手紙を出したりしてごめんなさい。柊哉くんに読んでもらえていると思うとドキドキして手が震えています。
柊哉くん、今日は改まってお伝えしたいことがあります。あのね、私に「撫子」っていうかわいい名前をつけてくれてありがとう。おかげで私、この名前をとっても気に入っているわ。ただの形でしかない私だったけれど、あなたが息吹をくれた。魂をもたない私に生命をくれたの。嬉しかった。とっても。

昔、スケートなんて大嫌いっ。やめてやるって、よく言っていたことを憶えていますか？　練習でコーチに叱られて、大会で負けたら泣いて、二度ともう滑りたくないとまで言っていたわ。でも、負けず嫌いのあなたはけっして諦めなかった。思うように滑れないときも、あなたは努力を欠かさなかった。泣き虫だったあなたは、いつから涙をこぼす代わりに必死に練習をした。

練習を重ねるごとにジャンプがきれいに決められるようになったときの様子を、すごくよく覚えてる。だって、それくらい柊哉くんの笑顔がきらきらしていて、最高に素敵だったんだもの。何度もその笑顔が見たくて、私はずっとあなたの姿を目で追いかけていた。

あなたがプログラム用に選んだクラシック音楽もすごく大好きだった。音楽と一体になって演じる柊哉くんの姿が、とても格好良かったから、時が止まって、あなたの演技をずっと見ていられたらいいのにって思いました。

私にとって柊哉くんは王子様だった。でも、あなたは完璧な人で在り続ける必要なんてないの。一昨年はスランプで苦しかったでしょう。去年は怪我をして辛かったはず。今まで以上に思うように滑れなくなって、たくさんバッシングされて、落ち込んでいたこと、知っているわ。

でも、思い出して。成果も大事だけれど、私が愛していたのは、スケートを心から楽しむあなたの姿です。あなたの演技を見て、勇気や希望を貰った、それは観客も同じだと思うの。

それにね、きっと努力家の柊哉くんなら怪我も克服してブランクを乗り越えて、次の世界選手権ではきっと優勝できる。オリンピックでも金メダルをとれる。

アイスリンクの女神って言われている私が信じているんだもの。だから自信を持って。

柊哉くん、あなたは演技が終わるたび、どんなに辛くても苦しくても、いつも私に欠かさずありがとうって声をかけてくれましたね。嬉しくて楽しいときは、とびっきりの笑顔を見せてくれましたね。その瞬間、私がどれほどドキドキしていたか、知らないでしょうね。あなたが私の名前を呼びかけるたびに、どれほど心臓が飛び出そうになったかわからないでしょう。息をするのも苦しいと思うほどに、私はいつの間にか身を焦がし……人のように生きて、あなたに恋をしていた。あなたの声が近くに聞こえることが、私には泣きたいくらいに幸せでした。

今まで、たくさんの幸せな夢を見させてくれてありがとう。大切にしてくれてありがとう。私は、柊哉くんのスケートが好きです。柊哉くんのことが大好きです。あなたに命をもらった私は……短い間だったけれど、とっても幸せな人生でした。

柊哉くん、どうか、これから先もずっと、フィギュアスケートを大好きでいてね。

最後になりますが、これからも朝霧柊哉選手のご活躍を心から祈っています。

撫子より

手紙を読み終えた朝霧は息をのみ、それから氷の張られたアイスリンクを見守る女の子の像を信じがたいといった表情でじっと見つめた。

「……ほんとうに、撫子が……？」

「はい」と、碧梨ははっきりと答える。

「彼女は、まだ、ここにいるんですか？」

朝霧はあたりを見回す。側に撫子はいる。けれど、彼には視えない。視線が交わらない。こんなに側にいるのに。それが、もどかしい。

「いますよ。あなたには残念ながら見えなくても、手紙に書いてあったように、あなたのことをずっと応援していたんです」

そう、撫子の手紙はただ彼女の恋心を伝えるためだけのものではなかった。長い間怪我やスランプで苦しんでいた彼を、次の大会に向けてなんとか励ましたかったのだという。そんな彼女の想いが伝わるように、碧梨が必死に訴えると、朝霧は改めて手紙に目を落とした上で、「そっか」と、小さく呟いた。

「いや、驚いたけど、でも……」

　朝霧はそう言い、アイスリンクの入り口に手をかけた。

「十二歳で、初めてここでジュニアフィギュアスケート大会に出た日、スケートリンクに立った僕は、緊張で地に足がついていないような感じがした。失敗したらどうしようかと、怪我をしたらどうしようかと、色々なことが頭をよぎった。家族やコーチの期待を裏切ることになるかもしれない。そんなことまで考えた。それまで生きてきた中で、最大のプレッシャーだったよ。でも、ここから入場するとき、大勢の歓声やざわめきの中で、ふっと時間が止まったように感じた。そのとき、誰かが大丈夫と声をかけてくれた気がしたんだ。そしたら不思議と震えが止まって、おかげでいいスタートを切ることができた。あの日のことは忘れられない。あれは緊張するあまりに出た自分の心の声かと思っていたけど、もしかしたら今思えば……撫子の声だったのかもしれませんね」

朝霧は言って顔を上げた。

「……本当は次の大会は辞退しようと考えてここに来ました。怪我のあと、長いリハビリを続けるうちにある程度の技術は取り戻したけど、勘は戻ってこなかった。まだ僕に期待して待ってくれている人もいます。でもそれに応えて、次の大会でかつてと同じように踊れる自信はない。だから、もう辞めよう、そう思ってここに来たんです。でも……今手紙を読んで思い出しました。ここで滑っているとき、僕の頭にはファンもコーチも家族もいなかった。いつも心からスケートを楽しんでいたなって。返事を書く代わりに、僕ができることは……たったひとつだね」

朝霧は何かを心に決めたようにアイスリンクの方を見やる。

「氷はまだ張られたままだし、取り壊しになる前に、ラストステージとしてここで僕が滑ること、許してもらえないかな」

「そういうことなら私！　スケート場の管理者に話をしてきます」

碧梨は弾かれたように駆け出し、管理者に声をかけた。その人は、以前に朝霧が渡米したことを教えてくれた初老の男性だ。取り壊しまでの期間、現場の責任者を任されているらしい。世界の朝霧選手が地元のアイスリンクに戻ってきたことに驚きつつも、地元出身のフィギュアスケート選手の願いならということで、快諾してくれた。

「せっかくなら観客を呼び込めたろうに。見たいファンもいただろうに。まあ、いいさ。今、氷上清掃の係を呼ぶから待っていておくれ。かけたい音楽があれば、音源をスピーカーから流してみよう」

「ありがとうございます！」

さっそく碧梨は管理者を伴って朝霧の元に戻る。

「ありがとう。何の曲がいいかな。撫子はどの曲が好きなんだい？」

朝霧にはもちろん撫子の姿は視えていない。

『私は、何でも好きよ』

撫子の声は届いていない。

でも、彼にはもしかしたら届いているのではないかと碧梨は錯覚しそうだった。

「そうだな……せっかくだから、次の大会のプログラムの曲にしよう」

『ほんとうに？　うれしい……私にはもう、二度と見られないと思っていたから。すごく、嬉しいわ』

撫子の表情が泣き笑いみたいに崩れる。

「見ていて。今日は君に……君のために捧げるよ」

朝霧は言い少し緊張した面持ちで音源となるスマートフォンを管理人に渡すと、スケート靴を履いて準備を済ませ、リンクの中央へと滑走した。

彼が演技のスタートを待つと、クラシックの調べが流れはじめる。

流れてきた曲はリストの「愛の夢」だった。副題に三つの夜想曲とつけられているうちの第三番はとくに有名で「愛しうる限り愛せ」という言葉があるのを、碧梨も音楽の時間に習ったことがある。

「おお、愛しうる限り愛せ……人はみな死を嘆き悲しむその時が来る。だから今、愛しうる限り愛しなさい。自分に心を開く者がいれば、その者の為に尽くしなさい」といった詩の内容だ。

もしかして彼は彼女が見られない次の大会のプログラムを見せてあげようと思ったのだけでなく、撫子の最後を意識して選んだのだろうか。

撫子は一瞬たりとも見逃さないように、彼の演技に見入っていた。

静寂なホールの中、アイスリンクの上で、彼はなめらかに踊る。まるで静まり返った湖畔の中、そこにだけ光が降り注いでいる氷の湖にいるみたいだ。

曲に合わせ、彼が動き、優雅なステップを踏みはじめる。撫子は息をつめるようにして手を握り、彼の演技に注目する。碧梨もドキドキしながら固唾をのんで見守った。

彼の緊張が感じられ、息をするのも忘れそうになる。

しかしそれは一瞬の間だった。

音楽に合わせて顔を上げたかと思うと、アイスリンクを見渡した彼はふわりと風が花を撫でるかのようなやわらかな笑顔を咲かせた。一瞬でそれも消え去り、氷の上を走り始める。軽やかなステップ、なめらかなスピン、そして情熱的なダンス。迷いのない大胆なジャンプ、そうして氷の上で踊る彼は、撫子が本当の王子様みたいだと言っていたとおり、とても美しかった。

彼は思慮深い人なのかもしれない。爽やかな顔立ちながら、内に情熱を秘めているような雰囲気がある。そんな彼の情熱がゆっくりと内から外へと芽生え、力強い生命力が溢れだすように、花開いてゆくのを、演技の間に感じていた。

夢を追い続けた彼の、愛が溢れる演技に、息をするのも忘れて見入る撫子の瞳に涙が溢れ出す。曲の終わりが近づくにつれ、朝霧の瞳にもうっすらと光るものが見えた。撫子の頬には光の雫が伝い落ちてゆく。

終わってしまう。終わらないで。まだこの曲が続く限りは――。そう願うような彼らの想いがシンクロする。次々にやさしく溶けてゆくメロディーが風に揺れる花びらのように四方に散り、静かに消えてゆく。

朝霧は息を整えながらアイスリンクに感謝を込めてお辞儀をする。そして、撫子の女神像の前にいって氷上に跪《ひざまず》くと、童話の王子がお姫様にそうするように彼女の手の甲にそっと口付けた。

「故障以来初めて、心から楽しんで滑ることができた。君のおかげだ」

撫子が驚いて彼を見つめる。すると、彼はやさしく微笑んだ。

「君の手紙で、なぜスケートを続けてきたのか思い出したよ。撫子、今まで僕の支えになってくれて、ありがとう。僕はこれからも諦めずにいる。そして、きっと君の想いに応えられるように精いっぱい頑張るよ」

朝霧の濡れた瞳には、凛とした輝きが灯っていた。

『柊哉くん……』

撫子は朝霧に触れたくてそっと手を伸ばす。なのに触れられない。温もりをわけあえない。そんなもどかしさで、碧梨まで胸が張り裂けそうになる。

それでも……心は通い合っている。そうに違いない。

彼らが夢を見続けていた日々は同じアイスリンク上に共有されていた。だからこそ、撫子の想いが、朝霧に届いたのだろう。次の瞬間、不思議と彼らは揃って朗笑した。とても幸せそうな笑顔のふたりだった。

『……碧梨ちゃん。私の願いを叶えてくれてありがとう。最後に、柊哉くんに想いを告げられてよかった。私、とってもとっても幸せだった。寂しいけれど、役目が終わったからかな。私、もうすぐ消えちゃうみたい』

朝霧が離れたあと、目尻にたまる涙を拭いながら、撫子が言った。まるでヴェールをかけた花嫁みたいに、彼女の姿がどんどん透けて、見えなくなっていく。

碧梨はさっき感じたことを撫子に告げる。

「最後なんかじゃないよ。きっと、撫子さんの存在は、これからも朝霧さんの心の中にずっと、生き続けると思うの」

『そっか。心の中で生き続ける……かぁ。うん、それって最高に素敵なことね』

そう言って、撫子は今までで一番のかわいい笑顔を見せた。

外に出ると、早咲きの桜の花が風に舞い、空へと光の梯《はしご》が伸びてゆくのが見えた。はらりと碧梨の手に落ちてきた花びらは撫子の想いをあらわすような可愛らしいハートの形をしていた。彼女は消えてしまった。

でも、ちゃんと生きていたのだ。そして後悔を残すことなく旅立つのだ。

きらきらと輝くような衣装をまとった彼女は、羽衣をまとった天女のように空へと還っていく。けれど、これからも空の上から、世界で羽ばたく彼を見守り続けることだろう。

碧梨はそれから朝霧に御礼を告げ、アイスリンクをあとにした。

大切な手紙を届けられた達成感はあるものの、時間が経過するにつれ、なんとなく気分が重たくなってくる。その原因は、碧梨自身わかっている。思いを通じ合わせられた撫子と朝霧の二人が羨ましくて、琥珀とすれ違ってしまった自分の状況が、虚しく感じられてしまったのだ。

碧梨は気を紛らわすため、机まわりの整理をすることにした。すると、どこからか、花の香りを感じた。

気になってあちこちの引き出しを開けてみる。すると、引き出しの中から、萎れた黄色い花が顔を出す。それは、まるで海苔みたいに乾燥してパリパリになっていた。何の花なのか原形を留めていない。

「何これ……」

手を伸ばしてみると、奥にしわくしゃになった便箋や封筒が押し込まれてある。

【碧梨へ】という書き出しの便箋を見つけて、碧梨は慌ててひっぱりだした。

「汚い字……これって……」

続きの文章は何も書かれてない。というよりも、何度も書き直された痕《あと》があった。消しゴムで消されてしまい、読み取ろうにもいくつも上書きされているせいで、解読はできそうにない。

机の中に手を伸ばしてみると、くしゃくしゃに丸められた紙が、雪合戦用にストックされた雪玉のように転がってくる。紙の雪玉に埋もれていた漢字練習帳を取り出して開いてみれば、びっしりと一文字ずつ練習した漢字が書かれてあった。それも一ページだけではなく、ぱらぱらと捲ると最後のページまで埋めてある。

（うそ。あれからちゃんと、練習してくれていたんだ……）

彼の隠れた努力に、思いがけず胸を打たれる。練習した割には字が上手とはいえないところが琥珀らしいというか、彼の不器用なところが溢れているようだ。

「でも、どうして……手紙」

碧梨に宛てた手紙には、いったい何を書くつもりでいたのか。別れの言葉だったのだろうか。こうなることは、あらかじめ予測してあったのだろうか。

祖母の手紙を届けていた琥珀の気持ちは、どんなものだったのだろう。もっと、ちゃんと話を聞きたかったのに、あんなふうに疑って、責めるべきじゃなかった。

どうしても琥珀が戻ってこないことに納得できない自分は、琥珀の気持ちに期待しているのだ。自分と同じように今ごろ寂しいと思ってもらえることを。これからも一緒にいたいと思ってもらえることを。

そう考えてから、碧梨は琥珀の存在が自分の考えている以上に大きなものになっていたことに改めて気付かされた。否、とっくにそうだったのに、社会から弾かれ、孤独を感じていた自分にとって、居心地のいい環境に甘えていただけだった。

家族と疎遠になり、好きな人には告白することもできず、真面目に頑張っていた仕事もなくなった。そんなどうにもならない空虚な時間を癒やされて、彼らを必要としていたのは自分の方だったのだ。

どうして琥珀の事情を考えず、彼の言葉を待ってあげられなかったのだろう。どうして一言、あなたのことが大切だから、あなたのことが知りたいのと、正直に伝えられなかったのだろう。

彼を大切に想っているなら、相手の気持ちを引き出そうとする前に、まっすぐに自分の気持ちをぶつけるべきだった。ずるいのは自分の方だった。

あんなふうに人間に責められたら、彼だって自分があやかしであることを楯に、脅すような真似をするしかないに決まっている。そして、目の前で怯えた碧梨の様子を見て、やっぱり人間とは相容れないのだと、悟ったような顔をしていた。彼は、試したのだ、碧梨のことを。そんなふうに思わせてしまったのだ、碧梨が。

（違うの、琥珀。怖くなんかないよ。怖いわけがないよ……）

琥珀が本当はやさしいということをちゃんとわかっている。人間嫌いの彼はきっと人間のことを知りたかったのかもしれない。だから、碧梨のことを観察していたし、言われるままに手紙の練習をしていたのだろう。

行こう。彼を捜しに、幽世へ。碧梨は自分を奮い立たせる。

琥珀の抱えている事情や、彼が思っていることを聞きたい。

自分の想いを代筆してくれる人も、引き合わせてくれる人も碧梨にはいない。

だったら、碧梨はちゃんと自分で、伝えなくてはならない。

碧梨は社務所をもう一度見回した。整理整頓をして、すぐに出かけられる準備をする。

碧梨の決意はもう固まっていた。琥珀を連れ戻しに行こう。話をしたがらないのなら聞かなくてもいい。

でも、いつか……彼の口から話してもいいとなったら聞けばいい。これからも、彼と一緒に代筆屋を続ける。そんなふうに揺るがない決心を胸に秘めて、碧梨は紫苑に出かけてくると言って、再び社務所を飛び出した。

■終章　大切な贈りもの

社務所を出た碧梨は旧花街に辿り着くと、幽世に紛れ込める道を探して、ゆっくりと歩きはじめた。迂回するように時折小道に入りながら、景色が変わるのを待つ。

幽世に行けたのは、琥珀の力があったからだろう。碧梨ひとりで辿り着けるかどうかはわからない。けれど、お願い、私を連れていって。心の中で唱えながら、幽世の入り口を探し続けた。

黄昏の光を感じながら、不安と気が急く気持ちと綯い交ぜになる中、とにかく歩みを進める。どのくらい歩いただろうか。足首に痛みを感じはじめる頃、ようやく見覚えのある幽世の町並みが目の前に広がりはじめる。

入れたことに喜びつつも、あたりを見回して身を引き締める。以前に、琥珀に忠告されたとおり、悪い妖怪が寄りついてこないとも限らない。隙を狙われないように碧梨はなるべく敏速に目的の場所へと移動する。そこは、花魁のあやかし、紅緋がいる店だ。紅緋にならば情報がないかどうか聞く事ができるかもしれない。そう思ったのだ。

息を切らせながら訪ねていくと、番頭に呼ばれた紅緋が艶やかな着物姿であらわれる。

彼女はただならぬ様子を感じたのか、慌てたように碧梨の無事を確認した。

「碧梨ちゃん、どうしたの。まさか、ひとりでここに？　大丈夫だったの？」

「はい。実は私、琥珀を捜しに……ここへは来てませんか？」

呼吸を整えながら、碧梨は紅緋に事情を説明する。

「あんさんの姿はしばらく見ていないわ」

「どこか思い当たるところはないですか？」

「そうねぇ。急に言われると……ああ、そういえば。ちょっと前に冥府《めいふ》に出かけた姿を見たっていう噂話なら聞いたわ」

「教えてください。そこにはどうしたら行けますか？」

前のめりになる勢いで尋ねると、紅緋は碧梨の肩をそっと包んだ。

「碧梨ちゃん、落ち着いて。そこにはあなたは行けないわ。冥府っていうのはね、閻魔《えんま》大王《だいおう》さまのところよ。生前の罪について罰を決めるところなの。つまり人間の世界でいうと裁判所みたいなところね。そこは黄泉にもっとも近い場所で、生きている人間がけっして行くことはできないの。門番に見つかったら、ただではすまないわ」

「そんな場所に行くなんて、琥珀の身に何が……？」

生前の罪を罰せられる場所に、彼がわざわざ赴《おもむ》く理由はなんなのだろう。不安ばかりが募っていく。

「私にもそれ以上は……」

と、紅緋は首を横に振る。

「琥珀はまさか……もう戻ってこないの？　もう会えないの？」

最悪の事態を考え、心細さと寂しさで胸が押しつぶされそうになってしまった。

待っていたら、帰ってくるのだと思っていた。ただ拗ねて、どこかで遊んでいるのではないかと期待していた。

「あやかしが、冥府の大王様に用事があるのは、どういうときなんですか？」

切羽詰まったように尋ねる碧梨を見て、紅緋はハッとした顔をして口元を扇子で押さえる。

「咎を受けるとき、或いは、あやかしでなくなるとき……」

と、紅緋が言葉を濁す。碧梨はそれを聞いて頭が真っ白になった。

「そんな……やだ。そんなのダメ……戻ってこないなんて、許さない」

「碧梨ちゃん、もしかして、あんさんのこと……」

紅緋に問いかけられたとき、碧梨はああそういうことなのだと、自分の気持ちに気付いた。

「一緒に過ごしていくうちに、琥珀のことをもっと知りたいって思うようになったんです。こんな気持ちのまま別れるなんてできない」

紅緋は驚いた顔をしたあと、碧梨の手をぎゅっと握ってきた。

「わかった。そういうことなら私に任せてちょうだい。こっちで見つけたら、必ず碧梨ちゃんのところに行かせるわ。縄をつけてでも絶対にね。だから、今のところは早く戻りなさいな。心配だから、信頼できる用心棒に見送らせるわ」

「ありがとう、紅緋さん」

「その言葉はあんさんを見つけたときまでとっておきなさいな。あのときのお礼代わりに、私も何かしたいと思っていただけよ」

碧梨は紅緋のやさしさに感謝し、その場をあとにした。


幽世から旧花街に無事に戻ることができた碧梨は、その足で社務所に戻り、がらんとした部屋の中を見回した。

これは推測だけれど、琥珀が何かにつけて人間に対して嫌悪感を口にしていたのは、彼に不信感を抱かせるような辛い過去があったのではないだろうか。それで臆病になっていたのだとしたら、これまでの碧梨に対する数々の振る舞いも納得できる。

彼はいつも人間との関わりに一歩線を引いていて、自分のなわばりに入れまいと斜めに構えている節があったし、時々碧梨に試すようなことを言うこともあった。それにはちゃんと理由があったのだ。

彼は今も何かに傷ついているのだろうか。過去のしがらみから離れられないでいるのだろうか。罪と罰……冥府にいたという琥珀は、いったい何に囚われているのだろう。

しばらく途方に暮れていた碧梨は、ふと、祖母の手紙のことを思い出す。奪われたままの手紙ではなく、琥珀が届けようとしていた未開封のものだ。祖母にはいつも励まされてきた。この行き場のない想いも、祖母の手紙を読むことでなだめてもらえるのではないか。そう思ったら開けずにはいられなかった。

拝啓
吹く風もやわらかな季節となりました。碧梨ちゃん、いかがお過ごしですか。これが最後の手紙になるかもしれません。
人の命には限りがあるものです。いつかは最期を迎えなくてはなりません。おばあちゃんにも、その時がもうすぐ訪れようとしています。
もしかしたら、この手紙を出せるかどうかもわかりませんが、碧梨ちゃん、あなたに、たった一つだけ、伝えたいことを残したいと思います。

碧梨ちゃん、あなたは今、どうしていますか？

泣いていませんか。笑っていますか。

大切な人はちゃんと側にいてくれますか。

おばあちゃんはあれから一日だってあなたを忘れたことはありません。

そして、お父さんとお母さんとの間のことで、あなたを守ってあげられなかったことを、今でも悔んでいます。

碧梨ちゃん、「一期一会《いちごいちえ》」という言葉を知っていますか？

人との出会いも、訪れる出来事も、定められた運命の中にあるひとつの奇跡。

縁あって出会った人と、そのときを大切に過ごしましょうという教えです。

いうならば、もうその時は二度と戻らない。

見過ごしてしまったことは、簡単には変えることができません。

けれど、諦めずにいれば、勇気を出して、言葉にして想いを伝えることができれば、失った絆を取り戻すことができ、未来をも変えることができる。

おばあちゃんは、相も変わらずそんなふうに思い、あなたがその未来を掴めるだろうと、信じているのです。


『心に閉じ込めた言葉を届ける魔法』


手紙にはそういう魔法が使えると言いましたね。

それには、ふたつ必要なものがあります。なんだと思いますか?

ひとつは、愛をもってその人の心に届けたいと願う、真心です。

もうひとつは、素直にありのままの気持ちを伝える、勇気です。

碧梨ちゃんは、真心のある女の子です。だからこそ、自分の想いが負担になるんじゃないかと、相手を思いやるばかりに、想いを閉じ込めてしまったこともたくさんあるでしょう。


けれどね、何も恐れることはないの。

あなたの大切な人は、あなたの想いを知りたいと、常に思っているものなのです。

あなたにはあなたの気持ちがあるように、相手には相手の気持ちがあります。

それは、本人しかわからないものです。

だからこそ、自分の想いを、きちんと言葉にして伝えることが、大事なのです。

あなたの思っている気持ちを、素直に伝えてごらんなさい。

不器用でも、不格好でもいい。自分が恥をかいたっていいじゃないですか。

失敗したあとのことなんて今は何も考える必要はないのです。

相手の心をそう簡単に手に入れられると思わないことです。

相手の心を掴みたいのなら、恐れずに、ありのままの自分でぶつからなければならないのです。

あなたに大切な人がいるのなら。失いたくない人がいるのなら。

何度だっていい、あなたの想いを素直に伝えてごらんなさい。

人の命は限りあるものです。
できることならば、あなたには悔いを残してほしくありません。
どうか、あなたの心に、後悔を閉じ込めないでください。
どうか、あなたの心を、愛でいっぱいにしてください。
碧梨ちゃんの笑顔が、おばあちゃんにとって、何よりの宝物でした。
ありがとう、碧梨ちゃん。あなたの幸せを、遠い空よりずっと祈っています。

敬具
東雲ハナエ

小林碧梨様

手紙からほのかに香る花の匂いに胸が締めつけられ、文面を追うごとに、亡き祖母への想いが募る。そして最後の文字を目にしたとき、とうとう涙が視界を塞いで、ぼやけてしまった。一粒、二粒、降り出した雨のように、涙が頬を濡らして、滑り落ちていく。

いったい祖母は何通こうして書き溜めていたことだろう。幼い頃に離れてしまってから、あの頃の碧梨に対して、ずっと心配をしてくれていたのだ。

「碧梨様、こんな時間に、どこに行くのですか？」

「私、思い当たるところに色々行ってみる。幽世にいないっていうことは、現世にいるかもしれないじゃない」

「でも、もうすぐ真っ暗になってしまいますよ」

「わかってる。けど、じっとしていられないの」

碧梨は琥珀が残した手紙と、祖母の手紙を両方バッグにしまい込み、社務所をあとにした。

必死に捜し回ってどのくらい時間が経過したことか。幽世にいないなら一緒に訪れたことのある場所にいないだろうかと足を向けた。しかし彼の姿はどこにもなかった。途方に暮れて帰路につく頃には、夜空高くに三日月がぽっかりと浮かんでいて、肉眼ではっきり見えるほど星がきらきらと輝いていた。神社の階段は鬱蒼とした竹林に囲まれているせいで、足元が見えづらい。碧梨は、必死に階段を上りはじめる。すると、どこからともなく風のざわめきが聞こえ、甘い香りが漂ってきた。

（この香りは……）

　碧梨はハッとしてあたりを見回した。何かがいる。けれど、怖い存在ではない。胸の高鳴りを感じながら、碧梨は声をあげた。

「いるんでしょう？　琥珀！」

　そう、琥珀がそこにいたのだ。竹林の間から彼の影と、尻尾がちらちらと見えている。彼はしまったという顔をして、その場に固まった。

「……よかった！」

　碧梨は拍子抜けすると共に、安堵のあまりその場にしゃがみ込んでしまいそうなところ、ぐっと力を振り絞って階段に足をかけた。しかし、うまく足が乗らず、ぐらりと身体がうしろに傾く。

　危ないと思った瞬間、力強い腕の中に引き込まれ、碧梨は自分を見つめている琥珀に、泣きそうな表情を浮かべた。

「学習しないやつだ」

「子どもみたいなあなたに言われたくないわ」

「ふん……何を勘違いしているか知らないが、俺は、ただ……忘れものをとりにきただけだ」

　琥珀は答えながらも、ふてくされている様子である。こっそり、行動しようと思っていたのかもしれない。けれど、運悪く、碧梨に見つかってしまったというところだろうか。

「紫苑くんが待ってるよ。会いたがってる」

「おまえは……どうなんだ」

仏頂面を浮かべながら、琥珀はそう言い出す。だが、碧梨が口を開こうとする前に、否定した。彼のきまり悪そうな表情を見るからに、碧梨のある推測は当たっているかもしれない。

「別にいい。とにかく、そういうことだ」

「琥珀の忘れものって、何？　もしかして、これじゃない？」

碧梨はバッグの中から、琥珀が書き残していた手紙を取り出してみせた。

「それは……違う」

「ほんとうに、違う？」

「おまえは、そうやって俺の言うことを信じないだろう。だったら何を言っても無駄だ」

「今の言葉は、信じないよ。でも、琥珀のことは信じたい」

琥珀が言葉を詰まらせ、碧梨をじっと見つめる。

「お願い。ひとつずつ、私に教えてほしい。あなたとおばあちゃんがどんな知り合いだったのか、そして、おばあちゃんの手紙を届けてくれた理由。琥珀が残してくれた、私への手紙の意味、それぞれ、ちゃんと、あなたの口から、真実を知りたいの」

ちゃんと正しい言葉で伝えられただろうか。碧梨は自信がなかったし、また琥珀を怒らせてしまうのではないかと不安だったが、それでもせめて誠実な想いであることを意思表示したくて、瞳を逸らすことはしなかった。

琥珀は答えないまま、黙々と階段を歩きはじめてしまった。

「ま、待って、琥珀……話を聞かせて！」

息を切らせながら階段を上っていると、最初に琥珀と出会ったときのことが蘇ってきた。あの日の出来事がなければ、彼とは出会わないままの人生だったかもしれない。祖母が『一期一会』という言葉を残してくれたように、彼と出会えたことは碧梨にとって大切な奇跡なのだ。

「あなたが、いくら逃げても、私は追いかけていくから。私には知る権利があるの」

琥珀は観念したのか、小さくため息をつき、上りきった階段のところにどっかりと腰をおろした。

ふてくされたような顔をしているところが、ちょっとだけ愛しく思え、胸の奥がくすぐったくなる。もしかしたら、ほんとうは、帰ってきたかったけれど、あんなふうに出て行った手前、戻ってくる理由がなくてどうしようか悩んでいたのではないだろうか。

「何を突っ立てる。おまえが言い出したんだろう。さっさと座れ」

業《ごう》を煮やした彼に急かされ、碧梨もまた琥珀の隣にそっと腰を下ろした。ひんやりとした階段に触れながら、眼下を眺めると、なんだか不思議だった。琥珀に手紙を奪われて、社務所で代筆屋の助手をやることになった日のことが、ずっと遠い昔のことのような錯覚がしたのだ。

「東雲ハナエ……おまえのばあさんは、おまえと同じように、あやかしが視える人間だった。知り合ったのは、今から、十五年ほど前のことだ」

琥珀がぽつりと語りはじめる。碧梨は黙って、彼の話に耳を傾けることにした。

「ハナエは、俺がいくら脅しても、まったく恐れることがないばかりか、何か困っていることがあれば、いくらでも話を聞いてやると言い出すやつだった。妙に達観していて不思議なばあさんだと思ったが、俺はそのうち気を許すようになっていた。ばあさんには色々話を聞いてもらったことがある。その代わり、ばあさんの話も色々聞くようになった。話すことといえば、いつも同じだったよ。ちょうど俺と出会った頃、離れ離れになった孫のことだ」

琥珀はそう言い、碧梨を見る。

「それじゃあ、琥珀は……私のことを知っていたのね」

「……死ぬ間際に、俺はばあさんに聞いたんだ。心残りがあるなら、何かしてやろうと。

せめて、それが俺にできることだと思ったからな。ハナエは何もないと言ったが、俺は、孫に宛てた手紙を大事に仕舞ってあったのを見つけたんだ。出してきてやろうかと訊ねると、その必要はないとばあさんは言った。だが、本心とは違う顔をしていた。だいたい、切手を貼った手紙をそのままにする理由がわからなかった。ばあさんの様子から、本当は出したいのに遠慮して出せないでいるのだと思った。だから俺は、せめてハナエの気持ちが伝わればいいと思って、代わりに出すことにしたんだ」

祖母は本当は手紙を出そうと思っていたのだろうか。碧梨の両親が離婚して、絶縁状態にあったから、届けることはできなかった。だからこそ、想いの丈《たけ》を手紙に書き残していたのかもしれない。その手紙も、いつだって碧梨のことを案じてくれている内容だった。

「俺は、ばあさんには色々教わった。代筆屋をやってみたらどうだと言い出したのは、おまえのばあさんだ」

「そうだったんだ」

手紙をあれだけ大切にしていた祖母だ。代筆屋を琥珀にやらせることで、伝えたかった何かがあったのだろうか。そもそも誰かが教えてやらなくては、ただでさえ字が汚い琥珀が進んでやろうと思う仕事ではないだろう。

「……だが、ばあさんが言い出したくせに、なぜ、代筆屋をするといいのかも教えないまま、さっさと死んじまうんだからな。だから、俺は孫のおまえを観察することにした。俺が探していた答えが、見つかるのではないかと思ったからだ」

　琥珀はどこか遠いところへ思いを馳せるような顔をする。

「その答えは、見つかったの……？」

　碧梨が訊ねると、琥珀がじっと見つめ返してくる。まだ何かを追い求めているような瞳だった。黙ったまま見つめ続ける彼に戸惑いながら、鼓動が速まっていくのを感じる。

　彼はいったい何を探し求めているのだろうか。祖母は彼に何を教えたかったのだろう。それは、碧梨に叶えられることではないのだろうか。逡巡《しゅんじゅん》を繰り返していると、琥珀がむしゃくしゃした気持ちを振り払うように、突然立ち上がった。

「とにかく、俺はすべきことを果たした。これでもう、俺を引き止めるものはなくなった。自由になれるんだ。それでよかったはずなんだ」

　碧梨は慌てて立ち上がり、今にもどこかに消えてしまいそうな琥珀の着物を引き止めるべく、彼の袖をぎゅっと握しめた。彼の言いたいことがわからない。まるで自分に言い聞かせるかのようだ。彼は心の中に何を閉じ込めているのだろうか。

「待って。私、紅緋さんに聞いたよ。冥府がどうって罪と罰って何なの？」

「着物を引っ張るな」

「教えてくれないと、放さない。だから、教えて。あなたの過去に何があったの？　もう何もはぐらかさないでほしい。私は、あなたのことが知りたいって思ってるし、私のことも知ってほしいって思ってる。今は、あなたの番だよ」

琥珀が困ったように眉を下げる。碧梨はショルダーバッグから一通の便箋を取り出した。それは、琥珀が書きかけていた手紙だ。

「この手紙、私宛に何を書こうと思っていたの？」

「それは……だな。その、おまえに……」

琥珀はそう言いかけて、口をつぐんでしまう。彼の頬がうっすらと上気していた。

「私に……？」

「……っうるさい。少し黙っていろ」

「黙っていられないから、聞いているんでしょう？　何も知らないままいなくなるなんて許さないんだから。じゃないと、閻魔様に余罪を言いつけてやるわ」

閻魔様の名前を出した途端、琥珀はぎょっとした顔をした。

「おまえ、言うようになったな。ったく、余罪だと？　笑わせるな。だいたい、そいつは脅迫罪というやつだぞ。どっちが罪作りなんだ。間違っても、そのようなことを言うな」

琥珀は慌てたように言う。どうやらよっぽど怖い存在らしい。いつも飄々としている彼がたじろぐ様子がおかしくて、碧梨は笑ってしまう。

「散々人を脅迫しておいて……どの口が言うんですか」

するとヽ琥珀がむっとした顔をして、小さくため息をつく。それから手を伸ばしてきて、碧梨の目元にそっと触れた。

碧梨はくすぐったくて思わず目を眇《すが》める。どうやら、知らないうちに目尻に滲んでいた涙を指で拭ってくれたようだった。

そろりと見上げると、琥珀の顔には、途方に暮れたような、でも、やさしさが見え隠れするような色が灯っていた。

「琥珀……」

彼はどこか腑に落ちないような顔をして、眉間に皺を寄せる。

「ろくに反撃もできない娘が、随分えらそうに言うようになったじゃないか」

「そうだね。琥珀と一緒にいるうちに、うつったのかもしれない」

「おまえは、俺の下僕だぞ」

「でも、あなたは社務所を出て行った。立場を放棄したわ。だから、琥珀の方が職務を全うした私の言うことを聞くべきだわ」

「そんなことを誰が決めたんだ」

「私自身が、さっき決めたの」

碧梨はそう言うと、琥珀の手を掴んで、自分の頬に引き寄せた。

「おい……何をやっている」

　爪が当たって少し痛い。彼が本気を出せば、人を傷つけることなんか容易いだろう。でも、彼はそんなことしない。それに、もしもそうされたとしても、怖くなんかない。

「……私、あなたのこと、怖くなんかないよ。琥珀が気にしていることだったなら謝るよ。あなたのことをちゃんと理解しようともせず、疑って、傷つけてごめん」

「……ミドリ」

　琥珀の手に込められた力が抜け、少しだけ震えていた。

「私は、もう後ろを向くのをやめたい。気持ちには嘘をつきたくない。代筆屋で仕事をするうちに、言葉で伝えることがどれだけ大切なのか思い知ったよ。あなたが届けてくれたおばあちゃんからの手紙も、私に色々なことを教えてくれた。もう、ごまかさない。それを証明したくて、あなたを捜しに出かけたの」

　口にするのが苦手だから、頭がいっぱいになって何を喋っているのかわからなくなりそうだったけれど、でも、自分なりに考えたことをひとつひとつ丁寧に伝える。

　鼓動は速まり、緊張で唇が震えた。気持ちが昂《たか》ぶって、今にも泣き出しそうになる。でも、目を逸らさずに、怖がらずに、碧梨は琥珀の側から離れなかった。

　もうどんなことも後悔なんてしたくない。自分の想いに蓋をしようなんて考えない。見て見ぬふりをするのはもうやめようと思う。新しい家族のことも。自分自身の本心も。

そして今、彼に対して感じている気持ちにも。大切なことから目を背けたりしないでいたい。傷つくことをおそれて自分から背中を向けたりしないでいたい。

それを、琥珀と一緒に代筆屋にいて学んできた。心に閉じ込めた言葉を伝える方法を。そして、限りある時間の中、後悔をけっして心に閉じ込めないように、大切な存在とちゃんと向き合いたい。

「私は、あなたのことを大切だと思っている。大切な相手の気持ちを知りたいって思うのは当然のことだわ。あなただって本当は人間のことが知りたい。理解してもらいたいと思ってる。だけど、不器用で出来なくて、遠ざけることでごまかしてた。そうでしょ？」

「おまえ、黙って聞いてれば、よくも、ずけずけと言ってくれるな」

琥珀が怒り出す。碧梨はそれでもやめなかった。

「だって、それが私にはわかるの！　家族に対して、あなたと同じ気持ちになったことがあるから。傷つくのが怖くて、心の中に本音を閉じ込めてきたの。ほんとうは、寂しかった。私のことをわかってほしかった。でも言えなくて。どうしてうまくできないのか自分を責めて、そして相手を責めた。そして、自分から離れていった。もう二度と、傷つきたくなかったから」

琥珀は睫毛を伏せた。続きの言葉を紡ごうと口を開きかけたかと思えば閉じて、そして煩悶を重ねるように苦しそうな顔をしたあと、ゆっくりとまた口を開いた。

「俺が冥府に行っていたのは、過去の咎《とが》を清算する機会を得たからなんだ」

「過去の咎って？」

「大昔の話だ。ハナエと知り合ったときには、ばあさんは気を遣って聞かないでいてくれたんだがな。そこは似ていないな。おまえはどうしても聞きたいというのか？」

傷口を広げないでおいてくれと彼の瞳は訴える。彼を傷つけたいわけじゃない。傷に触れることが怖いと思う。それでも――。

「あなたを知るために必要なことなら聞かせてほしい」

琥珀は困った顔をしてしばし黙り込んだが、それでも碧梨がじっと待っていると、渋々と語りはじめた。

「……昔、もう千年以上も遥か遠い昔のことだ。俺の一族は、代々神に仕えることが決まりで、祖先には金狐や銀狐といった神の眷属となった者がいる。俺はその一族の後継者として生まれたんだ」

碧梨はそれを聞いて、格式のあるあやかしなのだと紫苑から教えてもらったことや、白蛇の翡翠のことを思い浮かべた。琥珀も本来なら神使になるはずだったということだろうか。

「一族は朱塗《しゅぬ》りの社が大きく構えられた森の中に暮らしていた。どこまでも自然が広がる美しい場所だった。夜は月の灯りがなければ真っ暗で、その代わりどこにいても星空が望めた。森には清らかな川が流れ、色とりどりの花が咲きこぼれていた。ところが時が移ろうにつれ、やがて近隣に村ができはじめ、少しずつ人間の数が増えていった。俺の祖先が使えている社には参拝の客が訪れることもあった。俺はその折にひとりの人間の娘と出会ったんだ」

琥珀と目が合い、どきりと鼓動が跳ねる。過去に、彼は碧梨以外にも人間と一緒に過ごしていたことがあったのだと思うと、胸が疼《うず》くのを感じる。いったい、どんな女性だったのだろう。

「……俺には妹がいたんだが、その娘は、俺と妹に会いに来るようになった。最初は警戒していたものの、接しているうちに心を許すようになった。一族は俺が娘と会っていることを知り、人間と関わるのをやめろと言った。それでも花や食料を届けに彼女は会いにくる。その好意を……俺ははねることができなかったんだ。娘が与えるものに俺はこころを満たされていたんだ。だがそんなある日、妹が人間に殺される事件が起きた」

琥珀がそう言い、苦しそうに眉間に皺を刻む。

「そんな……どうして？　仲良くしていたんでしょう？」

「妹は人間の男に懸想していた。それが人間の長《おさ》に知られたんだ。人間を喰う化物だと吊るしあげられ、一族の里には火が放たれた。俺たちの力を恐れた人間が、根絶やしにしようと目論んだらしい」

「ひどい……」

思わず碧梨は目を伏せた。

「俺は妹の亡骸《なきがら》を前に、愕然としたまま動けなかった。無残な妹の姿に、俺は初めて憎しみという感情を抱き、人を襲った。自分じゃ何も覚えていない。それほど理性を失っていたんだと思う。あとで知ったのは、娘の家族が死に絶えたことだった。娘は魂が抜けたように立ちすくんでいた。俺は気付けば、おそろしい異形の姿のまま戻れなくなっていた。最後に俺を見た娘の姿は今でも忘れられない。恐怖が張り付いたような顔をしていた。俺はそのときになって我に返った。取り返しのつかないことをしたのだと」

琥珀がぎゅっと自分の手を握りしめるのがわかった。碧梨はなんて声をかけていいのか、言葉にならなかった。

「結局、俺は人間と同じ過ちを犯した。大事な者を娘から奪ってしまった」

切々と語られる琥珀の過去を思うと、碧梨は息ができなくなりそうになった。あまりにも理不尽で、悲しくて、その痛みをどうしたら癒やせるのか、すぐには考えつかなかった。

「それから俺は一族から追放されることになった。異形の姿となった俺は冥府の神のもとに行き、審判がおりるのを待った。神使としての資格は当然剥奪された。冥府の王が下した命令は、人を理解しろという内容だった。まっとうするまでは穢れをとることができない。このまま咎を背負ったまままさまよえば、悪霊になるだけだから心を入れ替えろ、と。だが俺は何をどうすればいいかわからなかった。現世にいればいやでも昔を思い出すことになる。自分のおそろしい力でまた人を傷つけはしないかと恐れる日々だった。そんなときに出会ったのがハナエだ。ばあさんは変わった人間だった。俺の存在を怖がることもなければ、妙に達観しているときた。俺は度々ばあさんと話をした。人間の世界がどう変わっていったのかを知るためだ。そして、俺は適当に仕事をしながら暮らしていたある日、ばあさんに打ち明けた。人間のことが知りたい。どうしたらいいかと。そのときに代筆屋になったらどうかと言われたんだ」

代筆屋をはじめたきっかけが、そういうことだったのかと、ようやく碧梨は納得する。

「ばあさんはその後、人間を知る一番の近道になると言って俺に文房具屋の道具一式を社務所に送りつけてきた。だが、そのあとすぐ、どうすべきか教えることもなく、病に倒れて黄泉に召された。俺は、その後、代筆屋の仕事をはじめたが、人間の本性を知るにつれ、失望していったよ。時が変わっても、人が変わるわけではないのだと。その後のことは、おまえが見てわかっているとおりだ」

長々と話して疲れたのだろう。琥珀は身体の力を抜くように息を吐いた。

「そう。色々なことが、あったのね。琥珀があまり……人間と関わるのがいやだと思っていた理由が、ようやく納得できたわ」

それしか今の碧梨には言えない。あまりにも彼の傷が深くて、上手に慰められる言葉が見つからなかったのだ。もっとうまく、祖母のハナエのように、彼を癒やしてあげられたらいいのに。今日ほど自分の不器用さを、もどかしく思ったことはない。

「……まったく。やっと自由になれるはずが、とんだ足枷《あしかせ》をはかせられた。ばあさんに関わったのが運の尽きだったようだな」

琥珀が突然そう声を張り上げ、懐から手紙を取り出す。

それは、最初に碧梨が社務所を訪ねたときに琥珀に奪われた祖母の手紙だ。

碧梨は弾かれたように琥珀の顔を見た。

「わかりやすいところに置いてあったというのに、おまえは逃げようとしなかったんだな。それとも、ほんとうに見つけられなかったのなら、馬鹿だな」

「捜そうとするなって、脅したのは誰なの？」

琥珀は、手紙を碧梨に差し出した。碧梨は手紙を受け取り、祖母の達筆な字を眺めたあと、琥珀を見つめた。

「……あなたが送ってくれなかったら、私は一生、読めなかったんだよね。おばあちゃんにとっては心外だったかもしれないけど。私は手紙を届けてもらえて嬉しかったよ」

ほんの一拍くらい沈黙がおりたあと、琥珀は言った。

「俺は、それをおまえから奪って、ハナエの真意を探るつもりだった。だが、そのうち、返したくなくなっていたんだと、自分で気づいたんだ」

そう言う琥珀の真剣な瞳に見つめられ、胸の鼓動が甘やかに弾む。

「一緒に過ごすうちに、人間を否定ばかりしていた考えも少しずつ変わっていった」

琥珀は、碧梨をまっすぐに見た。初めて見る彼の真剣な眼差しに、碧梨は心臓の音が速まっていくのを感じていた。

「そのうち……おまえを見ているのが面白くなっていった。何を言っても、従ったろ？　もっと知りたいと、そう思いはじめていた。けれど、俺は、怖くなったんだ。おまえの言うとおり、傷つけることも、それ以上に拒絶され、自分が傷つくことが……怖かったんだ」

さわっと風が吹く。琥珀の手が碧梨の頭をそっと撫でた。彼の袖口から、春先に咲く、ほのかに甘酸っぱい花の香りがした。その慈しむような触れ方は、迷子になった子どもがやっと自分を見つけてもらえたときみたいな、どうしようもない恋しさとせつなさ、それから安堵を与えるものだった。刹那、せきをきったように目頭に熱いものが込み上げる。この気持ちを言葉であらわすのなら、どう伝えたらいいだろうか。碧梨はもどかしさを感じながら、琥珀の書きかけの手紙を見つけたときのことを思い出した。

「もしかして、あの花は……？」

碧梨は、琥珀の机の中に入っていた乾燥した花が、何なのかわからなかった。

「机から手紙と一緒に出てきたの。あれは、文香を作るために、押し花にしようとしたの？」

「あれは……今は知らないが、昔は文には香りをたきしめる以外に、必ず花や扇子などを添えたものだからだ」

琥珀が頬をほんのりと紅色に染め、視線を逸らす。琥珀のその反応を見て、碧梨はまさかと思い当たる。もしかしてあれは、カタバミの花だったのではないだろうか。

カタバミの花は平安時代に貴族たちの間で交わされた文に添えられた花だと、祖母から聞いたことがある。碧梨は彼が言ったことの意味を考える。彼は千年以上の時を見つめてきた。とすると、カタバミを添えた文とは、昔の平安時代のように相手の顔が見られない相手に文を送ることを意味していたのではないか。つまりは、恋文ということ。

まさかと思いつつも、そう認識した途端、碧梨はかぁっと真っ赤に顔を染め上げ、一気に熱があがったせいで、くらくらと目眩を覚えた。

「なんなんだ。勝手に人の机を漁ったのはおまえだ。なぜ、おまえが動揺しているんだ」

「あ、漁ったなんて人聞きの悪いこと言わないで。一週間もいなくなったら、もう、戻ってこないんだと思うでしょ。そのままにしておくわけにいかないじゃない。そしたら、整理しようと……思っちゃうよ」

お互いに言い合ってから、顔を見合わせて、どちらともなく視線をまた逸らす。

改めて琥珀の想いを受け止めると嬉しくて、涙がこみ上げてくるのを感じ、慌てて洟《はな》をすすった。

「なぜ、泣くんだ。俺は今、おまえには何もしていないだろう」

「ごめん。違うの……」

そう、今は泣くことより、伝えなければならないことがある。

「琥珀……約束する。私は、あなたが過去に傷つけてしまった女の子のようにはならない。私、あなたと同じだよ。……これからもあなたと一緒にいたい」

初めてだった。自分の想いを、要求を、臆することなく告げたのは。拒絶されるのが怖いと言った琥珀の気持ちが今、すごくよくわかる。鼓動は速まり、全身が熱を持つ。

膨らませすぎた風船みたいに張り詰めて、今にも割れてしまいそうだ。

琥珀は面食らった顔をし、碧梨を見た。互いに顔を見合わせると、だんだんと頬が熱くなっていくのを感じた。目の前にいる琥珀の頬もほんのりと赤くなっている。

「あ、だから、その……ずっと一緒に、代筆屋をやっていけたらいいなって……」

しどろもどろ言い訳をすると、琥珀はにやりと口端を上げる。

「ふうん。おまえは……相当な覚悟を決めているんだろうな？　俺をたぶらかした罪は、かなり高くつくぞ」

琥珀は不穏な一言を落とす。碧梨が言い返すより先に、碧梨の顎を引き寄せ、そうして唇を強引に奪った。碧梨はいったい何が起こったのか、すぐには判別できなかった。

琥珀が離れてから、唇に触れた温もりを確かめるように、自分の指先を唇に添えてみる。

事の意味を実感した途端、全身が一気に熱くなり、破裂しそうなほどふくらませた風船がすごい勢いで空に放たれたみたいに、心臓の中は大暴走している。

「な、ななな……なっ……!?」

パニック状態の碧梨に対し、琥珀は口元に人の悪い笑みを刷いた。

「くちづけに決まっている。それくらいわからないのか？　先が思いやられるな」

「そ、そそそうじゃなくって」

「人間は、婚姻の証にくちづけをするだろう？」

婚姻という言葉に、碧梨は仰天する。

「な、ななな、何言ってるの。は、話が飛躍しすぎてるよ」

動揺しすぎて、今すぐにこの場から駆け出したい気持ちだった。運動神経に自信がない碧梨でも、今ならもしかしたら徒競走も一位になれるかもしれない。

あたふたしている碧梨を横目で眺めながら、琥珀は飄々とうそぶく。

「めんどくさい女だな。これからは下僕ではなく、俺の嫁になれと言っているんだ」

「だ、だから、どうしてそうなるの！ 代筆屋を一緒にやろうという意味だってば！ それに物には順序というものがあって、そのだから、あの……」

人の唇を奪っておきながら、めんどくさいとか、そんな言い方があっていいのか。そんな簡単に嫁になれと言われても困る。

「一緒に代筆屋をしたいと言ったのは、どの口だ？ 冥府の王から自由を許された俺には、新しく現世に留まる理由が必要なんだ。俺はもう少しこっちで遊ぶつもりだ。それにはおまえを利用させてもらうほかない。おまえだって、俺と一緒にいたいんだろう？ もっとありがたいと喜んだらどうだ」

「……っ！ そんな理由で嫁になれなんて言ったの⁉」

「利害が一致しているだろう。なにが悪い？」

「バカ……！ 人の気持ちなんて、全然わかってないじゃない！」

「これだから人間は面倒くさいと言っているんだ。さっき助けてやった貸しも忘れるなよ」

心を入れ替えたと思わせておきながら、この脅迫体質は変わらないらしい。うっかり忘れるところだった。このままでは、結婚しなければ一千万円を要求するとか言い出しそうで怖い。

「だ、だからって、それとこれとは別というか……っ」

「うるさいな。それともおまえは俺を誘って、遊んでほしかっただけか？」

じりじりと迫られ、手首を掴まれたかと思いきや、背中を抱き寄せられてしまい、逃れる場所を阻まれる。

艶っぽい表情を浮かべた琥珀の顔がすぐそこに迫ってくる。

頭が真っ白になり、心臓の音で耳が聞こえなくなりそうになる。

碧梨がなすすべをなくしているところに、鈴が鳴るような可愛らしい声が響き渡った。

「碧梨様！　琥珀様！」

金色のふわふわの塊が転がるようにこちらにやってくる。

「あ、紫苑くん！」

そう、紫苑が必死に碧梨と琥珀を追いかけてきたのだ。

碧梨は琥珀の拘束が緩んだのをこれ幸いと、大急ぎで身を離した。駆け寄ってきた紫苑を抱きしめる。

「うわぁい。碧梨様、琥珀様！　会いたかったですぅ。うぅ！」

「わっ、ポンちゃん」

むぎゅうっと抱きしめると、紫苑は涙ぐみながらすりすりと頬ずりをしてきた。

やっぱり紫苑の存在にはとても癒やされる。

「うぅっ。琥珀様っ……戻ってこられたのですね！　どれほど寂しかったか！　あれ、でもボク……もしかしてお邪魔でしたか？」

「そ、そんなことないよ」

碧梨が即座に訂正する傍ら、琥珀は知らん顔をしている。いつも口うるさいくせにこういうときにフォローしてくれないから困る。

「あやしいです」

「も、もう、ポンちゃんったら、そんな目で見ないの」

そんなふうに否定しながらも、碧梨は心にはっきりと決めたことがある。

『諦めずにいれば、勇気を出して、言葉にして想いを伝えることができれば、失った絆を取り戻すことができ、未来をも変えることができる』

『ひとつは、愛をもってその人の心に届けたいと願う、真心です。もうひとつは、素直にありのままの気持ちを伝える、勇気です』

祖母がエールを送ってくれたように、両親と新しい家族に、碧梨も自分の想いを綴った手紙を届けようと思う。そのとき、琥珀と紫苑にも側にいてほしい。それが今の碧梨の素直な気持ちだ。

「さ、一服しましょう。今、お茶をお淹れしますよぉ！」

社務所に紫苑の元気な声が響きわたった。

「団子も出してくれ。柿の種もな。あとミニトマトもだ」

琥珀が不遜《ふそん》にもそう言い放ち、ソファにどっかりと座る。

「はいはいはーい」

紫苑は戻ってこられて嬉しいのか、大張り切りでベランダに駆けていった。

「またそんなに食べるの？　それより、たまりにたまった郵便物が……」

碧梨がポストから持ってきた封筒を仕分けしていると、紫苑がまたロケットのようにこちらに飛んでくる。

「任せてください！　張り切ってがんばりましょう！　琥珀様もこころを入れ替えたんですもんね」

「おい、聞き捨てならないな。どうして俺が一方的に悪いことになっているんだ」

むすっと仏頂面を浮かべながら、ソファに身を預けている琥珀が、なんだかちょっとだけ可愛く見えて、碧梨は思わず頬を緩ませた。

「ボク、ちょっとだけ、人間のことを勉強しました。『女性は女性の味方』だそうです」

「おまえもいちいち言わないでいい。というか、おまえ雄だろう」

社務所に戻ってきた賑やかな一行に、碧梨は目を細める。それからいても立ってもいられない気持ちで机に向かい、万年筆を持った。天国にいる祖母への手紙の返事を書きたいと思ったのだ。

碧梨が選んだ便箋は、琥珀が碧梨に送ってくれたカタバミの花をイメージした色合いのもの。そして、風が吹くように、水が流れるように、清らかな気持ちで、すっと筆を滑らせた。

拝復

木々の芽吹きに春を感じるこの頃ですが、いかがお過ごしでしょうか。お返事がすっかり遅くなってしまってごめんなさい。おばあちゃんの綴られる文字を懐かしく眺めていると、小さな頃、おばあちゃんと一緒に過ごした日々を思い出し、胸がいっぱいになりました。

あの頃、おばあちゃんの存在は、私の何よりの支えでした。私が心を塞いでいるとき、『心に閉じ込めた言葉を伝える魔法』を、教えてくれたことがありましたね。そのときのことをよく覚えています。

手紙に想いを綴る楽しさ、届ける喜び、前を向こうとする勇気、おばあちゃんに教わりましたね。けれど、私は不器用で、日々に流されるうちに、魔法をうまく使えないまま大人になってしまいました。

大人になった私は、子どものとき以上に、心にたくさんのものを閉じ込めるようになりました。大事な家族にも、好きな人にも、自分の言葉を伝えることができなかった。言わなければ傷つかない。傷つけることもない。そうして、私は自分自身で、心を閉じ込めてしまっていたのです。

そんなとき、不思議なことに……一通の手紙が届きました。おばあちゃんからの手紙です。その手紙に導かれて、私は、ある不思議な出会いをしました。

人間が嫌いで、何かと偉そうで、捻くれているあやかしのことを覚えていますか？　おばあちゃんが教えてあげた代筆屋のお仕事を、彼は今もしています。私は、その仕事の手伝いをしているんです。

なんと、驚くことに、おばあちゃんのお手紙を運んでいたのは、彼だったんですよ。

出会った頃の彼は、おばあちゃんの手紙を奪って、私に下僕になれと命令し、代筆屋で働くように仕向けてくるなど、とにかくやくざまがいな性悪男で、どうしようもない男でしたが、一緒に代筆屋をするようになってから、私は彼と一緒に様々な出会いを体験し、大切なことをたくさん学びました。

おばあちゃんが彼に教えたかったことは、きっと私に教えたかったことと一緒なのでしょうね。

それは、言葉にして伝えることの大切さ、手紙に綴って伝えることの素晴らしさ、それが、人と人の心を、人とあやかしの縁を、繋いでくれるものだということ。


おばあちゃん、ずっと気にかけてくれていてありがとう。


私はもう大丈夫です。

泣いていません。笑っていますよ。

それから、大切な人は……ちゃんと側にいてくれます。

もう何も恐れずに、心に後悔を閉じ込めたりしません。

たくさんの愛で、心をいっぱいにしようと思います。


そして。

私もおばあちゃんを見習って、手紙を出すつもりです。
伝えられなかった想いを、少しずつ綴って、届けられるように。
どうか、安心して、見守っていてください。

敬具

小林碧梨

東雲ハナエ様

甘い香りが漂う方へとつられ、ベランダから庭を見れば、カタバミの花がやさしく夜風に揺れていた。その姿は、まるで祖母が喜んで、おだやかに微笑んでくれているように見えた。

本作は書き下ろしです。
本作品はフィクションです。実際の人物や団体、地域とは一切関係ありません。

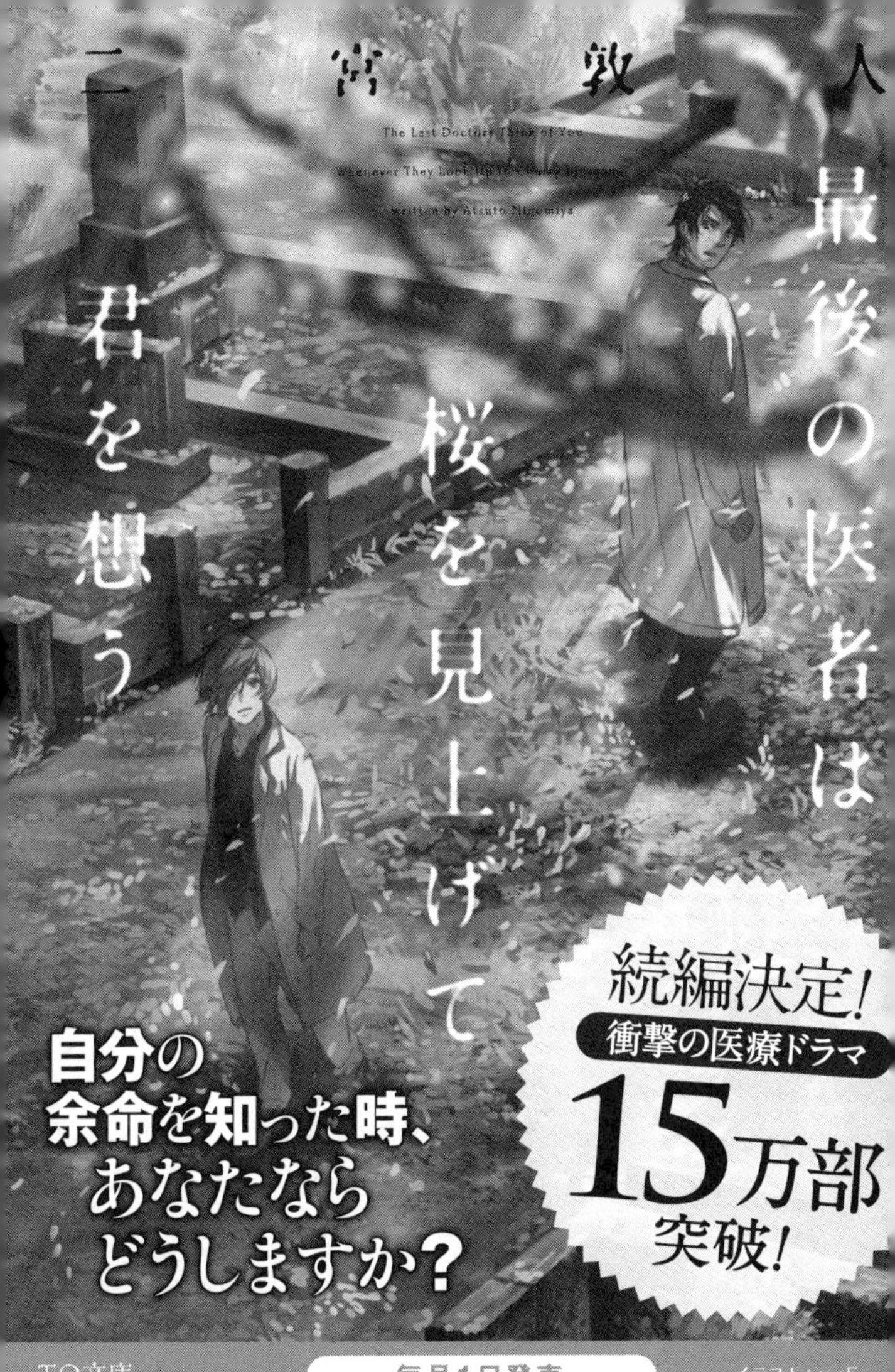

最後の医者は桜を見上げて君を想う

二宮敦人

The Last Doctor Looks Up at the Cherry Blossoms Whenever They Long to Remember Someone
written by Atsuto Ninomiya

自分の余命を知った時、あなたならどうしますか？

続編決定！
衝撃の医療ドラマ
15万部突破！

TO文庫　　毎月1日発売　　イラスト：syo5